論文寫作手冊

（增訂四版）

張慶勳　著

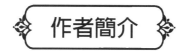

作者簡介

張慶勳

學　　歷：國立高雄師範大學教育學博士

考　　試：台灣省公務人員基層特考（教育行政人員類）及格
　　　　　（1979 年）

經　　歷：台南市國小、國中教師
　　　　　台南縣、市政府教育局課員
　　　　　國立彰化師範大學教育學院組員兼秘書
　　　　　國立屏東師範學院講師兼秘書室秘書、教務處出版組組長
　　　　　國立屏東師範學院副教授兼學生事務處學務長
　　　　　國立屏東師範學院國民教育研究所所長
　　　　　國立屏東教育大學教育行政研究所所長
　　　　　國立屏東教育大學教育科技研究所所長
　　　　　國立屏東教育大學師資培育中心主任
　　　　　國立高雄師範大學屏東縣校友會理事長

現　　職：國立屏東教育大學教育行政研究所教授兼教育學院院長
　　　　　中華民國學校行政研究學會常務理事
　　　　　台灣教育政策與評鑑學會監事
　　　　　台灣地方教育發展學會常務理事

國外講座：香港中文大學、香港教育學院

榮　　譽：中華民國教育學術團體 2009、2010 年度木鐸獎

電子郵件：csc@mail.npue.edu.tw

教學網站：http://cclearn.npue.edu.tw/csc/

學術專長：教育行政、學校行政、學校組織行為、領導・管理・決策、
教育研究法、學校組織文化、學校組織效能、
教育計畫與評鑑

增訂四版序

本手冊的定位思維與作法

　　本手冊在歷次的修改過程中，皆秉持第一章所述有關本手冊所具有的(1)共通性、習慣性寫法的例示；(2)中文寫作格式的適用性；(3)摘要式的彙編等主要特色。同時亦刪除書中陳舊或不合時宜的資料，以及增列符合學術研究規範的一些新資訊。這可說是本手冊定位於研究者撰寫論文的參考工具書的基本思維與作法。

本版修改的重點

　　基於前述本手冊再次定位的思維與作法，作者於本手冊內容的修改中，參考美國心理協會出版手冊的最新版本（第六版，2010 年出版）資料，並選取適合國內學術研究文本編輯格式的體例，予以有系統的撰寫編排。例如，在美國心理協會出版手冊第六版中，更強調學術研究倫理，且在網路資料的取得途徑與呈現方式，以及其他諸如統計圖表、參考書目的寫法等，都做了一些修改。因此，本手冊亦增刪了一些內容。

　　本版的修改內容主要係集中於第一章、第五章、第十一章，以及對 APA 格式的簡介部分。尤其是在第五章部分，本手冊提供一些網路資料檢索途徑，且增列新建立的網路平台，以及增加諸如資源特定位置（網址）（Uniform Resource Locator; URL）與數位物件識別號（Digital Object Identifier; DOI）的檢索資料。而在第十一章中則刪除一些陳舊資料，並增列從網路檢索資料的參考書目寫法。最後則重新簡介 APA 格式。

感謝

　　在本次的修改過程中，首先要感謝本校（國立屏東教育大學）英語學系許芷瑄同學協助整理APA第六版資料，以及內人趙相子主任協助校對與打字。此外，要特別感謝本校圖書館陳鳳瑟組長以其專業的素養，協助重新改寫第五章，尤其是在網路資料檢索以及提供圖書最新資訊方面更下了不少功夫，而使得本手冊更能因應網路資訊變動快速的需求，同時也使本手冊內容得以具有正確性。作者在此對協助本手冊修改的夥伴們致萬分的謝意。

張慶勳　謹識

2010.04.23

於國立屏東教育大學教育學院

增訂三版序

　　論文寫作的編輯格式與方法步驟在學術研究歷程中同等重要，但誠如本手冊所指出的，論文寫作格式兼具差異性與一致性的特性，且在學門或學科之間，或是在研究者、指導教授之間，常有不同的觀點。然而，整篇論文編輯格式前後的一致性應是目前學術界可接受的共識。因此，如何撰寫論文也一直困擾著研究者（如指導教授與研究生）以及讀者（如研究生或其他學習如何做研究的學生）。據此，一本「好的」且能引導研究者撰寫學術論文的參考工具書是有其價值且是極為重要的。

　　本手冊在第十一章中有明確指出，依APA格式第四版及第五版的編輯格式規定，作者於投稿美國心理協會所屬期刊時，若在書名或期刊名底下劃線，俟正式出版時，則以斜體字表示（American Psychological Association, 1994, p. 80; 2001a, pp. 100-103），並在第五版的參考書目例示中，將第四版的劃底線方式，改以斜體字表示（American Psychological Association, 2001a, pp. 239-281）。但參考書目是否劃底線或採用斜體字、粗體字，美國心理協會曾於引用電子文獻及參考書目時，表示除了每一參考書目的第一行不內縮或內縮應一致性外，書名或期刊名劃底線或斜體字、粗體字等，亦應一致性，如此才可被接受（Electronic reference formats recommended by the American Psychological Association, rev. ed., 2001, January 10）。因此，書名／期刊名斜體字或劃底線應一致性是被接受的規定與共識。

　　本手冊自出版以來即不斷地與時間賽跑並接受挑戰，如今藉改版之際，期能與國際接軌並符應學術界有關論文寫作編輯格式共通性與習慣性的共識。因此，本手冊第三版除了在第三章中增列「研究結果分析與討論」，並在第四章的「資料處理」章節中增列有關訪談與觀察資料處理的原則外，擬從下列的思考切入以作為改版的依據與原則，並顯示本

版與前二版不同之處。

1. **參考書目為粗體字兼正體字的寫法**

 • 中文參考書目：為粗體字兼正體字

 有些研究者認為中文字不宜採用斜體字，以免失去中文字體結構方正的特色。但若不採用斜體時，有時電腦的列印資料可能無法顯示何者是書名或篇名，本手冊中的中文參考書目在書名或篇名以粗體兼正體的形式呈現。

 • 西文參考書目：依 APA 出版手冊的規定，以斜體字呈現。

2. **參考書目與內文引註書目「出版年代」的寫法**

 • 為與國際接軌，不論中英文書目的出版年代統一以西元年代呈現。

　　本手冊期能有效提供教師與學生教學及研究參考之用，並請教育先進不吝指正，願我們一起努力加油邁向未來。

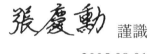 謹識

2005.08.01

於屏東教育大學教育行政研究所

作者序

緣起

　　論文寫作係以研究方法論為基礎，使用文字及圖表的方式，依寫作規範將研究結果予以呈現出來。且論文寫作依不同學科領域而有不同的格式，但在差異性中仍具有一致性的特色，並隨著資料來源的不斷多元化與電子化之趨勢，論文寫作的格式也不斷地在修改之中。故為使研究者能有彙編式的論文寫作格式供參考，俾使論文寫作順利進行，遂有此手冊的誕生。

本手冊的定位與架構

　　本手冊歷經三年時間始得以完成，其使用範圍較偏向教育學、心理學等學科領域，但其他學科領域也可參考使用。而其主要目的乃在作為研究者撰寫論文時的參考工具，並提供教師教學與研究之用。同時亦期盼其他學科領域也有類似專著，能提供更多不同學科領域的研究者參考使用。

　　本手冊係以系統性的架構介紹研究計畫與博碩士論文的結構與格式，研究論文體例，蒐集資料的方法與步驟，及標點符號、縮寫、數字、圖表、論文本文中引用文獻與參考書目等編輯格式，且強調研究結果的呈現方式，因此其內容以摘要式的彙編方式，提供共通性及習慣性論文寫作的例示，故它是一本撰寫論文的參考工具書。

感謝

　　本手冊之得以順利出版，首先要感謝提供書中引用文字、照片與圖畫的作者及單位。同時也要感謝提供資料並參與文字潤飾、校對的李美

月、陳世聰、陳嘉惠、潘聖明、蔡如清等研究生，及國立屏東師範學院圖書館高淑芬與陳鳳瑟二位組長提供寶貴的資料。內人相子的全力付出與支持，祿純與祿高的獨立精神，而能使我無後顧之憂，更是我向前邁進的動力。心理出版社許麗玉總經理與吳道愉總編輯、張毓如主編慨允協助出版及提供卓見，使本手冊得以順利刊印，謹此一併致謝。

期許

　　雖然本手冊已問世，並可提供教師與學生教學及研究之參考使用，但誠如前述所言，論文寫作格式兼具差異性與一致性之特色一樣，因此勢必有許多教育先進有認同或爭議之處。雖然如此，這本手冊只是一個小小的起點，我相信我們為教育學術研究共同努力的目標是一致的，願我們一起努力加油邁向未來。

張慶勳 謹識

2002.01

於國立屏東師範學院國教所

目　錄

第壹篇

總　論

2　論文寫作手冊

第一章

導讀

壹、論文寫作有規範可依循

貳、論文寫作規範相關文獻概覽

參、論文寫作格式兼具差異性與一致性

　一、論文寫作格式的差異性

　二、論文寫作格式在差異性中仍有一致性

肆、本手冊的主要特色

　一、共通性、習慣性寫法的例示

　二、中文寫作格式的適用性

　三、摘要式的彙編

　四、撰寫論文的參考工具書

　五、系統性的架構

　　研究者於從事研究時，除了須對所研究的問題與研究方法有深切的了解外，也要進一步了解如何將所研究的結果具體呈現出來，如此的研究始兼具研究過程與研究結果的完整性。

　　撰寫論文有論文寫作的規範與格式，且論文寫作格式有其差異性與一致性。本手冊主要包括論文寫作的方法步驟與編輯格式二大取向，首先，本章以導讀的性質介紹論文寫作的相關文獻，及其兼具差異性與一致性的特性。同時，也介紹本手冊的主要特色如下。

壹、論文寫作有規範可依循

　　如何撰寫一篇好的研究論文，是每個研究者心中所嚮往的目標。雖然他們類皆具有研究方法論的知識，並有適當可行的研究設計，研究工具也有良好的效度與信度……等，但是如何將研究過程及研究結果正確而完整地呈現出來，對研究者可說是另一項的挑戰。

　　論文寫作有其既定的規範，舉凡論文的結構與格式、寫作的方法與步驟，及各種編輯格式等，都須遵循一定的規範進行。因此，撰寫論文至少須具備有研究方法論的知識，及執行研究設計的能力外，尚須了解論文寫作的規範，始能將研究結果正確地呈現出來。

　　衡諸各種不同的研究領域，其研究結果各有其不同的呈現方式。例如，藝術創作、音樂發表、實驗研究、人文社會科學……等不同領域，皆各有其不同或相似的呈現方式。然而，不論呈現研究結果的方式如何，各領域類皆有其發表研究成果或論文寫作的規範。

貳、論文寫作規範相關文獻概覽

　　國內各研究領域在研究法方面的專書，已極為普遍，但在如何撰寫論文的規範方面，則較少有專書介紹。究其原因，一方面由於各學科領域，或同一領域的研究，尚未有統一化的格式可遵循；另一方面，有些研究的寫作規範，仍在不斷修改中。雖然國內有關介紹論文寫作規範的文獻付諸闕如，但近年來已不斷的在增加之中，這顯示學術界對此一領域的重視。

　　雖然國內有關介紹論文寫作方法與規範的文獻，不如研究法書籍之多，並不代表國內學者／研究者對論文寫作的規範不予重視。相反地，許多學者在審查學術／研究著作時，論文寫作的格式即占有重要的分量。

　　事實上，從民國六十年代開始，宋楚瑜（1980）即已對論文寫作的規範及如何寫學術論文有所介紹。在大學方面，淡江大學教育科學研究室（1983）也對研究報告的寫作與格式作簡要的條列舉例，作為該校教學革新之一部分。國立屏東師範學院（1995）也以《論文寫作手冊》作為協助師生論文寫作參考之用。此外，國內在教育、心理、輔導等方面的研究論文寫作格式，大都以美國心理協會（American Psychological Association; APA）所出版的手冊為主要的參考依據，因此該協會出版手冊所訂的格式在國內被通稱為「APA 格式」，有時研究者也將版次提出，而稱為「APA 第三版（格式）」。

　　誠如前述，APA 第三版的格式普遍受到使用後，為使其格式更能清晰明確，並符應研究需要，而在 1994 年出版的第四版出版手冊中，增加法律及電子網路等在論文本文中引用／證文獻及參考書目的格式，但其後該學會仍透過網路途徑不斷的另作補充和修改。其後，美國心理協會在不斷修訂 APA 格式後，於 2001 年出版 APA 第五版的出版手冊。該版次除了根據第四版的架構予以發展外，也更新與澄清電子媒體及法律的

文獻格式，增加方法論及個案研究報告的內容，並修訂報告程序及統計資料（American Psychological Association, 2001a）。另在 2010 年的第六版出版手冊中，更強調學術研究倫理、網路資料的取得途徑與呈現方式，以及其他諸如統計圖表、參考書目的寫法等，都作了一些修改（請參見本手冊附錄：有關「APA 格式簡介」）。

國內對於 APA 格式一般性的介紹與應用者，有林天祐（1996，頁53-61；2001，頁 44-48）、吳政達（1996，頁 63-67；1999，頁 76-79）及顏火龍（2000，頁 1-61）等的介紹。此外，由於運用網路檢索文獻已是研究者蒐集資料的便捷方法之一，因此，有的學校單位提供學生有關蒐集資料的方法（淡江大學覺生紀念圖書館，2000），學者對如何利用網路蒐集文獻，及其寫作格式也有介紹（賴伯勇，1998，頁 41-50），同時也有針對 APA 格式在電子網路參考書目的寫法，及本文中引用文獻寫法的介紹（林天祐，2001，頁 44-48；吳政達，1996，頁 63-67；顏火龍，2000，頁 1-61），可見論文寫作方法與格式也隨著電子媒體的運用，而不斷地在修改與更明確化，以符應實際的需要。

此外，在研究法的專書中，也有包含論文寫作格式及如何撰寫論文的專章介紹（Best & Kahn, 1986; Gall, Borg, & Gall, 1996; Gay, 1996; McMillan & Schumacher, 1989; Vockell & Asher, 1995; Wiersma, 1991）。國內近年來也有類似介紹研究方法與論文寫作（葉至誠、葉立誠，2000），與介紹如何撰寫博碩士論文（朱浤源，1999），及研究報告與論文寫作格式（郭崑謨、林泉源，2000；廖慶榮，2001）的專書。而潘慧玲（2004）試圖發展一套適合國內的中文教育論文撰寫格式，對學術研究而言是一可喜的現象。或是有關論文寫作技巧的專書（吳和堂，2009；張芳全，2010；蔡今中，2008，2009；蔡清田，2010）。另畢恆達（2005）以生活化的敘述方式介紹如何撰寫學術研究論文，並提出撰寫論文所易犯的錯誤，則將艱深的學術研究與論文寫作帶進更貼近一般人的領域。

參、論文寫作格式兼具差異性與一致性

一、論文寫作格式的差異性

論文寫作格式的差異性，可從電子媒體的廣泛運用與學科領域之間的差異現象予以說明。

(一)廣泛運用電子媒體形成的差異性

美國心理協會出版手冊第四版對從網路上取得的資料尚未有統一標準的格式，但已作了重大的改變（American Psychological Association, 1994, p. 218），再加上研究者運用網際網路檢索資料，已是極為普遍的現象。因此，美國心理協會在第五版的出版手冊中予以更新和澄清（American Psychological Association, 2001a, pp. 268-281），並在第六版中更強調學術研究倫理與網路資料如何取得的途徑與寫法。

(二)學科領域之間的差異性

賴伯勇（1998，頁41-50）曾分析民國八十五年至八十七年期間，引用網路文獻的寫作格式，發現在電腦英語教學、資訊教育、圖書館學等的文獻，即使是同一領域，或同一期刊，都有不一致的地方。事實上，即使是引用非網路文獻的寫法，在同一學科領域，或同一期刊中，也有類似的情形。

二、論文寫作格式在差異性中仍有一致性

APA格式第三版與第四版在參考書目格式的規定方面，有明顯的不

同。其差異之一主要在每一參考書目第一行的第一個字是否內縮的形式。例如，APA 第四版（American Psychological Association, 1994, pp. 251, 334-335）的規定，凡投稿美國心理協會所屬期刊的參考書目寫法，每一參考書目均自成一段落，為配合排版與編輯的需求，其第一行必須內縮五至七個英文字母的空格，但期刊在正式印刷後所呈現的則是每一段第一行是向左突出且不空格的格式（hanging-indent format），亦即是每一參考書目的第一行第一個字是靠最左邊的邊緣，第二行以後才向右內縮（以橫打為例），也就是報告的「定稿」（final copy）的格式，或是博碩士論文的定稿版面。APA 第五版也有類似的規定，但未說明內縮的字數（American Psychological Association, 2001a, p. 299）。

　　雖然如此，美國心理協會在其所屬期刊有關引用電子參考書目格式的修正版中（*Electronic reference formats recommended by the American Psychological Association*, rev. ed., 2001, January 10），認為對於研究報告或手稿而言，不論是如同段落排版於第一行內縮（paragraph-indent），或是每一參考書目的第一行不內縮（hanging-indent），只要是整個參考書目的格式有其一致性，都是適當且可被接受的。此外，在 APA 出版手冊的第五版與第六版中，也都一致強調論文寫作格式的偏好與一致性是研究者所要留意的地方。因此，論文寫作格式在差異性中仍有其一致性。

　　論文寫作規範的一致性，也可從寫作編輯格式的共同要素呈現出來。例如，論文參考書目的寫法雖然有不同的格式，但是構成參考書目的基本要素，如書籍作者、出版年代、書名、出版地、出版者……等，都是必備的條件。其他諸如期刊文章、電子媒體……等，也都有其各自的基本要素。這些都可顯現論文寫作格式的一致性之特色。

肆、本手冊的主要特色

一、共通性、習慣性寫法的例示

　　論文寫作既須依規範進行，而其規範又具有差異性，且在差異性中仍有其一致性。甚且論文寫作隨著研究工具的多樣化、資訊化（例如電子媒體的運用），其寫作格式也要不斷地修改，俾使寫作格式更明確，以符應實際的需要。因此，本手冊所舉例示係以共通性、習慣性使用者為主，並向讀者建議採用，最終仍期盼國內有如同美國心理協會等的團體，能針對某一學科領域制定論文寫作的格式，俾使論文寫作更趨於一致性。

二、中文寫作格式的適用性

　　雖然國內一些學術研究者以美國心理協會所出版的APA格式做為論文格式的主要參考依據，但以英文的寫作格式並不能發揮中國字體的特色，也不能完全適用於中文論文的格式。例如，在本手冊中，作者認為中文字不宜採用斜體字，以免失去中文字體結構方正的特色。所以，本手冊中的中文參考書目在書名或篇名以正體兼及粗體字的形式呈現。因此，試圖發展一套適合國內的中文教育論文寫作格式，可說是本手冊作者的意圖。

三、摘要式的彙編

本手冊無法將所有學科領域的寫作規範予以彙集，而係偏向教育學、心理學等學科領域寫作規範的彙編。同時，各章節對相關理念的介紹與例示，係以摘要式予以呈現出來。蓋本手冊並非教育研究法專書，其目的在使讀者藉由此手冊，能了解如何正確地呈現研究結果。

四、撰寫論文的參考工具書

本手冊係在研究方法論的基礎之上，特別強調如何將研究結果依論文寫作的規範，呈現在論文寫作的文字敘述與編輯格式上。因此，研究者除了可將本手冊視為研究方法論的參考資料外，更重要的是將本手冊視為撰寫論文時的參考工具書。

五、系統性的架構

本手冊主要係以一完整的論文寫作結構為思考的出發點，包括論文寫作的方法步驟及編輯格式二大取向，整本書的架構與內涵的排列依序如下：

第壹篇：總論——以導讀的性質，使讀者了解論文寫作規範的特性與相關文獻，及簡介本手冊的特性，同時也介紹研究計畫與博碩士論文的結構與格式。

第貳篇：方法與步驟——介紹以量化研究論文體例為主的論文寫作方法與步驟，及蒐集資料的方法與步驟。

第參篇：編輯格式——主要介紹標點符號、縮寫、數字、圖表、論文本文中引用文獻及參考書目的寫法等。

第二章

論文結構與格式

壹、研究計畫的要素與形式

　一、研究計畫的要素

　二、研究計畫的形式

貳、學位論文結構與格式

　一、論文基本結構

　二、論文封面

　三、審查委員簽名頁

　四、謝詞

　五、論文摘要

　六、目次

　七、論文章節標題與本文規格

　八、圖表目次

　　論文可概分為學位論文、專案（題）研究或其他學術研究報告。不論是哪種研究論文，都有其既定的規範。但是嚴格來說，其中以學位論文所用的時間較長，審查也較嚴謹。甚且學位論文的規範，也可用於其他的論文上。

　　學位論文係指碩士與博士論文，研究生完成學位論文類皆先經過學位論文計畫之發表，及學位論文考試二個階段。不論是發表計畫或是學位論文考試，學位論文都有其既定的結構與格式。

　　以下將分別說明教育研究計畫的要素與形式，以及學位論文的結構與格式。

壹、研究計畫的要素與形式

　　研究生撰寫學位論文之前都要研擬研究計畫。此外，欲申請政府單位或其他公私立組織團體的專案／題研究時，也須研提研究計畫。有些學術研討會也規定參加者先在既定的字數範圍內，向主辦單位提出研究計畫摘要，經審查通過後，再提出正式的研究報告。

一、研究計畫的要素

　　研究計畫係研究者對所擬進行的研究之構想或規畫，指導教授需要了解該研究的動機與目的、研究的主題、如何進行研究設計與實施，及預期的成果與貢獻。因此，這些基本要項便構成研究計畫的要素。茲簡述如下：

(一)研究動機

　　從研究計畫的「研究動機」中對研究主題做背景的敘述，漸進地敘述到問題的本身，這種從研究背景（有的研究稱「研究緣起」、「問題

的敘述」）至具體明確呈現出研究問題的過程中，研究者須凸顯研究問題的重要性及前瞻性，而敘述選擇該研究問題的動機或緣由。

(二)研究的主題與目的

在研究計畫中除了研究的題目外，可從問題的敘述、研究目的、待答問題、研究變項、名詞釋義、研究假設、研究架構等，了解研究的主題。

(三)研究設計與實施

研究計畫要提出該研究的設計與實施，其內容可包括研究架構（說明研究變項間的關係）、研究樣本（抽樣方法、研究對象）、研究方法（量或質的研究方法、文獻分析法……）、研究工具如何編製與使用、統計資料如何處理，及研究步驟與程序……等。從這些研究的設計與實施而了解該研究如何進行。

(四)預期的研究成果與貢獻

任何一個研究計畫是否值得進行，常取決於該研究的發現是否有貢獻、能否解決問題、有無達成研究目的，及研究的創新之處。亦即從所預期的研究成果與貢獻，研判該研究的價值性。

二、研究計畫的形式

(一) 量化研究計畫的一般結構與形式：茲以圖 2-1 供參考。
(二) 質化研究計畫的一般結構與形式：質化研究比量化研究的研究計畫，較凸顯研究者對研究場所的選擇、研究者角色的說明、如何蒐集資料，及如何歸納與分析資料等。

壹、緒論
　一、研究動機
　二、研究目的
　三、待答問題
　四、名詞釋義
　五、研究範圍
　六、研究限制
貳、理論基礎與相關文獻探討
　一、……
　二、……
　　(一)綜合討論
　　(二)對本研究的啟示
參、研究設計與實施
　一、研究架構
　二、研究假設
　三、研究樣本
　四、研究方法
　五、研究工具
　六、實施程序與步驟
　七、資料處理
肆、預期結果與貢獻
參考書目
附錄

圖 2-1　量化研究計畫的一般結構與模式

說明：本範例除「預期結果與貢獻」外，其他各單元的寫法，請參見第三、四章。

貳、學位論文結構與格式

一、論文基本結構

論文基本結構包含下列各項：

(一)篇首

   1. 封面

   2. 空白頁

   3. 論文審查委員簽名頁

   4. 授權書頁（博碩士論文電子檔案上網授權書、博碩士論文授權書）

   5. 謝詞

   6. 中文摘要

   7. 英文摘要

   8. 目次

   9. 圖次

  10. 表次

  11. 附錄目次

(二)本文

   本文包括各章、節。

(三)參考書目與資料

   1. 參考書目

   2. 附錄

   3. 其他參考性資料

(四)封底

   茲分別簡介如下。

二、論文封面

   論文封面包括下列項目：

(一) 學校及研究所、學位論文別。

(二) 中文題目（採粗黑體字體，字體大小依題目字數多寡調整適中）。

(三) 指導教授及研究生中文姓名。

(四) 畢業年月。

(五) 如有需英文翻譯之封面時,再另加英文之封面頁。

(六) 各項目均以封面中央線為準,正中排列,字數左右對稱。

(七) 中文題目若有副標題者,副標題置於正標題之下,字體較正標題小一號(見範例一)。

三、審查委員簽名頁

簽名頁包括學校及研究所全銜、論文撰寫人姓名、論文題目、論文考試委員會主席、委員、指導教授及所長之簽名、日期等(見範例二)。

四、謝詞

謝詞視作者實際需要以一至二頁之內為宜,唯以一頁之內為較佳(見範例三)。

五、論文摘要

論文摘要附中、英文各一(含題目及作者之中、英文全稱)。依研究目的、研究方法、研究結果等加以摘要敘述,以五百字至一千字為原則。

中、英文論文摘要後須附加關鍵詞(見範例四及五)。

六、目次

目次包括目錄與頁次,依本文內容章節依序排列(謝詞、摘要、圖次、表次、章節、參考書目及附錄),其頁碼以羅馬數字(Ⅰ、Ⅱ……)表示,並置於各頁下方中央(見範例六)。

七、論文章節標題與本文規格

論文章節標題，採左斜方式，格式見範例七。

學位論文格式除章節標題如範例七外，其他注意事項說明如下：

(一) 紙張大小：A4，水平橫書，雙面印刷。

(二) 版面設定

完稿後以 16 開的版面裝訂（長約 26.2 公分，寬約 19.3 公分），內文字體及大小以本手冊的建議為例，可進行以下的版面設計：

1. 邊界設定：上 3.2 公分、下 6 公分、左 3 公分、右 4 公分。若頁碼置於頁尾下方中央且離本文最後一行 1.5 公分時，頁尾設定為 4.5 公分（完稿後將裁成 16 開的版面，頁碼離最後一行及頁尾各 1.5 公分）。頁首則視是否有另外的版面編輯而設定離本文第一行多少公分。其步驟是：

進 檔案 → 版面設定 →點選 邊界 設定邊界→點選 左右對稱 。

2. 每行的字數、每頁的行數設定：一頁27行，一行31字。其步驟是：

進 檔案 → 版面設定 →點選 文件格線 →再點選 指定行與字元的格線 ，設定 每行字數 和 每頁行數 加以設定。

（註：完稿後的版面裝訂及內文格式之規格，視各學校系所的規定而決定版面設計。）

(三) 內文用字

1. 封面、目次、章節標題、參考書目標題等，使用「標楷體」。

2. 所有內文，中文皆使用「新細明體」；英文、數字用「Times New Roman」字體。

（註：此為參考意見，可依各院所系及指導教授之規定處理；原則上，全文宜有統一性及一致性。）

(四)版面規畫

1. 「章、節、壹」等置中。

2. 正文頁碼，設定於每頁正下之中央。

(五) 段落層次與字體大小以「章；節；壹；一；(一)；1.；(1)；①」的
層次為例。

段落層次與字體規格

段落層次	字號	字　　體	備　　註
章	22	標 楷 體	
節（壹）	18	標 楷 體	
一	16	標 楷 體	
(一)	14	標 楷 體	
1.	12	新細明體	
(1)	12	新細明體	
①	12	新細明體	

說明：1.本規格中，「節」與「壹」同一層次。如不用章、節或僅用「章」不用
　　　　「節」時，則用壹、貳、參——即是節、壹取其一；有節無壹，有壹無節。
　　　2.有些研究者未將節、壹視為同一層次。

(六) 其他注意事項

1. 單獨一字不成行。
2. 章從單數頁開始，節（或壹）避免處於倒數五行內。比如：第一
   節寫完後，僅餘不到五行空間，則第二節應從下一頁開始寫起——
   —節（或壹）盡可能從另一頁起始，最好是單數頁。
3. 段落開始，應空全形字兩格（半形字四格）。
4. 字體變大時，上下行距會自然放大；除了每一節之節尾與下一節
   名稱加一行外，其餘請勿另行調整或特意空行。
5. 每行首字不要有數字或標點符號。

八、圖表目次

論文本文各章節內的圖表皆須在目次中陳列。圖表目次分別以「圖
次」及「表次」列示於目次之後。先置圖次頁，再置表次頁，並各單獨
成一頁，其頁碼的表示與目次頁相同，假如目次頁為第 I 至第 III 頁，則
圖次頁從第 IV 頁開始，表次從第 V 頁開始，以下類推（見範例八及九）。

範例一　學位論文封面

〇〇〇（學校全銜）研究所

碩（博）士論文

〇〇〇〇〇〇〇〇〇〇〇〇〇〇

〇〇〇撰

（學校全銜）〇〇〇〇研究所碩（博）士論文

指導教授：〇　〇　〇　博士（教授）

〇〇〇〇〇〇〇〇〇〇〇〇〇〇〇〇〇

〇〇〇〇〇〇〇〇〇〇〇〇〇

研　究　生：〇　〇　〇　撰

中　華　民　國　〇〇　年　〇〇　月

範例二　審查委員簽名頁

（學 校 全 衙）○○○○ 研 究 所 碩（博）士 論 文

研究生：○○○

○○○○○○○○○○○○

○○○○○○

本論文業經審查及口試合格特此證明

論文考試委員會主席　＿＿＿＿＿＿

委員　＿＿＿＿＿＿　＿＿＿＿＿＿

指導教授　○○○　博士＿＿＿＿＿＿
　　　　　　　（教授）

所　　長　○○○　博士＿＿＿＿＿＿
　　　　　　　（教授）

中 華 民 國 ○○ 年 ○○ 月

說明：論文考試委員之空格，視委員人數之多寡自行加列。

範例三　謝詞

謝　　詞

＿＿＿＿＿＿＿＿＿＿＿＿＿＿＿＿＿＿＿＿＿＿＿＿＿＿＿

＿＿＿＿＿＿＿＿＿＿＿＿＿＿＿＿＿＿＿＿＿＿＿＿＿＿＿

＿＿＿＿＿＿＿＿＿＿＿＿＿＿＿＿＿＿＿＿＿＿＿＿＿＿＿

範例四　中文摘要

摘　要

....

....

....

....

....

....

....

關鍵詞：＿＿＿＿＿＿＿＿＿＿＿＿＿＿＿＿＿＿＿＿＿＿＿＿＿＿＿

＿＿＿＿＿＿＿＿＿＿＿＿＿＿＿＿＿＿＿＿＿＿＿＿＿＿＿

範例五　英文摘要

ABSTRACT

....

....

....

....

....

....

Keywords：＿＿＿＿＿＿＿＿＿＿＿＿＿＿＿＿＿＿＿＿＿＿＿＿＿＿

＿＿＿＿＿＿＿＿＿＿＿＿＿＿＿＿＿＿＿＿＿＿＿＿＿＿

範例六　目次

範例七　論文章節標題規格

○○　　　　　　　　　　　　　　　　　　　○○

第一章　教　育

○○　　　　　　　　　　　　　　　　　　　○○
○○　　　　　　　　　　　　　　　　　　　○○

第一節　教育研究

（節名置於版面中間）

（如不用章節，或僅用章不用節而用壹、貳、參）

壹、教育研究

（標題置於版面中間）

一、教育研究

（作為標題時占二行，前不空；如不作為標題，只占一行，前亦不空。）

　（一）教育研究○○○○○○○○○○○○○○○○○○
　　　　○○○○○○○○○○○○○○○○○○○○○○○
　　　　○○

（作為標題時，占一行，前空一字；若標題太長時，次行與標題第一個字對齊。）

　（一）教育研究○○○○○○○○○○○○○○○○○○○○
○○○○○○○○○○○○○○○○○○○○○○○○○○○○

（作為段落文字之敘述時，第二行到邊。）

　　　1. 教 育 研 究○○○○○○○○○○○○○○○○○○○○○○
　　　　　○○○○○○○○○○○○○○○○○○○○○○○○
（作為標題時，占一行，前空二字；若標題太長時，次行與標題第一
個字對齊。）

　　　1.教育研究○○○○○○○○○○○○○○○○○○○○○○
○○○○○○○○○○○○○○○○○○○○○○○○○○○○
（作為段落文字敘述時，第二行到邊。）

　　　　(1)教育研究○○○○○○○○○○○○○○○○○○○○
　　　　　○○○○○○○○○○○○○○○○○○○○○○○○
（作為標題時，占一行，前空三字；若標題太長時，次行與標題第一
個字對齊。）

　　　　(1)教育研究○○○○○○○○○○○○○○○○○○○○
○○○○○○○○○○○○○○○○○○○○○○○○○○○○
（作為段落文字之敘述時，第二行到邊。）

　　　　　①教育研究○○○○○○○○○○○○○○○○○○
　　　　　　○○○○○○○○○○○○○○○○○○○○○○
（作為標題時，前空四字；若標題太長時，第二行與標題第一個字對
齊。）

　　　　　①教育研究○○○○○○○○○○○○○○○○○○○
○○○○○○○○○○○○○○○○○○○○○○○○○○○○
（作為段落文字敘述時，第二行到邊。）

　　　所有標題（不論是大標題、中標題或小標題）後之文字敘述，均
自次行第三字開始，即前空二字。茲將論文寫作規格舉一實例如後：

‧‧‧‧‧‧‧‧‧‧‧‧‧壹、教育研究

‧‧教育研究〇〇〇〇〇〇〇〇〇〇〇〇〇〇〇〇〇〇〇〇

一、教育研究

‧‧教育研究〇〇〇〇〇〇〇〇〇〇〇〇〇〇〇〇〇〇〇〇

‧(一)教育研究

‧‧教育研究〇〇〇〇〇〇〇〇〇〇〇〇〇〇〇〇〇〇〇〇

‧‧1.教育研究

‧‧教育研究〇〇〇〇〇〇〇〇〇〇〇〇〇〇〇〇〇〇〇〇

‧‧‧(1)教育研究

‧‧教育研究〇〇〇〇〇〇〇〇〇〇〇〇〇〇〇〇〇〇〇〇

‧‧‧‧①教育研究

‧‧教育研究〇〇〇〇〇〇〇〇〇〇〇〇〇〇〇〇〇〇〇〇

範例八　圖次

圖　次

範例九　表次

表　次

第貳篇

方法與步驟

第三章

論文寫作的方法與步驟

　　當研究者撰寫論文時，常因不知如何下筆而深感困擾，其原因乃是研究者所蒐集及研讀的文獻，尚不足以有效地運用，或研究題目尚未決定。且論文的每一章節，或如何進行的方法，都有其規範。因此，研究者必須了解論文寫作的方法與步驟，始能順利進行論文的寫作。

　　本章將先討論研究的一般歷程，其次，就論文的主要結構分別說明決定與敘寫研究題目的方法，及如何撰寫研究動機、研究目的、待答問題、名詞釋義、研究範圍、研究限制、文獻評論、研究結果分析與討論、結論與建議，予以討論如後。有關如何進行研究設計與實施，及如何就所蒐集的文獻資料及統計結果的資料作處理，於下一章予以討論。

壹、研究的一般歷程

　　當「研究的題目確定後，論文已完成了一半」，這是任何一位研究者所能體會到的研究過程。因為在確定研究題目的過程中，常需要根據相關文獻及研究動機、研究目的，不斷地修改。但也有的研究是先決定研究題目，再閱讀相關文獻，決定研究變項……。雖然如此，研究題目仍須真正符合整個研究架構的核心及達成研究的目的。

　　茲將研究歷程簡述如下。

一、研究題目、研究動機及研究目的為三位一體的融合體

　　為能確定研究題目，研究者除了必須蒐集並研讀文獻外，同時也要在心中構思研究動機，進而確定研究題目的取向。研究者在形成研究題目與動機的同時，也要根據研究動機提出研究目的。此時研究題目、研究動機及研究目的，初步構成並結合成三位一體的融合體。也就是該三者可視為在同一時期內，相互激盪、互為回饋而形成的融合體。

二、確定研究問題與研究變項

　　研究者在構思及初步決定研究題目、研究動機及研究目的後，要確定研究問題與研究變項。研究問題是從研究目的所引申而來且更具體（有的研究稱為「待答問題」）。研究變項具有「隱藏性」，在研究問題內，或在研究的題目、研究架構中，即可了解有哪些研究變項及其相互之間的關係。

三、進行研究設計與實施

　　當確定研究題目、研究動機、研究目的、研究問題與研究變項後，研究者為達成研究目的，需要對該研究予以設計並實施。研究的設計與實施包括擬訂研究架構、提出研究假設、選擇研究樣本與抽樣、編製研究工具、運用合適的研究方法。其後將研究所蒐集的資料，進行分析與討論，最後形成該研究的結論與建議，而完成該研究。

四、撰寫論文

　　研究者在蒐集、研讀文獻時，即可開始規畫著手撰寫論文，以後陸續在各種階段中，不斷地增刪與修補，最後才呈現完整的研究成果。因此，研究歷程的每一階段都有相互影響、互為回饋的作用，並構成一個堅固且有完整性、邏輯性的架構網。

　　茲將研究歷程的一般模式，以圖 3-1 表示如下。

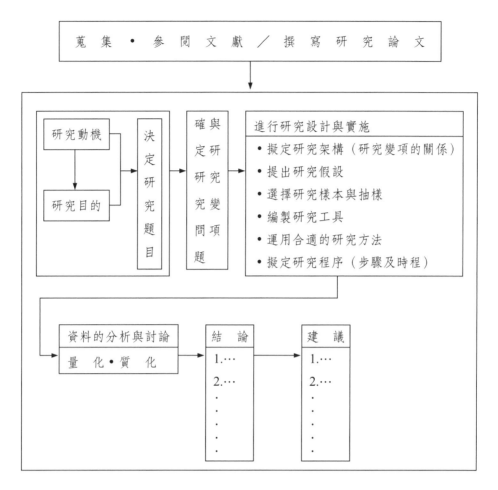

圖 3-1 研究歷程一般模式圖

貳、如何決定與敘寫研究題目

以下就研究題目的來源、選擇研究問題的準則及敘寫研究題目的要領，分別舉例說明之。

一、研究題目的來源

(一)個人經驗——聞、思、見

1. 教育行政的經驗
   - 教育視導
   - 教育行政與政策
   - 教育改革與政策
2. 學校行政的經驗
   - 校長領導與學校文化
   - 校長領導與教師工作滿足感
3. 教學經驗
   - 小班教學精神
   - 九年一貫課程
   - 教師教學與學生學習成就
   - 個別化教學策略
   - 多元化評量

(二)個人興趣

1. 教育行政
2. 學校行政
3. 輔導、諮商
4. 課程與教學
5. 教育哲史
6. ……
   ……

(三)學理的探討

1. 理論：旨在對變項間的關係作系統的解釋。例如：動機的差距理論——教師工作滿足感（期望與實際獲得之間的差距）。
2. 學科領域，舉例如下：

   認知心理學——學生如何學習數學解題、語文與教學策略之關係……等研究。

(四)蒐集及研讀文獻的啓示

1. 分析研究取向→確定研究題目
   - 領導研究的傳統與新取向→轉化領導（transformational leadership）與互易領導（transactional leadership）。
   - 學校組織研究的新取向→校長領導、學校組織文化與組織效能的相結合→國小校長轉化、互易領導影響學校組織文化與組織效能之研究。
2. 複製研究
   - 依某一研究之理論、基礎、研究目的、方法、架構、重複研究，其研究對象可相同亦可不同。
   - 比較前後二次（二個不同時期）研究結果有何不同。

(五)前導研究所引申的進一步研究

前導研究（pilot study）為一篇專論、或一系列持續性或任何形式的研究。例如：以張慶勳的研究為例，張慶勳（1989a）至張慶勳（1993）皆為張慶勳（1996）之前導研究。

▲例示

張慶勳（1989a）。學院與大學的組織特徵——官僚、同僚及政治管理模式述要。**教育資料文摘，23**（1），4-20。

張慶勳（1989b）。**師範校院官僚、同僚與政治管理模式之研究。**

國立高雄師範學院教育研究所碩士論文（未出版）。

張慶勳（1989c）。赫爾巴特與杜威的經驗論及其對國民中小學教學的啟示。**現代教育**，**5**（1），61-73。

張慶勳（1990a）。學校組織的政治分析與管理。**現代教育**，**5**（2），60-70。

張慶勳（1990b）。校園倫理的另一面──學校組織的科層化與專業化之衝突與調適。**國教天地**，**86**，28-35。

張慶勳（1991a）。大學組織的特徵與管理。**現代教育**，**6**（1），81-92。

張慶勳（1991b）。**轉化領導的初步研究──學校領導問卷編製**（未出版）。

張慶勳（1991c）。官僚、同僚與政治模式的理論基礎。**人文學報**，**15**，16-25。

張慶勳（1992a）。學校組織架構之類型與領導。**國教天地**，**92**，73-78。

張慶勳（1992b）。美國學校行政互易領導與轉化領導理念之探討及其對我國的啟示。發表於「美國教育現狀及其趨勢」學術研討會。中央研究院歐美研究所主辦。1992.03.21。又收於郭實瑜主編（1993）。**中西教育專題研究**（頁 197-229）。台北：中央研究院歐美研究所。

張慶勳（1993）。大學校長角色的探討。**屏東師院學報**，**6**，53-82。

張慶勳（1996）。**國小校長轉化、互易領導影響學校組織文化特性與組織效能之研究**。國立高雄師範大學教育學系博士論文（未出版）。

(六)社會關心又具爭議性的問題

1. 教育改革
   - 四一〇教育改革——落實小班小校、廣設高中大學、推動教育現代化、制定教育基本法。
2. 民國八十九年六月廿三日公布「教育基本法」，從「教育基本法」中所引申的問題，例如：
   - 教育權
   - 學習權、受教育權
   - 家長教育選擇權、參與校務權
   - 教師專業自主權
3. 小班教學精神
4. 九年一貫課程
5. ⋯⋯

⋮

(七)待解決之教育問題

1. 教育制度、組織、師資、課程、教學⋯⋯
2. 師範學院課程結構與國小課程關係之研究
3. 師範教育學制改革之研究
4. 綜合高中實施可行性之研究
5. 國小兒童英語教學之研究
6. ⋯⋯

⋮

(八)創發性的研究題目

創發性的題目係研究者以調查、訪談或觀察的方法，獲取構思研究問題的資料，再融合教育的基本研究與應用研究的精神，使理論、研究

與實務相結合，而形成研究的題目。茲舉例如下：

　　張慶勳（2000）曾在屏東縣琉球鄉以半結構式的問卷，對 103 位鄉民進行問卷調查，詢問鄉民認為該鄉最亟迫解決的教育問題有哪三項，經調查分析結果，歸納如表 3-1 所示。調查結果顯示「文化刺激貧乏」是屏東縣琉球鄉最亟迫解決的教育問題。研究者針對表列排序的各項問題，再訪問該鄉教育工作者（國小校長），並兼顧理論、研究與實務的特性，而研擬一些可供研究的問題供參考（見表 3-2）。

表 3-1　屏東縣琉球鄉最迫切解決的教育問題調查結果一覽表

排序	票數	教　育　問　題	百分比
1	69	文化刺激貧乏問題	61.6%
2	44	教師流動率偏高	39.3%
3	43	學生外流之問題	38.4%
3	43	單親與隔代教養之問題	38.4%
5	34	進修管道暢通之問題	30.4%
6	32	社教機構不足之問題	28.6%
7	31	家長管教之問題	27.7%
8	30	教育輔導資源缺乏之問題	26.8%
9	24	學生學習意願之問題	21.4%
10	17	升學意願不高之問題	15.2%
11	16	學生紀律與品德之問題	14.3%
12	7	信仰、價值觀影響的問題	6.3%
13	4	學生中途輟學情形之問題	3.6%
其他	1	外籍新娘溝通之問題	0.9%
	1	民眾保育觀念之問題	0.9%

資料來源：張慶勳根據調查結果編製

表 3-2 屏東縣琉球鄉「社區文化與教育」系列問題研究

【家庭教育】
1. 屏東縣琉球鄉國民小學家長及教師參與對學生生活適應影響之研究
2. 屏東縣琉球鄉國民小學家長社經地位、管教態度與學生學習動機及學習成就之研究
3. 屏東縣琉球鄉家庭結構與家庭教育關係及其相關問題之研究
4.

【學校教育】
1. 屏東縣琉球鄉國民中小學校園學生文化之研究
2.

【休閒文化】
1. 屏東縣琉球鄉成人休閒生活文化之研究
2. 屏東縣琉球鄉國民小學學生休閒生活文化之研究
3.

【其他】
1. 屏東縣琉球鄉外籍新娘問題之研究
2. 屏東縣琉球鄉學生家長宗教信仰與其子女教育問題關係之研究
3. 教育優先區對屏東縣琉球鄉國民教育成效之研究
4.

說明：表列研究題目均列出「屏東縣琉球鄉」，表示強調該地區的專案／題研究。若未列出時，可在「研究對象」中說明。

二、選擇研究問題的準則

(一) 研究問題須符合興趣與未來的發展方向。

(二) 研究問題須符合研究者的時間、經費、體力及所運用資源的能力。

(三) 研究的問題宜具體可行，不必大而不當，而要「小題大作」，深入研究。

(四) 可運用合適的方法，達成研究目的。

(五) 沒有相關文獻或無法獲得相關資料（含統計資料），則不宜貿然進行。

(六) 研究問題須具有教育意義與價值。

(七) 研究問題須符合倫理上的價值判斷。

三、敘寫研究題目的要領

(一)從變項之間的關係著手

- 國小高年級學童智力與學業成就關係之研究。
- 國中學生家長社經地位、管教態度與其學業成就之關係。

(二)掌握研究主旨（主要的研究目的）

- 影響青少年偏差行為相關因素之研究。
- 「師資培育法」對師範教育體系的影響。

(三)用語清楚，顯示研究特徵

- 研究題目可包含研究對象、研究變項及其相互之間的關係，或是主要的研究方法。例如：師院生任教意願及其相關因素之調查研究。

參、研究動機的寫法

一、標題形式

「研究動機」旨在敘述「為什麼」要進行研究的緣由，其標題的形式，有：

- 研究動機
- 問題的敘述
- 研究緣起

　·研究問題的重要性

　　由於研究動機與研究目的二者關係密切，故有的研究將研究動機與研究目的，合併成「研究動機與目的」。

二、研究動機撰寫的原則

　　研究動機的撰寫，基本上宜從所擬研究問題的背景開始著手。其次，循序漸進地論述到所擬研究問題的本身。也就是以「倒三角形」的形式，從研究問題的背景敘述到研究問題的本身。茲以圖3-2 說明之。

問題的背景

學理基礎

相關文獻的佐證（支持與否）

研究問題的重要性、前瞻性

問題的本身（研究變項、對象）

圖 3-2　撰寫研究動機架構圖

(一)研究問題的背景

　　研究問題的背景主要在敘述：

　1. 研究的問題在時空環境之下如何變遷與發展。

　2. 研究問題的現況如何。

　3. 研究問題的爭議性。

　4. ……

　　⋮

(二)學理基礎

　1. 學理基礎即是相關理論的基礎。

　2. 評析理論的論點對研究問題的支持性或基本假定。

(三)相關文獻的佐證

1. 相關文獻包含理論性及實徵性的文獻。
2. 論述相關文獻對所研究問題的支持與否。

(四)問題的重要性與前瞻性

1. 研究者提出可能的預期結果與貢獻。
2. 研究者提出該研究獨特創見之處。
3. 敘述研究影響的深遠性、廣泛性、長久性……等重要之處。

(五)研究問題本身

簡述研究對象，並結合研究變項，進而論述其關係。

(六)研究動機的架構

1. 研究動機本身是一邏輯上的融合，並構成「起、承、轉、合」書寫的原則。
2. 研究動機與研究目的、待答問題、研究假設、研究架構及研究方法，亦是一邏輯上的融合體。

肆、研究目的的寫法

一、研究目的是研究動機的延續

每一個研究目的是研究動機的延續，一個研究動機可以有一個以上的研究目的。研究目的與研究動機之間，或研究目的與該研究的問題，不僅在條列的次序上應相互一致，且須具有邏輯、層次之感。

二、敘述方式要具體、明確、簡要

(一) 研究目的在「摘要」中可敘述為：

　　1. 本研究旨在……

　　2. 本研究的主要目的在……

(二) 研究目的在論文本文的章節中，以條列方式敘寫時，可用以下的起頭語。例如：

　　1. 了解……

　　2. 探討……

　　3. 分析……

　　4. 評析……

　　5. 比較……

前項各起頭語可用於敘述句之中，同時也可陳述研究變項之間的關係。例如：本研究旨在探討校長領導與學校組織文化之間的關係。

三、敘寫研究目的之原則

(一) 研究目的與研究題目、研究動機有邏輯上、層次上之關聯性。

(二) 嚴格來說，不寫建議性的研究目的，而在論文的建議中依實際需要予以敘述。

(三) 研究目的宜具體可行。

伍、待答問題的寫法

一、待答問題居於研究目的及研究行動之間的橋樑

待答問題（有的研究稱「研究問題」）係根據研究目的而來，一個

研究目的可以有一個以上的待答問題，同時為了達成研究目的與待答問題，研究者須進行研究的設計並付諸行動。最後視研究結果是否支持或否定研究假設，以了解是否有達成研究目的及待答問題。

二、待答問題撰寫的原則

(一) 待答問題要與研究動機及研究目的的順序、層次相互一致。請參見表 3-3。

表 3-3　研究動機、研究目的與待答問題的排序

研究動機	研究目的	待答問題
研究動機 I ⟶	研究目的 I ⟶	待答問題 I
研究動機 II	研究目的 II ⟶	待答問題 II
	研究目的 III ⟶	待答問題 III
研究動機 III ⟶	研究目的 IV ⟶	待答問題 IV

說明：屬於建議性質的研究目的，不必有待答問題。

(二) 待答問題以疑問句的型式敘述，但宜避免僅將研究目的改成疑問句。亦即是待答問題應比研究目的更為具體，更具有操作性。

(三) 待答問題呈現的性質與形式

1. 探索性的待答問題
   ‧釐清 A 的涵義，並提出可行的研究模式。
2. 描述性的待答問題
   ‧……的現況如何？
3. 相關性的待答問題
   ‧A 與 B 有何關聯？
   ‧A 與 B 的相關程度如何？
   ‧A 與 B 是否有相關？
4. 比較性的待答問題

　　　・A 與 B 之間有何差異？

5. 二個變項之間的影響性（因果性）的待答問題

　　　・A 對 B 有何影響？

　　　・A 對 B 的影響性如何？

（註：二個變項之間有相關，不一定有因果關係；有時用徑路分析
　　　解釋影響的情形。）

6. 預測性的待答問題

　　　・A 對 B 是否有預測力？

　　　・A 能預測（解釋）B 的程度如何？

陸、名詞釋義的寫法

一、名詞釋義的定義與功能

　　名詞釋義係將研究問題或研究假設中所述及的自變項、依變項或其他的重要概念，予以明確具體的界定，俾使讀者能清楚了解研究變項或概念的確切意義，同時也顯示該變項或概念在研究中所代表的涵義和研究者所想表達的意義。

二、標題形式

　　「名詞釋義」的標題有時亦有「重要名詞的解釋（釋義）。」

三、名詞釋義的範圍

　　「名詞」通常是研究題目中可見到或所研究的變項，同時也與該研

究的「關鍵詞」有關。例如：

例 1　研究題目：師院生任教職志與其相關因素之研究。

　　　　關 鍵 詞：師院生、任教職志、職業興趣、社經地位。

　　　　名詞釋義：師院生、任教職志、職業興趣類型、人境適配程度、
　　　　　　　　　社經地位。

例 2　研究題目：國小校長轉化、互易領導影響學校組織文化特性與組
　　　　　　　　　織效能之研究。

　　　　關 鍵 詞：轉化領導、互易領導、學校組織文化特性、學校組織
　　　　　　　　　效能。

　　　　名詞釋義：轉化領導、互易領導、領導型態、領導策略、學校組
　　　　　　　　　織文化特性、學校組織效能。

四、如何呈現名詞釋義

(一)準則

　　先寫概念性定義（conceptual definition），後寫操作性定義（operational definition）。

(二)概念性定義

　　概念性定義係以其他的名詞或概念，闡明所描述的名詞。

(三)操作性定義

　　操作性定義係根據研究變項之可操作、測量、觀察的特徵而下的定義，俾使變項或概念更為明確，並使抽象的構念和假設變成可以實際觀察和測量。也就是將抽象的概念予以具體化，並提供可觀察的標準，以使變項的內涵能在真實的情境中加以印證或解釋。

五、舉例說明

(一)名詞釋義與問卷題目內容相互一致

當研究方法採用問卷調查法時，名詞的操作性定義，宜與問卷題目內容相互一致。

茲舉例如下：

名詞釋義範例 1：名詞釋義與問卷題目內容相互一致

研　究　者：張慶勳
年　　　代：民國八十五年元月
論文類別：國立高雄師範大學教育學系博士論文
論文題目：國小校長轉化、互易領導影響學校組織文化特性與組織
　　　　　效能之研究

名詞釋義：學校組織文化特性

學校組織文化特性係指學校組織文化的特性，而學校組織文化則為學校組織成員為解決組織內部統整與外在適應問題，對具有象徵性意義的人工製品（如器皿、建築、儀式、慶典、藝術……等）予以認知，形成共識並內化為成員的價值與假定後，進而作為組織成員所遵循的規範。它是學校組織成員的「知」與「行」之結合，而其目的則在解決問題。

本研究將學校組織文化特性分成合作性（cooporation）、專業性（profession）、一致性（consistency）、分享性（share）及統整性（integration）五個特性的內涵加以探討。

(一) 合作性
教師為完成某項目標而共同合力完成某項工作。

(二) 專業性
校長對教師在專業上的尊重、教師具有教學上的專業自主權，及重視其未來的生涯專業發展。

（下頁續）

（續上頁）

(三) 一致性

　　教師在基本假定、態度、信念、學校規範……等的前後連貫性，或彼此之間有共同一致的取向及共識。

(四) 分享性

　　教師能將快樂、校務發展遠景與同事共享，且在獲得成果時能彼此共享。

(五) 統整性

　　教師對於校務的看法或決策過程有不同意見時的整合取向。

〔問卷題目內容〕

學校組織文化特性量表題目因素名稱與理論層面

因素名稱	理論層面	正式問卷題號	問　　題　　內　　容
學校組織文化特性	合作性	1	為達成學校所交付的任務，教師會共同努力合作予以完成。
	合作性	6	教師會共同合作辦好學校的各項活動。
	合作性	11	各單位人員會籌組工作小組合力解決共同問題。
	專業性	2	教師的專業知能受到重視。
	專業性	7	教師在教學方面具有專業的態度。
	專業性	12	教師重視未來專業生涯的規畫與發展。
	一致性	3	教師對學校未來的發展有一致性的共識。
	一致性	8	教師對於校園的規畫有一致性的看法。
	一致性	13	教師對應如何扮演好自己的角色有一致性的看法。
	分享性	4	當完成學校所交付的任務時，教師會分享其成果。
	分享性	9	教師會共同分享校務發展的遠景。
	分享性	14	當學校遭遇困境時，教師會共同承擔解決。
	統整性	5	本校的校務是經過討論達成共識後決定的。
	統整性	10	校長會統合參考教師的不同意見而作最佳的決定。

資料來源：張慶勳（1996）。**國小校長轉化、互易領導影響學校組織文化特性與組織效能之研究**。國立高雄師範大學教育研究所博士論文（未出版）。頁146。

(二)具體寫出衡量指標──文字敘述

名詞釋義範例 2：具體寫出衡量指標──文字敘述

研　究　者：邱怡和

年　　　代：民國八十七年三月

論文類別：國立屏東師範學院國民教育研究所碩士論文

論文題目：情境領導理論適用性之研究──以高屏地區國民小學為例

名詞釋義：學校效能

學校效能係指一所學校在各方面的表現，本研究中以六個衡量指標作為學校效能的校標，分別如下：

1. 工作滿意度：指學校成員對於目前的學校環境、待遇、升遷管道、社會地位、同事間的相處給予評價後的心中感受。
2. 服務精神：指教師對於所擔任的行政工作與教學工作所投入的程度。
3. 學校績效：指學生在各方面所表現的成果，以及教師教學效率、及達成學校教育目標之情形。
4. 學校適應力：指學校成員感受到環境之變遷，以及對於新的教育政策、校長領導措施，與緊急事件應變與調適之能力。
5. 學校教師效能：指教師工作滿意度與服務精神之總和。
6. 學校組織效能：指學校績效與學校適應力之總和。

在本研究中，學校效能係以教師填寫由研究者自編的「學校效能問卷」所得的結果為依據，得分愈高者，表示該校學校效能愈高；反之，則學校效能愈低。

(三)具體寫出衡量指標──數字表示

名詞釋義範例 3：具體寫出衡量指標──數字表示

研　究　者：莊勝義
年　　　代：民國七十八年六月
論文類別：國立高雄師範學院教育研究所碩士論文
論文題目：台灣地區高級中等教育機會均等問題之研究

名詞釋義：地區教育機會分布指數

　　本研究就院轄市、省轄市及縣三級地區（城鄉別），與北、中、南、東四大地區（地域別），以及 23 個縣市地區（縣市行政區別），分別以各該地區高中學校數、班級數與學生數占全台灣區總數的百分比，除以各該地區人口數占全台灣區人口總數的百分比，求得該地區高中教育機會分布指數。當此數值等於 1 時，表示該地區高中教育機會分布適中，大於 1 者表示占優勢，小於 1 者表示不利地區。

柒、研究範圍的寫法

一、撰寫取向

　　研究範圍主要提示研究所涵蓋的時間、空間（地區）、對象及內容，扼要提出研究的輪廓。

二、例子

研　究　者：張慶勳

年　　　代：民國八十五年元月

論文類別：國立高雄師範大學教育學系博士論文

論文題目：國小校長轉化、互易領導影響學校組織文化特性與組織
效能之研究

第○節　研究範圍

一、研究文獻

研究文獻包括教育資料庫（Educational Resources Information Center; ERIC）所蒐集的報告、期刊、博士論文摘要，及其他國內外書籍、雜誌、期刊等的資料。

二、研究地區與對象

本研究以高雄市、台南市、高雄縣及屏東縣等四縣市的國小校長以及教師為研究對象。從行政區域而言，包括院轄市、省轄市、縣轄市，及平地、海邊等。

三、研究內容

本研究以文獻探討、問卷調查與訪問所蒐集的資料，研究國小校長運用轉化及互易領導，與影響學校組織文化特性及學校組織效能的關係，並建立校長運用領導策略影響學校組織文化特性與組織效能的模式，及提出結論與建議。

捌、研究限制的寫法

一、研究限制要寫什麼

(一) 當研究者在研究過程中遇到不可預料的狀況，雖已努力克服，但仍無法排除對該研究產生負面影響時，要將其經過寫入研究限制內。例如：

・回收問卷太少，並已盡力催收；或扣除無效問卷後，有效問卷無法達成預期的目標，以致產生統計上的誤差。

・樣本的流失。

・……

(二) 不宜列為研究限制者

　　一般研究者在研究限制中，常將研究者的有限時間、經費、體力及自己認為抽樣範圍太少，或研究地區不夠普及，因而形成效度不良，或研究結果無法推論更廣的範圍，列入研究限制內，並在建議中予以重複的敘述一次。

　　從另一角度予以思考，此類寫法類似「否定自己的研究」之一種方式。因研究者本來的研究設計與實施的過程，即是有其既定的範圍與過程，因此不宜將其列入研究限制內，而否定自己的研究。研究者若需予以陳述時，建議列為後續性的研究較妥。

二、例子

研　究　者：張慶勳

年　　　代：民國八十五年元月

論文類別：國立高雄師範大學教育學系博士論文

論文題目：國小校長轉化、互易領導影響學校組織文化特性與組織
　　　　　效能之研究

研究限制

偏向運用轉化領導型態校長的人數較少，統計結果恐有偏差

　　爲了達成第一、四、五個研究目的，本研究原擬分別以變異數分析，統計分析校長運用不同的領導策略，其學校組織文化特性及學校組織效能是否有顯著性差異。但是依問卷調查結果，在所有 31 所學校中，僅有 1 位校長是偏向運用轉化領導的，而偏向運用互易領導的有 15 位，轉化領導與互易領導平衡運用的有 15 位，因此轉化領導校長人數與其他領導型態的校長人數相差太多，若以變異數分析，其學校教師人數太少，在研究設計上常會損失一些所須的觀察值，而可能會造成統計上的偏差。雖然如此，本研究仍試以卡方作差異性考驗，但在 6 個細格中有 3 格的次數小於 5（占所有細格的50%）。因此，統計結果恐有偏差。

玖、文獻探討的寫法

　　文獻探討是每個研究的必經過程，它是對研究主題相關文獻的評析、摘要與綜合。假如研究者能將文獻探討審慎嚴謹地呈現出來，則必能對所研究的問題加深了解，也能幫助了解過去所研究的結果。但假如不能將文獻好好地加以探討，則難以對所研究的主題建立一個可接受的知識架構。

　　文獻探討雖然是研究的必經過程，且有其重要性，但是諸多研究者在研究過程中，皆因時間、資料蒐集的方法或經濟等因素的影響，大多

未能妥善處理所蒐集的文獻，甚至本末倒置，未能作好文獻探討的工作，因此限制了研究的品質。

一、文獻探討的相關名稱

文獻探討（literature review）亦稱「文獻回顧」或「文獻評論」（盧建旭，2000，頁 93），或「文獻概覽」（王文科，2001，頁 100）。在教育與心理研究方面，大多以「文獻探討」或「理論基礎與文獻探討」做為章節名稱，而進行文獻的探討及評析。

二、文獻探討的功能

為什麼要從事文獻探討，它有何作用，茲綜合相關文獻（Gall, Borg, & Gall, 1996, pp. 114-116; Gay, 1996, pp. 40-41; McMillan & Schumacher, 1989, pp. 115-116）的分析，文獻探討至少有下列五項功能或目的：

(一)界定或發展新的研究問題

教育研究的主題範圍極廣。研究者最初可從研讀與研究主題的先前有關理論、知識或實際的敘述等主要著作開始，而去尋找更為具體可行的研究問題。

(二)將研究建立在先前研究的基礎上

研究者從事文獻的評析時，將會更深入了解研究問題在過去已有的相關研究，並將其與現存已有的知識發生關聯。同時也在文獻探討的過程中，擴展並增加研究主題的知識與問題。

(三)避免無意義的及不必要的重複研究

研究者能對文獻作全面性且徹底的分析，則能使研究者避免無意義的複製，並能幫助研究者另外選擇不同的研究題目。然而，研究者為驗證研究也可慎重考慮進行重複研究。若以類似的方法研究同一主題而無法得到顯著的結果時，則表示需要重新修訂研究問題或研究設計。假如研究的設計係用以作決策的依據時，也有複製前人研究的必要。

(四)選擇更適當的研究設計與實施

研究者可就所探討的主題，揀選已建構的知識，予以評估研究方法。因為先前的研究可提供研究設計的理論基礎，並使研究者更了解如何作好研究設計。假如研究者對先前研究的統計、樣本的取樣，及研究方法作深入的分析，將可幫助研究者發展出研究假設，從事更高級的研究設計，選擇有效的研究工具，以更適當的方法分析資料，或對所研究的問題採用不同的方法論以進行研究。

(五)與先前研究發現相互比較，並從事進一步的研究

研究者可將研究結果與先前研究的發現相對照，以了解是否該研究能建構其他的知識領城。假如研究仍然沒有顯著性的結果，則該研究可能與研究的問題或設計有關。研究者可從進行研究和文獻探討的過程中所獲得的研究結果，與其本身研究結果相互比較、對照，而評析其異同及探究其可能的原因。

三、文獻探討的主要步驟

研究者撰寫文獻探討，須經下列三個主要步驟：

步驟 1：蒐集相關文獻

研究者蒐集文獻時，需要了解蒐集文獻的方法與步驟，有哪些文獻可蒐集，如何使用蒐集文獻的工具等。因此，每一研究者必須具備下列的知能。

1. 了解資料的來源，俾能迅速取得所需的資料。例如：
   - 第一手資料（原始資料）、第二手資料。
   - 書籍、期刊、雜誌、摘要、索引、學位論文、研究報告、研討會報告、檔案資料、電子媒體、視聽媒體……。
   - 圖書館紙本版、非紙本版。
2. 能運用迅速有效的方法，檢索並取得資料。例如：
   - 能有效使用圖書館的各種檢索工具。
   - 能操作電腦並透過網際網路與資料庫，檢索各種資料。

步驟 2：研讀與整理文獻

當研究者研讀文獻後，須將文獻予以歸納整理，並分門別類訂出研究的相關議題，才能將文獻作進一步的評析。研究者可依文獻的內容，予以歸類，假如無法明確的歸類時，則表示尚須蒐集更多的文獻，以作初步的整理。以下的文獻初步整理（初稿）取向，可供參考。

1. 以方法論為主要取向，例如：研究目的、研究方法、研究對象、研究結果……。
2. 以實徵性研究與理論性研究為取向。
3. 以研究年代為取向。
4. 以研究主題為取向（研究者以所蒐集文獻的內容自訂研究的相關議題）。
5. 以上各項可互為融合，並可進一步比較、對照，作成摘要。

步驟 3：將相關文獻予以組織化

研究者將相關文獻予以組織化，有二種涵義與作法：

1. 文獻資料整理的組織化

研究者將原始資料歸納整理後的相關議題，以邏輯層次排列，作為撰寫文獻探討的基礎。

2. 文獻探討結構的組織化

研究者將文獻資料整理並予以組織化後，即將該資料呈現於論文的「文獻探討」章節內。同時，為發揮文獻探討的功能，研究者須在嚴謹的文獻探討結構中，以邏輯性的層次逐次作文獻的評析，提出摘要與討論，最後形成研究的啟示或建議。

四、文獻探討的結構

茲根據相關文獻（王文科，2001，頁 100-103；盧建旭，2000，頁 93-120；McMillan & Schumacher, 1989, p. 139）及研究經驗，量化研究的文獻探討組織架構主要分成導論、評析、綜合討論及對研究的啟示四部分。

(一) 導論

導論部分即為文獻探討的引言、前言，亦即是文獻探討的開頭段落。一般未將標題寫出，係描述文獻探討的目的與範圍，它可作為陳述問題，或對文獻探討提出簡要的趨向與概括式的輪廓。

(二) 評析

文獻的評析是文獻探討的精髓所在。研究者選擇與其研究主題有關的重要文獻，將研究結果、設計、方法等予以分類、比較、對照，而予以評論、統整及摘要。文獻評析的內涵與標題，視研究的題目或主題及所蒐集的文獻而定。所蒐集的文獻應包括實徵性及理論性，及各種不同

論點的相關文獻。

　　研究者應了解哪些文獻適宜呈現，根據什麼標準判定哪些文獻是重要的或是不重要的。當然這些要由研究者本身對研究主題的深入了解程度，及其本身所投入的工夫而決定。但是每位研究者判斷的準則皆不同，因此，文獻探討的結果則有差異。

　　在文獻評析所呈現的形式上，宜盡量避免資料的堆積。而在形式的組織方式上，提供下列的方式供參考：

　　1. 依年代順序說明

　　　(1)某一理論的發展階段。

　　　(2)先前已有的類似研究。

　　2. 依研究主題相關變項的順序敘述

　　　(1)通常可由與研究問題背景有關的先敘述，再逐漸進到與問題本身最有密切關係者，俾能導引出待答問題或研究假設。

　　　(2)例子

　　　　・研究題目：國小校長轉化、互易領導影響學校組織文化特性與組織效能之研究

　　　　・文獻探討章節所呈現的標題／形式：

　　　　第一節　學校組織與領導研究的傳統及新取向

　　　　第二節　轉化領導與互易領導的理念與相關研究

　　　　第三節　學校組織文化的理念與相關研究

　　　　第四節　學校組織效能的理念與相關研究

　　　　第五節　個別文獻評析

　　　　第六節　綜合討論

　　　　第七節　啟示與本研究的焦點

　　3. 以研究方法分類說明

　　研究者首先可將研究主題的各種研究方法、研究目的、⋯⋯分別列述，而導引出該研究所擬採用的研究方法、⋯⋯。

4. 混合的方式

研究者可綜合上述的組織形式，予以融合運用並敘述之。例如：

　　・在相關的研究主題／變項中，依年代或研究方法、研究發現
　　　……等予以分類敘述。

(三) 綜合討論

　　綜合討論部分主要係將上述的文獻評析，再做一次更高層次概念性的整理。研究者針對文獻評析中，諸如在研究主題支持或否定的論點、研究方法是否仍有困難，有哪些問題尚待研究，或哪些問題研究的結果仍未令人信服等加以討論。而文獻探討的綜合討論，也提供研究者明確有效地建構／提供研究設計與實施的立論基礎。

　　有的研究未將「綜合討論」單獨列為一獨立的單元／節，而將其緊接於各主題文獻評析的最後，分別予以敘述之。

(四) 對研究的啓示

　　「對研究的啟示」的標題名稱，有些研究稱為「研究啟示」或「研究啟示與研究焦點」。嚴格來說，「對研究的啟示」並不是文獻探討的一部分，它是文獻探討與研究設計及實施之間的重要「銜接點」。研究者可將綜合討論的結果，再予以歸類，分別對所擬研究提出諸如研究主題、研究方法、研究對象……等的啟示，同時也從文獻探討中建構出理論的模式，並導入研究的設計與實施中。

　　有些研究未列「對研究的啟示」一節，而與「綜合討論」分別於文獻探討的各評析議題中予以敘述，並提出摘要與建議。

拾、研究結果分析與討論的寫法

在量化研究中，「研究結果分析與討論」通常置於「研究設計與實施」以及「結論與建議」之間，單獨成為一獨立的章節。它根據研究動機、研究目的、待答問題以及研究假設的脈絡，並將統計結果與文獻探討對話後予以分析及討論，進而導向「結論與建議」。因此，「研究結果分析與討論」是研究過程的重要核心與環節。

質性研究中，研究者通常將訪談、觀察或文件檔案所蒐集的資料予以編碼後，先將描述性的資料予以呈現出來，然後再進行分析與詮釋。其標題就以該研究所聚焦的概念性意義作為取捨的標準，而不一定是以「研究結果分析與討論」作為章節的標題。

「研究結果分析與討論」可細分為「研究結果」、「分析與討論」等部分。茲將量化研究與質性研究中，撰寫「研究結果分析與討論」的原則條列說明如下。

一、量化研究中研究結果的分析與討論

(一) 依研究目的、待答問題的脈絡，逐項依序列出章節的標題，並依考驗研究假設的順序，列出統計圖表。

(二) 其次則說明圖表文字或統計數字的現象。此時可用一些諸如描述性統計、推論統計、顯著性差異等的統計術語表示圖表文字或數字所代表的意義。

(三) 將圖表文字或數字所代表的意義與文獻探討對話，說明其何以如此以及其所可能的原因。

(四) 可在每一節中做一綜合性的討論，亦可另外單獨成一節，將上述結果的分析與討論做一綜合性的討論。

(五) 將上述結果的分析與討論歸類成為研究發現。

二、質性研究中資料的分析與詮釋

(一) 依研究目的將訪談、觀察或文件檔案所蒐集資料的逐字稿予以編碼／歸類後，在所歸類的概念化標題下（即是資料的分析），以描述性的性質予以呈現出來。

(二) 描述性的資料宜擷取概念的精華所在，簡短扼要且避免長篇大論及堆積式的呈現，但要彰顯出所敘述故事的脈絡性。

(三) 依資料所表達的意義以及資料字句的長短，可用交叉式或段落式的敘述方式將資料予以呈現。

(四) 研究者以文獻的、學理的、理論的，或經驗上的某一「觀點」進行資料的詮釋。在詮釋過程中宜聚焦於資料所呈現出的現象是什麼，產生此現象的原因與關鍵影響因素是什麼，其所彰顯的意義是什麼……等。

拾壹、結論與建議的寫法

「結論與建議」通常置於論文的最後一章，研究是否達成研究目的、研究的創見與貢獻、研究者的組織與統整能力等，都可從論文的「結論與建議」中彰顯出來。

茲將撰寫「結論與建議」的原則條列說明，並舉例如下。

一、撰寫結論的原則

(一) 依「研究目的」逐項依序說明，且有邏輯推論之層次。
　　• 可了解是否與研究目的相吻合

・可了解是否有達到研究目的

(二) 統整及根據文獻探討，量化與質化研究結果的分析與綜合討論，
而研擬結論的標題。

(三) 結論的標題以「口語化的結果」表示之，不宜有統計術語出現。

(四) 以段落文字或圖表說明／支持標題的涵義，且內文不再出現引用
他人文獻之註解。

二、撰寫建議的原則

(一)根據研究的結論撰寫建議。

(二)建議的標題寫法與結論相同。

(三)一般而言，建議可分成下列的取向：

　　1. 學術性的建議

　　　・理論性的建議

　　　・進一步後續研究的建議

　　2. 實務性的建議

　　　・針對該研究的對象，或與研究對象有關的單位團體提出建議。

　　　・研究者可依實際需要，提出策略性、計畫性或方案性等實務性
　　　　的建議。

第四章

研究設計與實施

五、行動研究法

六、整合分析

伍、研究工具

一、研究工具強調效度與信度

二、問卷的編製與步驟

三、問卷的架構內涵

四、問卷題目的型式

五、網路問卷的編製與應用

陸、研究步驟與過程

柒、資料處理

　　研究設計與實施主要係屬研究的方法論，有的研究稱為「研究方法與步驟」，在一般量化的研究報告或期刊文章中，則以「方法論」做為標題。

　　一般量化的期刊文章或學術研討會的研究報告，其方法論主要包含研究樣本、研究工具、研究設計與研究程序四個要項。而學位論文的量化研究設計與實施，主要包括研究架構、研究假設、研究樣本、研究方法、研究工具、研究步驟與過程、資料處理。也即是強調「研究的設計」與「如何進行研究」二個層面。

壹、研究架構

　　研究架構旨在敘述研究變項之間的關係，同時也可表達整個研究的概念與流程。研究架構通常需要繪成研究架構圖並予以文字說明，俾使讀者能了解研究如何進行，也使論文更為嚴謹。

一、以研究架構圖表示研究變項之間的關係

　　茲以條列方式說明之。

(一) 研究者根據研究動機、研究目的、待答問題，而以研究架構圖表示研究變項之間的關係。

(二) 研究架構圖中可用各種符號（如箭號、數字、英文字母、……）代表變項與變項之間的關係，或變項相互之間的影響徑路與流程。

   1. 以雙箭號表示 A 變項與 B 變項之間的相互關係或影響：

        A 變項 ◄──────► B 變項

   2. 以單箭號表示 A 變項對 B 變項的影響，或從 A 變項至 B 變項的流程：

        A 變項 ──────► B 變項

3. 可用數字（1、2、3、……）或英文字母（A、B、C、……；a、
b、c、……）為符號，另以文字詳細說明之：

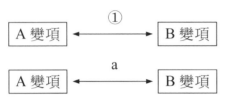

· ①徑路：……

· a 徑路：……

· A 變項：……

· B 變項：……

(三) 為使研究架構圖更能清楚表達其內涵，研究者可另予以文字說明之。

　　茲參見陳世聰（2001）的研究架構圖（見圖4-1）如下。此一架構圖
以符號表示徑路，並另予以說明之。

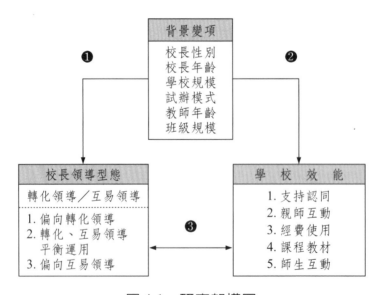

圖 4-1　研究架構圖

資料來源：陳世聰（2001）。**屏東縣國小校長轉化、互易領導與學校效能關係之研究——
　　　　　以發揮小班教學精神為指標**。國立屏東師範學院國民教育研究所碩士論文（未
　　　　　出版）。頁 94。

說　　明：1. 有些研究架構圖未以數字或其他符號表示徑路。

　　　　　2. 本架構圖中的數字所代表的意義，作者於本文中另予文字說明研究變項之間
　　　　　　的關係。

二、以研究架構圖表示研究的概念架構與流程

　　當研究者欲表達其整個研究的設計概念與流程時，可用研究概念架構或流程圖予以表示。一般而言，此類架構圖包含文獻探討、研究變項、研究實施⋯⋯等（參見圖 4-2）。此類架構圖類似研究程序或步驟，因此有的研究置於研究程序或步驟中予以說明。

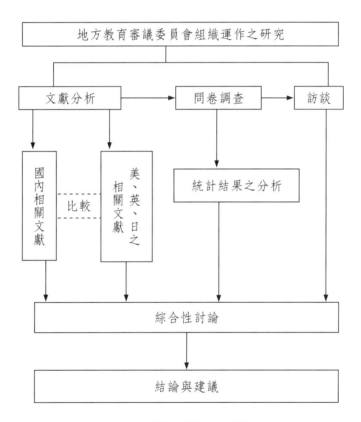

圖 4-2　研究概念架構圖

資料來源：蔡如清（2001）。**地方教育審議委員會功能與運作之研究**。國立屏東師範學院
　　　　　國民教育研究所碩士論文（未出版）。頁 7。
說　　明：本概念架構於該論文第一章緒論中提及。

貳、研究假設

一、研究假設的涵義

　　研究假設是「研究目的」與「待答問題」的一種「預想的方案」或「暫時性答案」。研究者根據研究目的、待答問題及文獻探討的結果，配合研究架構中研究變項的關係，而提出研究假設。

二、陳述研究假設的注意事項

(一) 以明確、簡明、具體的敘述句方式陳述。

(二) 務必以研究目的、待答問題及相關文獻、理論為基礎，並與研究
　　　架構相結合。

(三) 研究假設須是明確而可驗證的：

　　1. 不要為提研究假設而提研究假設。

　　2. 下列的研究問題／目的／方法，不必提研究假設：

　　　(1)欲了解／描述研究問題的現況。

　　　(2)建議性的研究動機或研究目的。

　　　(3)人種誌研究。

　　　(4)歷史性研究。

　　　(5)哲學性研究。

(四) 在推論統計假設上，使用「虛無假設」（null hypothesis）的陳述
　　　方式，經驗證／考驗後，若推翻「虛無假設」時，則「對立假
　　　設」（alternative hypothesis）獲得支持。

　　　▲虛無假設 vs.對立假設

‧虛無假設（H_0）：係研究者所要直接考驗的對象，通常假設兩個變項之間沒有差異。假如能夠拒絕H_0（也就是用反面的證據否證它時），則「對立假設」（H_1；H_a）便獲得支持（$H_0 : \mu_1 = \mu_2$；$H_0 : \rho_1 = \rho_2$）。

‧對立假設（H_1；H_a）：通常假設兩個變項之間有差異存在。例如：其差異性有大於、小於、有差異（$H_1 : \mu_1 < \mu_2$；$H_1 : \mu_1 \neq \mu_2$；$H_1 : \rho_1 < \rho_2$；$H_1 : \rho_1 \neq \rho_2$）。

參、研究樣本

研究樣本包括研究對象、抽樣的方法及樣本的大小。茲分別說明如下：

一、研究對象

一般而言，在論文的題目中會提及研究對象，而在「名詞釋義」中，也會就研究對象作解釋。但在研究設計中，研究者會就研究對象作更具體的操作性說明。

二、抽樣方法

研究者為使樣本更具有代表性，應先清楚界定母群體，並取得最新的母群體資料，採用適當的抽樣方法，而抽取足夠的樣本，並盡量避免抽樣誤差。

抽樣的方法／種類可概略分成：

(一) 隨機抽樣（機率抽樣）

・簡單隨機抽樣

・分層隨機抽樣

・系統抽樣

・叢集抽樣

(二) 非隨機抽樣（非機率抽樣）

・立意抽樣

・雙重抽樣

茲簡介如下：

隨 機 抽 樣 的 方 法

1. 簡單隨機抽樣

　　▲特　　色：合乎均等原則和獨立原則

　　▲方　　法：・抽籤┌抽後置回
　　　　　　　　　　　　└抽後無置回

　　　　　　　　・隨機亂數表

　　▲適用情況：・群體抽樣單位不多

　　　　　　　　・群體抽樣單位同質性較高

2. 分層隨機抽樣

　　▲適用情況：母群體中的某種類抽樣單位很少或非常異質

　　▲步　　驟：

　　　・決定分層所依據的標準

　　　・確定母群體的總人數、每一層（或類）和取樣的人數

　　　・取樣總人數、每一層所占人數比例

　　　・利用簡單隨機抽樣法，從每一層抽取應取的人數

（下頁續）

（續上頁）

　　▲分層考慮事項：

　　　　．配合研究目的

　　　　．分層類別相互排斥、無重疊

　　　　．人數有可靠資料為依據

3. 系統抽樣（等距抽樣；間隔抽樣）

　　▲從抽樣名單中，有系統地每間隔若干個抽樣單位，抽取一個做為樣本的方法

　　▲如從 2000 人中抽 100 人，間隔為 15 人，起點為 5 號，則依序抽 5、20、35、50……

　　▲優點：簡便易行

　　　缺點：不符合均等原則和獨立原則

　　▲母群體本身須是隨機排序

4. 叢集抽樣

　　▲是以抽樣單位（或個體）的集合體為抽樣的基本單位

　　▲如在全校 30 班中，抽出 5 班為樣本，而這 5 班的學生全部都要接受研究處理

　　▲【叢集抽樣】+【分層隨機抽樣】＝【多階段抽樣法】，如上例中，5 班中每班再各抽出部分學生作研究即為多階段抽樣法

非 隨 機 抽 樣 的 方 法

1. 立意抽樣（判斷抽樣）

　　▲研究者根據個人主觀判斷選取適合研究目的的樣本

　　▲優點：比隨機抽樣的方法更容易、簡便

　　　缺點：無法解釋普遍的事實，因樣本不是隨機的

2. 雙重抽樣

▲【問卷調查】+【個別訪問】

▲優點：問卷和訪問的資料可相互對照比較以提高信度

三、樣本的大小

(一)依研究的種類決定樣本的大小

1. 描述性研究：樣本人數至少應有母群體人數的 10%，如果母群體較小時，則至少宜有 20%左右。

2. 相關研究：樣本人數至少應有 30 人，始能確定有無相關存在（細格人數較多時，始能使統計結果較正確）。

3. 事後回溯研究（因果比較研究）與實驗研究，每組人數至少應有 30 人。

4. 如果實驗研究設計得宜，有嚴密的實驗控制，每組受試者至少在 15 人以上，但一些權威學者還是認為每組受試者最少應有 30 人，最為適宜。

(二)統計上考慮的樣本數

1. Gall, Borg 與 Gall 的觀點

依 Gall, Borg 與 Gall （1996, pp. 229-230）的觀點認為，一般的共同通則是盡可能使用「夠大」（large enough）的樣本研究。使用大樣本的時機或目的主要係從統計的觀點予以考量，例如：

(1)降低研究中許多未控制因素所產生的影響。

(2)預期變項間的差異或相關很小時。

(3)用大樣本以使各組別（細格）的人數增加，以避免各組人數不足時，無法進行統計分析。

(4)當母群體的異質性較大時。

(5)研究的依變項的可靠性較低時，使用大樣本較能發現其差異的顯著性。

(6)提高統計顯著性或統計鑑別力。

(7)所使用的測量工具信度較低時。

2. 進行「次數分配多邊圖」的統計資料處理時

樣本次數（n）愈大，其次數分配多邊圖的面積將會更趨於常態分配。

3. 進行「卡方考驗」時

(1)理論次數（期望次數）不能低於 5，否則便要使用耶茲氏校正（Yate's correction for continuity）。事實上，理論次數小於 10，便要進行校正（林清山，1999，頁 301）。

(2)樣本數愈大，卡方值愈大。

4. 進行「單因子變異數分析」時──樣本大小宜相等

(1)各組之間樣本大小不等

・在實驗設計的工作中，常會損失一些所需的觀察值，而造成所謂的缺失資料，故各組之間樣本大小宜相等。

(2)樣本大小相等之優點

・當樣本大小相等時，F 值對各分組母群體的變異數同質性之假設較不敏感。

・選擇相等樣本大小可減少發生第二類型錯誤所產生的誤差。

・若樣本大小相等，則可簡化平方和之計算（李金泉，1995，頁 3-12）。

5. 進行「因素分析」時──學者對問卷題目進行因素分析時，有關樣本數的多寡並沒有一致性的結論

(1)多數學者皆贊同「因素分析要有可靠的結果，受試樣本數要比量表題項數還要多」。例如，一個分量表有 40 個預試題項時，則因素分析的樣本數至少要 40 人（吳明隆，2000，頁 3-7）。而當受試者具同質性，且變項數目不大時，通常 100～200 人即已足夠（李金泉，1995，頁 3-5）。

(2)依 Comery（1973）樣本數的標準

‧ 50 人──很差，100 人──差，200 人──尚可。

‧ 300 人──良好，500 人──很好，1000 人──極佳（李金泉，1995，頁 3-5）。

(3)依 Gorsuch（1983）的看法

‧ 題項與受試者的比例最好為 1：5。

‧ 受試樣本總數不得少於 100 人。如果研究主要目的在找出變項群中涵括何種因素，樣本數要盡量大，才能確保因素分析結果的可靠性（吳明隆，2000，頁 3-8）。

6. 將受試者以分數分組時

研究者若要將受試者分成高分組與低分組，且每一組人數至少要 30 人，以做為統計考驗分組的依據時，下列方法可供參考：

‧ 假設以得分高低人數 25% 為選取高低分組之依據，則總樣本數為 120 人（X = 30÷0.25），因此受試者至少要 120 人。

‧ 假設以得分高低人數 27% 為選取高低分組之依據，則總樣本數為 112 人（X = 30÷0.27），因此受試者至少要 112 人。

‧ 其他比例算法，以此類推。

‧ 當預試結果將每一題目進行決斷值（critical ratio; CR）的項目分析時，可適用此方法。

7. 預試樣本數以問卷中包括最多題項之「分量表」的 3～5 倍為原則（吳明隆，2000，頁 1-14）

(三)避免「抽樣的誤差」比「樣本的大小」產生更大的負面影響

上述的資料可供參考外，研究者於抽取樣本時，也受到人力、物力、時間的限制，以至於無法獲取足夠的樣本。例如，當母群體太多時（如全國的所有教師），欲抽取 10% 亦有其窒礙難行之處。更重要的是母群體太大，其異質性高，同理，其樣本的異質性也可能相對地提高。

因此，研究者在抽取樣本時，勿拘限於「絕對數量」，而宜將其當作參考值，不要因為要求夠大的樣本，致使「抽樣的誤差」可能比「樣本的大小」對研究產生更大的負面影響。

肆、研究方法

　　研究者採用較適當可行的研究方法，以達成研究目的。研究者不是為研究方法而採用研究方法，而是以達成研究目的及研究主題為指標來選用研究方法。在研究過程中，可能只用一種研究方法，或在前後不同的階段運用不同的研究方法。

　　一般在研究的醞釀階段，大多以文獻分析法奠立文獻探討與相關理論的基礎，其後經過研究的設計而採用可行的研究方法。

　　研究方法的分類依所使用的方法、工具、目的等，而有不同的名稱。例如：

▲量化研究 vs.質化研究

▲歷史研究法、描述性研究法、實驗研究法、整合分析法、行動研究法、俗民誌研究法……

茲簡介常用的研究方法如下：

一、歷史研究

(一) 目的：分析或解釋過去所發生的現象，藉以發現一些了解過去、現在，甚至預測未來的法則。歷史研究結果可提供吾人了解心理與教育的寶貴史實。

(二) 主要歷程：調查、記錄、分析和解釋過去所發生的現象，而沒有控制和操縱某些變項。

(三) 強調原始資料的取得：研究結果正確與否常賴研究者的推論和邏

輯分析，為了獲得正確的研究結論，研究者必須努力於蒐集原始資料，並以批判的態度面對歷史研究，其重要性猶如控制與操縱對實驗研究一樣。

二、描述性研究

描述性研究旨在證驗假設、描述或解釋目前所存在的現象和事實，或分析研究變項間的關係。其研究結果強調事實的分析，有時亦稱為調查研究（survey research）。

描述性研究依蒐集資料的方法，主要係以自我報告的途徑（self-report approach）為主，也可採取跨時間、領域、文化的途徑進行研究。

(一)自我報告研究（self-report research）

自我報告研究係對受試者或樣本進行問卷、調查、訪談的途徑，蒐集資料後予以量化、標準化程序並予以分析。如問卷、調查、訪問調查、相關研究、事後回溯研究等。

(二)橫斷研究（cross-sectional research）

跨領域研究係採取較長時期追蹤，或跨文化的途徑，進行探討變項之間的發展及變易情形。其研究有跨文化研究、發展研究、生長研究、趨向研究等。

三、實驗研究法

(一) 實驗研究是在適當控制的情況下，研究者操縱某一變項，而觀察此一變項對其他變項的影響。

(二) 研究情境實驗研究可以在實驗室中進行，也可以在教育情境中進行。這兩種實驗研究的差異，在於前者可以做比較嚴格的控制，

而達到實驗研究的精確目標；後者則比較難以做精密的控制，但研究結果卻比較能夠推論到實際的情境中。

(三) 主要包括下列四種研究設計：

1. 真（正）實驗設計（true experimental design）

研究者所從事的實驗研究，能夠隨機分派受試者，並適當控制無關因素對依變項的影響。

2. 準實驗設計（quasi-experimental design）

研究者由於現實情況的限制，無法採用隨機方法分派受試者，並控制實驗情境，在教育研究中主要有「非隨機控制組前後測實驗設計」及「時間序列設計」。

3. 多因子實驗設計（factorial design）

在一個實驗中，同時觀察二個以上的自變項對一個依變項影響作用的研究設計。例如：二因子實驗設計、三因子實驗設計。

4. 單一受試者實驗設計（single subject experimental design）

研究者以一個受試者為實驗對象，予以實驗處理後，了解該處理對受試者的某種行為之影響。

四、俗民誌研究

俗民誌研究（ethnography; ethnographic research）是一種需要較長的時間，在實際的、自然的情境場所中從事密集式的觀察、訪問與記錄過程的研究。它可說是一種「交互作用」的研究（interactive research），又稱為「教育人類學」（educational anthropology）、參與觀察（participant observation）、田野研究（field research）與自然探究（naturalist inquiry）。

俗民誌的研究雖然沒有諸如統計分析的特定研究程序，但它仍有與其他研究方法有所區別的地方，例如，在參與觀察、人種誌的訪談及檔案資料的蒐集與分析的方法與策略，就與其他研究方法不同。

　　多數的俗民誌是屬於探索式或發現取向的研究，其目的在了解人的世界觀及發展新的理論（McMillan & Schumacher, 1989, pp. 382-383）。

五、行動研究法

　　行動研究（action research）一詞首由 Kurt Lewin 所提出，他認為社會科學研究不應該在學術研究機構或大學的象牙塔中閉門造車，而是要讓實務工作者在實際情境中共同參與研究，解決問題，進而改善社會實務環境。

　　行動研究並不是一種研究方法，嚴格來說，行動研究是一種研究的方式，它強調由實務工作的人員，在其本身的工作情境中共同參與，並採用各種研究方法，以了解、發現自己工作領域內的問題，進而提出改革與解決問題的策略。

六、整合分析

　　整合分析（meta-analysis）是由 Glass（1976）所發展出的研究方法論。“meta”一字是希臘字首，意即「超越」（beyond）之義（Vockell & Asher, 1995, p. 354）。meta-analysis 在國內也有譯為「統合分析」、「後設分析」、「複分析」。

　　整合分析是一種運用計量的方法，其針對已完成之同一領域／性質的實驗研究或量化研究進行再一次的評析與融合，試圖開展較客觀的研究發現與強有力的結論，而使研究更有組織化並具有意義。

　　雖然整合分析是一種融合性、計量性的分析，但它不是一種大雜燴，且不對研究結果預作判斷，而在尋求普遍性的結論。由於整合分析是一種計量性的再分析方法，因此，特別強調研究的抽樣誤差、研究結果的誤差、中介變項的誤差及各個研究的品質等問題。

　　整合分析能給予相同領域研究一個「階段性的結論」，也指引未來

研究的新方向與趨勢。目前國內醫學界及教育、心理、統計等領域已有採用整合分析方法進行量化研究的再分析，值得加以重視與進一步探討。

伍、研究工具

一、研究工具強調效度與信度

研究過程中所使用的研究工具是否具有效度與信度，對研究結果的正確性與可靠性影響甚大。且不同的研究種類、研究目的、研究對象，或不同學門領域的研究，其所使用的研究工具也有所不同，因此研究工具編製、製作的過程與方法就有所不同。

實驗研究中可能使用實驗儀器或各種器材；心理輔導可能使用測驗；學生的評量可能使用各種評量表／單；人種誌的研究可能使用觀察的記錄器、訪談的錄音設備；量化研究可能使用問卷、量表或各種測驗。有的研究為達成研究目的，可兼用問卷調查與訪談，或使用二種以上的研究工具。

當研究者蒐集及閱讀文獻，或進行量化的統計分析時，常須使用電腦檢索，或相關統計軟體進行分析，因此電腦也是研究工具之一。

不論採用何種研究工具，都強調研究工具編製過程的嚴謹性，也就是重視研究工具的效度與信度，其次則視研究者如何使用，進行施測、實驗或觀察、記錄與資料的分析。

有關如何蒐集文獻資料，將於下一章中予以介紹。本節僅簡介問卷編製的步驟，及問卷的架構與題型如下。

二、問卷的編製與步驟

茲將編製問卷的流程以圖 4-3 表示之，並說明如下。

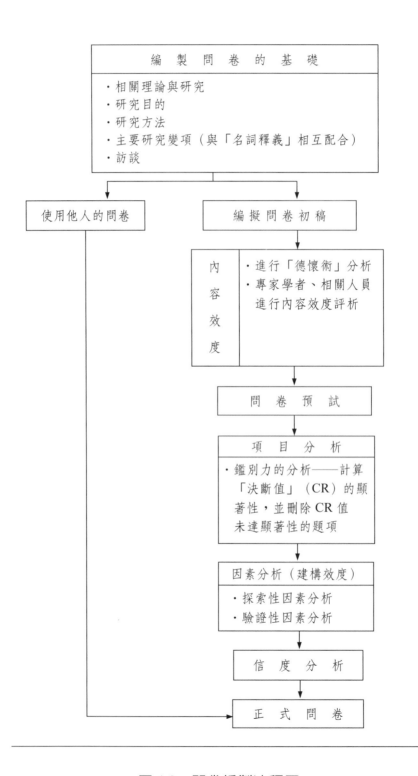

圖4-3　問卷編製流程圖

步驟 1：編製問卷的基礎

研究者在編製問卷之前，類皆先研讀與其研究相關的理論及文獻，根據其研究的目的，使用較為合適可行的研究方法，並與其研究主要變項的操作性定義相互結合，而編製問卷。

此外，研究者為使問卷更能符合實際需要，也可經由開放性的訪談，並配合上述理論及文獻的基礎，而將訪談結果建構及形成編製問卷題項的來源。

步驟 2：編擬問卷初稿

研究者欲編擬問卷，必須了解問卷的主要架構內涵，及其問卷題目所擬呈現的型式。一般而言，問卷的主要架構／結構，可包括下列三項：(1)問卷名稱與研究者信函；(2)樣本基本資料；(3)各量表名稱與題目。問卷題目的型式則可採用開放式或結構式的型式（open-ended or structured formats）（有關問卷的架構內涵及題目型式，詳見本節第三、四項的說明及例示）。

步驟 3：進行內容效度評析

此一階段旨在請學者專家就問卷題目的內容、敘述方式、文字表達等，進行題目文字的潤飾及內容的評析，並作為預試問卷的參考依據，俾使題目更符合研究的目的，以達集思廣益的效果。

內容效度的評析，要兼顧理論性與實務性，並可兼用「德懷術」（Delphi technique）的方法。因此，除了邀請在該研究領域學有專精的學者外，亦須邀請在該研究領域有實際實務工作經驗的相關人員，協助問卷題目的內容評析。

專家評析用的問卷，其主要架構內涵與正式問卷相似，然而宜特別強調研究者所擬表達各層面／變項的涵義。因此，研究者常須作相關名詞的界定，俾使評析人員更清楚了解問卷題目的內容。

　　為使問卷題目能有修改或篩選的依據，研究者在每一題目的適當位置（通常在題目的後面），列出該題是否適合或須修正與否的選項，讓評析人員勾選。同時也在題目底下列出修正欄，請評析人員填註修正意見。

步驟 4：選取樣本進行問卷預試

　　問卷預試的結果旨在建構正式問卷的基礎，因此，研究者所選取作為預試的樣本，其性質必須與研究的對象相同。同時，也要考量抽樣的方法、範圍及樣本的大小。假如選取的樣本與研究對象的性質不同，或樣本不夠大時，則預試結果不能應用到正式問卷上，在題目效度及信度的統計上也無法有效分析。

步驟 5：項目分析——鑑別力的分析

　　篩選題項的第一個統計分析，係進行每一題項的項目分析，也就是分析題項有無鑑別力，即是分析問卷每一題項的「決斷值」。項目分析的基本假定是：量表總分愈高，則各題項的得分也會愈高，也就具有鑑別力。因此，項目分析通常包括下面的主要步驟，依序為：

1. 將題項計分化為一致，如果有反向題時，將反向題的計分轉換成正向題的計分法。例如：
   - 正向題給分：5、4、3、2、1 分
   - 反向題給分：1、2、3、4、5 分
2. 求所有受試者在同一量表的總分。
3. 依量表總分高低順序排列。
4. 區分高分組與低分組——通常以得分最高的 27% 的人數及分數，及得分最低的 27% 的人數及分數，區分為高分組與低分組。
5. 將高分組與低分組進行獨立樣本的 t 考驗。
6. 視每個題項的 t 考驗結果是否達顯著性，而決定刪除題項與否。

步驟 6：因素分析──建構問卷的效度

因素分析旨在建構問卷的效度，它可區分為：

1. 探索性因素分析──研究者將各種難以歸類的變項，形成題目，經由因素分析後予以歸類命名。

2. 驗證性因素分析──研究者根據文獻及相關研究，先將題目內容予以歸類後，以因素分析的方法再予以驗證、命名。

因素分析的主要步驟為：

1. 計算變項間的相關矩陣或共變數矩陣。

2. 估計因素負荷量。

3. 決定轉軸方法。

4. 決定因素。

5. 因素命名。

步驟 7：信度分析──穩定性、可靠性、一致性

一個好的問卷除了要能正確有效外，也要有穩定性，才能算是一個可靠的問卷。問卷的一致性、可靠性與穩定性就是問卷的信度。

問卷的信度有：

1. 外在信度（external reliability）：係指問卷在不同時間測量時，是否仍能有穩定可靠的測量結果。通常以再測法（再測信度、穩定係數）考驗其信度係數。

2. 內在信度（internal reliability）：係指問卷的量表是否能穩定地測量出某一概念，且其所構成問卷量表的所有題目或同一層面的題目，是否有內部的一致性。假如其內部一致性越高，表示內部一致性的信度越高。通常以克朗巴賀 α 係數（Cronbach α 係數）、折半信度（split-half reliability）考驗之。

其他檢核信度的方法，尚包括複本方法及評分者信度等。一般的問卷在預試時，大多使用內部一致性 α 係數作為選取題目的參考。然而 α

係數要多大才可作為選取的標準，學者的看法未盡一致。一般而言，.80以上較為可行，.70以上者則作為可接受的最小值。假如研究者認為題目已足夠時，可刪掉信度較低的題目、重新編製問卷或修正題目。

三、問卷的架構內涵

茲依(一)問卷名稱與研究者信函；(二)樣本基本資料；(三)各量表名稱與題目，分別說明如下。

(一)問卷名稱與研究者信函

1. 問卷名稱

每一份問卷都有一個名稱，問卷名稱的擬定，有下列原則供參考。
(1)文字陳述簡要，切勿冗長。
(2)為使填答者願意真實填答，問卷名稱避免誘導性、價值性的文字，而以中性文字敘述為宜。例如：
・學校概況問卷——中性文字。
・教師教學效能評鑑問卷——教師填答時，易有被評鑑優劣的感受。

2. 研究者信函

在問卷名稱之下，研究者附有一封致填答者的信函，其內容主要包括：
(1)研究的目的。
(2)該問卷的性質——如僅作學術研究之用，請填答者安心填答等。
(3)問卷回收的方式與期限。
(4)研究者與指導教授署名。
通常另有必要時，指導教授會以私函請填答者的單位主管同意並協助其部屬惠允填答問卷。

(二)樣本基本資料

樣本基本資料主要係根據研究目的、待答問題、研究假設與研究架構而擬定。在教育研究中最常見到的有：性別、年齡、服務年資、職務、學校規模、學校所在地……。假如，研究變項有家長社經地位時，如家長的職業、教育程度、月收入，也列入基本資料中。其他的基本資料，則視研究的需要性予以列出。

原則上，問卷的名稱、研究者的信函及樣本的基本資料，三者併列於問卷的第一頁，以求一致性及美觀。

(三)各量表名稱與題目

一份問卷可包括一個以上的量表，但最好不要超過三種量表，俾避免填答者覺得冗長。每一量表的名稱由研究者先予構思預訂，而其題數多寡及因素命名，則依預試後經因素分析而決定之。

四、問卷題目的型式

問卷題目的型式主要係依研究目的、待答問題、研究假設而予以設計。其型式通常可包括開放式與結構式的問題，其中，開放式的題目係由填答者依題意及填答者本身的觀點自由作答；結構式的問題則請填答者在限定的答案範圍內作答。茲將常用的問卷題目型式舉例如下：

問卷題型 1：開放式題目

▲請舉出國民教育階段內最急迫解決的三項教育問題，並請依序排列：

1. _____
2. _____
3. _____

說明：1. 研究者可將調查結果經由劃記，將各類問題依被提到的次數，依序由多至少排列
　　　　（可使用百分比），以了解填答者所認為最急迫解決的國民教育問題有哪些。
　　　2. 研究者可使用此一方法而發掘研究問題。
　　　3. 統計方法：劃記、次數分配、百分比。

問卷題型 2：結構式題目 1——單選題

▲假如國民小學要實施家長教育選擇權，您認為採何種方式較可行？

　□(1)將目前的學區範圍擴大，學區內供家長自由選擇。

　□(2)維持現行學區劃分，但允許特殊需求家長可以申請跨學區的學
　　　校就讀。

　□(3)不劃分學區，家長自由選擇。

　□(4)其他（請說明）。

說明：1. 本題型可依需要另加「其他」的選項，俾避免題目選項不足之處。
　　　2. 統計方法：劃記、次數分配、百分比、卡方考驗。

問卷題型 3：結構式題目 2——複選題

▲若國民小學現階段要實施家長教育選擇權，您認為可能會有哪些困
　境？【可複選，至多四項】

　□(1)聯考制度，使學校偏重智育發展。

　□(2)家長傳統觀念將以學業成就為選擇取向。

　□(3)基層教育工作人員的反彈。

　□(4)教育經費不足，學校無法建立本身特色。

　□(5)私人興學條件太嚴苛，無法建立多元類型的學校。

　□(6)特權充斥與人情關說，使選擇權失去公平性。

　□(7)城鄉教育資源差距太大，將使鄉下及偏遠地區學校招生困難。

　□(8)其他（請說明）。

說明：1. 本題型可依需要另加「其他」的選項，俾避免題目選項不足之處。
　　　2. 統計方法：劃記、次數分配、百分比、卡方考驗。

問卷題型 4：結構式題目 3——李克特式量表 1

	總是如此	時常如此	有時如此	很少如此	從未如此
1.校長能預見學校未來的發展而提出前瞻性的計畫........	□	□	□	□	□
2.校長的領導魅力使教師對學校的發展深具信心............	□	□	□	□	□
3.教師若完成校長所交辦的任務，校長會給予適當的獎勵......................................	□	□	□	□	□
4.校長會與教師討論教育的信念，以提昇教師教學的專業精神..................................	□	□	□	□	□
5.校長提示教師以創新的方式思考問題...........................	□	□	□	□	□
6.對校長所交辦的事情處理不夠積極時，校長會督促加緊辦理..................................	□	□	□	□	□
7.校長能體恤教師的辛勞，使教師在自己的工作上更加努力....................................	□	□	□	□	□
8.校長會主動與教師討論如何達成學校發展遠景的作法.	□	□	□	□	□
9.當教師完成校長所交辦的工作而有所需求時，校長會告訴教師如何去獲得....................	□	□	□	□	□
10.校長的見解論述讓教師心悅誠服...............................	□	□	□	□	□

說明：1. 李克特式量表（Likert-type scale）法的填答方式，以 4-6 點量表法，被多數研究者所採用。其中以 5 點量表較具有內部一致性，超過五個選項時，較難有鑑別力，少於四個選項時，則限制了填答者意見的表達。

2. 以 5 點量表為例，正向題目的分數通常由 5～1 分（較多），或 4～0 分（較少）計算；反向題目則反之，由 1～5 分或 0～4 分計算。也就是愈積極正向的題目，其所得的分數愈高。

3. 常使用的五個選項名稱為：

(1)總是如此	5 分	(2)非常符合	5 分
時常如此	4 分	符 合	4 分
有時如此	3 分	有時符合	3 分
很少如此	2 分	不 符 合	2 分
從未如此	1 分	極不符合	1 分
		（非常不符合）	

(3)非常同意   5分

  同   意   4分

  有時同意   3分

  不 同 意   2分

  極不同意   1分

  （非常不同意）

4.填答者填答的方式，較常使用者：

(1)請填答者在□內打"✔"。例如：

非 符 有 不 極
常 時   不
符 符 符 符 符
合 合 合 合 合

  ▲本校與社區關係良好⋯⋯⋯⋯⋯⋯⋯⋯⋯⋯⋯⋯⋯⋯⋯⋯⋯⋯⋯□□□□□

(2)請填答者在合適的數字上圈選。例如：

總 時 有 很 從
是 常 時 少 未
如 如 如 如 如
此 此 此 此 此

  ▲校長的見解論述讓教師心悅誠服⋯⋯⋯⋯⋯⋯⋯⋯⋯⋯⋯⋯⑤ 4 3 2 1

(3)問卷題目僅在點數二極端標明程度的文字敘述，請填答者依自己的知覺填答。

  例如：

  ▲下列敘述與您對教師評鑑實際感受的符合程度是：

非   非
常   常
   → 不
符   符
合   合

  ・能有效提昇教師的教學品質⋯⋯⋯⋯⋯⋯⋯⋯⋯⋯⋯⋯⋯5.4.3.2.1.

  ・能促使教師對自我教學的反省⋯⋯⋯⋯⋯⋯⋯⋯⋯⋯⋯⋯5.4.3.2.1.

  ・容易造成教師之間的惡性競爭⋯⋯⋯⋯⋯⋯⋯⋯⋯⋯⋯⋯5.4.3.2.1.

(4)請填答者在每一問題之前的空白欄位中，填上數字。例如：

  ▲請依下列題意回答你對實施小班教學精神的看法：

    1 ＝ 非常同意

    2 ＝ 同意

    3 ＝ 介於同意與不同意

    4 ＝ 不同意

    5 ＝ 非常不同意

  1.＿＿＿＿能使學生快樂學習

  2.＿＿＿＿能使學生適性發展

  3.＿＿＿＿會增加教師工作量

  4.＿＿＿＿家長的配合度高

  5.＿＿＿＿能達成評量多元化的目標

問卷題型 5：結構式題目 4——李克特式量表 2

校長剛到學校時的情況						本校目前的情況				
非常符合	符合	有時符合	不符合	極不符合		非常符合	符合	有時符合	不符合	極不符合
□	□	□	□	□	1. 為達成學校所交付的任務，教師會共同努力合作予以完成…………………………	□	□	□	□	□
□	□	□	□	□	2. 教師的專業知能受到重視………………	□	□	□	□	□
□	□	□	□	□	3. 教師對於學校未來的發展有一致性的共識…………………………………………	□	□	□	□	□
□	□	□	□	□	4. 當完成學校所交付的任務時，教師會分享其成果…………………………………	□	□	□	□	□
□	□	□	□	□	5. 本校的校務是經過討論達成共識後決定的……………………………………………	□	□	□	□	□

說明：1. 本問卷題型請填答者同時對同一問題，就二個不同的情況予以填答。
　　　2. 研究者除可作個別情況的分析外，亦可作二個不同情況之下得分的比較

問卷題型 6：結構式題目 5——排列等級

▲請在下列的每個項目之前的空格內，依你喜歡的程度，從 5 代表「最喜歡」的程度，從 5 到 1 依次遞減順序排序。

_____閱讀

_____看電影

_____打電腦

_____游泳

_____逛街

問卷題型 7：結構式題目 6──百分比排列

▲假設你將準備學期考試，請將下列各學科各占用多少時間的百分比
分別填在空格內（總累積百分比為 100%）。

_____國文

_____英文

_____物理

_____化學

_____生物

問卷題型 8：開放式題目與結構式題目合併

屏東縣琉球鄉教育系列問題研究調查表

各位鄉親：

　　貴鄉擁有獨特的地理環境及豐富的人文特色，這些是教育發展的
寶貴資產；但是，地處離島偏遠地區，在教育工作之推展上，難免會
產生一些問題。因此弟亟欲對這些相關問題作進一步的了解，除作為
學術研究外，更希望研究結果能作為　貴鄉未來教育發展之參考，也
提供教育單位推展教育工作之建議。

　　本問卷主要在了解　貴鄉的人文特色及相關的教育問題，懇請惠
與填答，並在填答後交由聯絡人彙寄。

弟　張慶勳　　敬上

國立屏東師範學院

中華民國八十九年五月

壹、基本資料

　　請在下面問題的適當□中勾選您的答案。

　　1.性　　別：□男　□女

2. 年　　　　齡：□21~30 歲 □31~40 歲 □41~50 歲 □51 歲以上

3. 職　　　　業：□漁 □農 □工 □商 □軍 □公 □教 □其他

4. 教育程度：□國小□國中□高中（職）□大學（專）□研究所（含）

貳、問題

一、您認為　貴鄉鄉民每天的生活中，除了飲食起居外，最常做的三項
事是：

1. _____

2. _____

3. _____

二、您認為　貴鄉最迫切需要解決的教育問題是什麼？（請選三項）

□學生外流之問題 □文化刺激貧乏之問題 □社教機構不足之問題

□學生學習意願之問題 □家長管教之問題 □學生紀律與品德之問題

□單親與隔代教養之問題 □升學意願不高之問題

□教師流動率偏高之問題 □教師服務精神不積極

□學生中途輟學情形嚴重 □信仰、價值觀之影響

□輔導資源缺乏之問題 □進修管道暢通之問題

□其他_____

說明：研究者可視實際需要將開放式題目與結構式題目合併編列。

五、網路問卷的編製與應用

問卷調查除了使用紙本版外，受試者也可利用網路編製問卷（本手冊稱為「網路問卷」）。網路問卷的編製有其方法與步驟，在應用上也有其優點與限制。茲予以說明並舉例如下。

(一)網路問卷編製的方法與步驟

網路問卷與一般問卷編製過程相同，只是在最後的呈現方式不同。

一般常見的是用紙張印出來，而網路問卷則是將問題用網頁的型態呈現出來。編製網路問卷可依下列的步驟進行：

1. 確定問卷的內容。
2. 尋找可放置問卷網頁，並可執行動態網頁程式的伺服器空間。
3. 編輯 HTML 格式的問卷與動態網頁程式。
4. 將問卷網頁上傳至伺服器中。
5. 測試網頁功能是否能正常運作，若有問題則進行修改至正常為止。
6. 正常的網頁即可請受試者上網填答，進行施測。

(二)網路問卷的優點

1. 回收速度快，受試者填答完成後，研究者即可透過網路收到其所填答的資料，對即時掌控填答進度相當有利。
2. 節省影印紙張及郵寄問卷的費用。
3. 受試者填答的資料可直接應用於統計軟體上，節省輸入及整理資料的時間。
4. 可在動態網頁程式中加入檢查與驗證功能，提醒受試者漏答的部分，使問卷填答完整，無遺漏。

(三)網路問卷的限制

1. 研究者須有編寫網頁的能力。
2. 須有存放網頁的伺服器空間。
3. 受試者須有基本上網的能力（如操作滑鼠的能力）與上網填答的意願。
4. 受試者須有可上網的地點（如學校的電腦教室）。
5. 網路流量大小會影響網路連線品質，進而影響受試者填答意願（如連線速度很慢，沒耐心等待；填一半斷線……就不想再填了）。
6. 須有完整的驗證措施，避免發生有意或無意所造成重複填答的狀

況（例如配發受試者代碼或要求加填受試者身分證字號後兩碼、座號等方式）。

7. 因網路問卷之填答是由受試者主動上網作答，除非研究者預先了解填答者的母群體數目，並能掌握實際應上網填答人數外，否則較無法確切計算樣本數及回收率。

(四)網路問卷例示

網　路　問　卷　首　頁　畫　面

網　路　問　卷　作　答　說　明

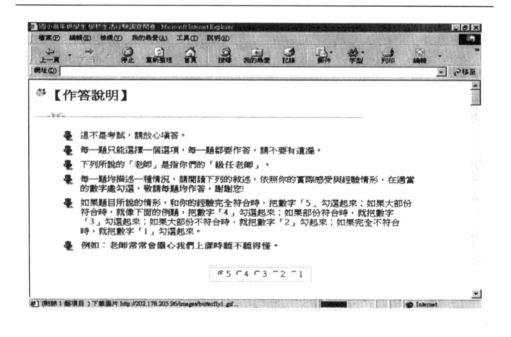

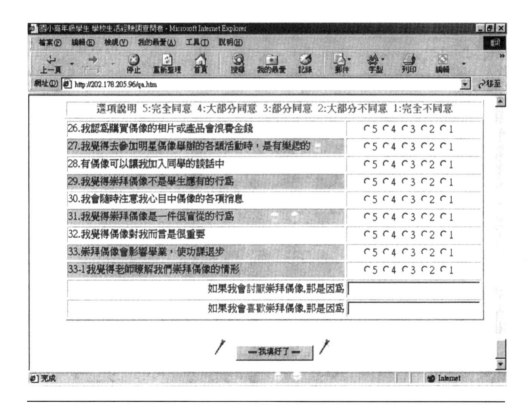

說明：1. 網路問卷可包含結構性與開放性題目。

　　　2. 受試者填答完竣後，按下網頁畫面中「我填好了」，即完成填答，而研究者可即時收到填答資料。

陸、研究步驟與過程

　　研究步驟旨在表示整個研究從著手規畫至全部完成，所歷經的各種階段與流程，有的研究稱之為「研究流程」、「研究步驟與實施」，或「研究步驟與流程」、「研究程序」等。

　　研究者為表達研究的步驟與過程，通常採用二種方式予以陳述。一是用文字簡要敘述研究的步驟與流程；二是用甘梯圖（甘特圖）、計畫評核術的網狀圖或流程圖等予以呈現之。但有的研究者未在本步驟以類似甘梯圖或網狀圖表示之，而在研究計畫中即予以呈現，甚至有的研究者在論文的緒論或研究架構圖中即以概念流程的模式予以表示。

柒、資料處理

　　資料處理廣義而言，可包括文獻資料的整理分析、量化研究過程及結果所獲得的各種統計數字之整理，或其他訪談、檔案、文件、觀察等所得到資料的整理分析。本節僅簡介量化研究中統計資料的整理分析。

　　統計方法是根據研究目的、待答問題與研究假設而來，因此，研究的統計方法並無所謂「高級與低級」、「深奧與粗淺」之分，只要以能達到研究目的為最高原則。一般敘述資料處理時，除了陳述文獻分析及其他的資料處理方法外，在統計方面，宜將研究所使用的統計方法與研究目的、研究假設配對介紹，俾一目了然。至於統計結果之圖表與文字敘述，則依圖表的相關規範處理。

　　在訪談或觀察逐字稿的處理方面，宜說明如何蒐集資料，並將資料予以概念化與歸類統整後，突破描述性的資料分析，逐漸進入主軸、選擇及歷程編碼（coding）的階段，以及說明碼號（code）所代表的意義。

例如，IN20060302 表示 2006 年 3 月 2 日的訪談紀錄；FI20061227 表示 2006 年 12 月 27 日的田野筆記紀錄；OB20060722 表示 2006 年 7 月 22 日的觀察紀錄；DO20060820 表示 2006 年 8 月 20 日所取得的文件檔案。

第五章

蒐集文獻的方法與步驟

　　任何一位研究者從事論文研究與寫作時，大多先從蒐集文獻與閱讀文獻開始，以奠立研究的基礎。因此，研究者了解有哪些文獻，及如何蒐集文獻的方法，俾迅速有效地獲得最新的、必要的資訊，是每位研究者追求的目標。

　　近年來，由於資訊技術之發展，網路隨之普及，網路資源亦無遠弗屆，各項電子化資料的出現，資料出版型式的改變，資訊遞送管道增多，使研究者在使用資料或資訊上，產生很大的改變。研究者已可運用網路蒐集各種相關文獻，因此，研究者除了應了解圖書館館藏的紙本版資料外，也可運用網際網路，經由圖書館的網站或其他相關網站，迅速有效地蒐集資料。

　　本章首先簡介文獻的來源與類型，其次，介紹蒐集文獻的基本知能、蒐集文獻的工具，及蒐集文獻的途徑，並以幾種常用的文獻及電子資料庫檢索作為例示，以供研究者參考。

壹、文獻的來源與類型

　　研究者進行文獻評論時，係針對與所研究問題有關的文獻從事分析探討，如先前已有的同樣研究變項或問題、理論性研究或考驗理論的徵驗性研究等，都是研究者蒐集文獻的來源。

　　文獻的來源可從專業性的期刊、報告、學術性書籍、專論（學位論文、非學位論文）、政府的文件等方向尋找。同時，這些文獻可包括實徵性的研究、理論性的討論、有關研究領域知識的評論、哲學性的報告、方法論的論文等。而這些文獻尚包括第一手資料（primary source）與二手資料（secondary source）等。

一、第一手資料與二手資料

　　第一手資料係指理論學家或研究者最初的研究或著作。它是文獻探討資料的主要來源，如期刊、索引、摘要、研究報告、政府的文件、學位論文、學術性專論都是屬於第一手資料的範圍。

　　二手資料係將先前理論性和實徵性研究的文獻予以綜合。因為二手資料可提供研究者迅速地概覽某一研究主題或領域，因此它仍是重要且有用的。例如，二手資料可在下列的文獻中尋找：

　(一) 教科書、專書：作者將某一研究領域中的許多第一手研究的文獻予以綜合，而成為一單元架構。

　(二) 年報、年鑑、評論、百科全書等參考工具書。

二、圖書館館藏資料的分類

　　圖書館資料類型，依上架的分類，可分為印刷資料與非印刷資料，及近來所發展出的數位化資料。圖書館館藏資料主要有以下的分類：

(一)印刷資料

　　印刷資料係以各種紙張印出並裝訂成冊的書籍型態資料，而這些資源以使用的方式予以區分，可分成一般資料及參考資料二種：

1. 一般資料

　　一般資料係供閱讀全文或瀏覽內容的資料，包含一般圖書、教科書、期刊、雜誌、報紙、論文集及手稿檔案、政府機關所出的施政報告、法令規章或是統計資料。以及剪自報章雜誌中，具有參考價值的圖片文字（剪輯資料）等。

2. 參考資料

參考工具書大多僅作為解答疑問及蒐集資料之用，其內涵及範圍廣泛、敘述扼要，集各類知識的精華。其類型有：

　　(1)指引型：其主要功能為指引資料的出處及資料主體所在，如書目目錄、索引、摘要等。

　　(2)資料型：係專門提供特定的資料內容，如字典辭典、類書、百科全書、年鑑年表、傳記資料、地理資料、法規彙編公報、名錄、手冊便覽、統計資料。

(二)非印刷資料

傳統上，圖書館所收藏的非印刷資料有以下三大類：

1. 視聽資料

視聽資料包含錄音帶、CD 以及各種放映資料，如靜態的幻燈片、投影片；動態的錄影帶、LD、VCD、DVD、隨選視訊影片等。

2. 縮影資料

縮影資料是利用顯微攝影的方法，將文字資料經過高倍縮小攝製在軟片材料上。常見的有單片及捲片的形式，如 ERIC 的資料即以縮影的方式呈現。

3. 數位化資料

數位化資料係利用電腦將資料儲存後，轉為數位性質的資料，強調儲存與流通的便利，及檢索與連結的功能。常見的有光碟資料庫或是磁片、磁帶、線上資料庫、全球資訊網等資料（吳美美、楊曉雯，1999，頁 37-41）。

貳、蒐集文獻的基本知能

研究者為迅速有效地蒐集到所需要的文獻，至少須具備以下的基本知能。

一、能了解文獻的來源與類型

研究者對所擬蒐集的文獻，首先要了解其來源與類型，始能順利著手進行蒐集。例如，第一手資料或二手資料，印刷品或非印刷品，中外文參考資料，各種圖書、期刊、論文……等的分類文獻，都是研究者所要了解的。

二、認識並善用圖書館資源

研究者欲利用圖書館，必須掌握圖書館的資源類型、了解圖書館的服務項目，並善用各種途徑，以獲得所需要的資訊。茲簡介如下：

(一) 在掌握圖書館的資源方面，研究者首先要詳細閱讀圖書館的簡介，對於該館所收藏的資料範圍與類型，及所在位置有初步的了解。如對於中英文書籍種類，及有哪些中英文期刊，宜有概略的了解並知道放置於何處。

(二) 要了解非圖書性質的資料，如錄影帶、錄音帶、各種中西文線上資料庫、中西文微縮片等，以及其他有關的設備與使用方法。

(三) 研究者也要了解圖書館有哪些諸如字典、辭典、百科全書、書目、索引、摘要、年鑑、名錄、指南、手冊、統計資料……等的參考工具，俾便善加利用。

(四) 學習利用圖書館的館藏目錄，也是相當重要的步驟。每個圖書館

都會利用一套或多套特殊的分類目錄以管理其館藏資源，同時透過這些目錄協助使用者找到相關的資料。

(五) 多到圖書館接觸各種不同媒體資源，避免侷限使用上的選擇。

圖書館的資源媒體相當多樣且更新快速，使用的效益與能解決的問題類型也不太相同。因此如果想要掌握最新資訊，研究者必須保持常常上圖書館找新資料的習慣，同時要多方嘗試，搭配各種不同的途徑，以解決不同的資訊需求，避免只從單一管道獲得資訊。

三、能利用電腦操作檢索

由於教育及各種專門領域文獻的不斷激增，如何有效且迅速地尋找並揀選所需要的文獻，是每一位研究者所追求的理想。以現況而言，採用電腦透過網際網路檢索可說是最為迅速有效的方式。因為利用電腦檢索可幫助研究者節省蒐集資料的時間，迅速地找到所要研究主題的資料，並可從多種資料來源蒐集所需的文獻，且較不會遺漏最新的資訊等。

四、能了解並善用蒐集文獻的途逕

茲簡介圖書館公用目錄、微縮資料、索引與摘要、書目與引證／註釋、館際合作、電子資料庫、機構典藏等，可供蒐集文獻的途徑如下。

(一)圖書館公用目錄

由於圖書館普遍實施自動化作業，並發展出以電腦查檢的「線上公用目錄」（Online Public Access Catalog; OPAC），或 WebPAC（Web 版的OPAC）檢索系統，故使用電腦查詢是一種必然的趨勢。每個圖書館所採用的電腦系統不同，故或許每個圖書館的OPAC／WebPAC的使用方法不同，但在設計上都強調「易於使用」，讓檢索／操作者都能盡量在電腦螢幕上看到清楚的使用步驟或說明。

OPAC／WebPAC的查詢方法，係將操作指令以條列或選單的方式顯示在電腦螢幕上，檢索／操作者只要按其指示逐步選項或打入簡單字詞即可；圖書館通常會在電腦或工作站旁邊放置操作手冊或使用說明，以利使用者順利操作。

研究者利用圖書館線上公用目錄檢索館藏資料，為利用圖書館時最基礎的常識與途徑。其主要使用的途徑有三種：

1. 研究者可利用「作者姓名」而查出該作者的相關著作，及圖書館中是否存有該作者的著作。

2. 研究者以「書名」檢索則可知道圖書館是否有該著作。檢索公用目錄也可從中獲知相關主題的著作。

3. 利用「關鍵詞」檢索出相關主題的圖書館館藏資料。

不論是從作者姓名或書名檢索所獲得的資料，都有說明該資料的索書號、借閱情況、圖書館的存放位置……等，供檢索者參考。

OPAC／WebPAC系統除了用書名、著者、分類或標題、出版者、國際標準書號（ISBN）、國際標準期刊號碼（ISSN）、關鍵字等等檢索點來查詢外，並可用布林邏輯（Boolean Logic）的方式予以組合 and、or、not 三個連接詞，調整查詢範圍，以獲得更切題的資料。

有些圖書館所顯示的OPAC／WebPAC系統，已不只是館藏目錄的查詢而已，還包括圖書館開發的各種資料庫系統（即整合型的查詢系統），因此研究者在電腦工作站前，就可搜遍各種資料。

(二)微縮資料

微縮資料又稱縮影資料，微縮資料是以特殊照相的方式，將資料高倍縮小在軟片上，並須透過閱讀機將其放大才能閱讀的非印刷品資料。微縮資料最常見的有兩種形式：

1. 縮影捲片：簡稱微捲，係將資料拍攝在成捲的膠片上，再捲於盤式的軸上。微捲須用閱讀機閱讀，若閱讀機有附加影印機，便可將所需的資料複印下來。

2. 縮影單片：簡稱微片，係將資料拍攝在單張膠片上，微片也須用閱讀機閱讀並可複印資料。

(三)索引與摘要

索引是一種提供檢索的工具，它可以指引某一種文獻，在哪種圖書、報刊或圖書館的某個書架可以找到所要的資料，但它不提供所要獲得之資料本身。索引經過編排，可以提供人名、主題、書名（或篇名）等多種檢索途徑，並能反映某一種文獻的主題內容以及關於某一學科的最新觀點和發展趨勢。

大部分索引都已建置成資料庫或線上檢索系統，供檢索使用。研究者對其所研究的領域或主題，應了解各該領域或主題有哪些中外文資料庫／系統可使用，並會利用電腦檢索的方法，俾能迅速且有效的找到所需要的資料。

中文方面的索引和摘要資料庫／系統，舉例如下：

1. 臺灣期刊論文索引系統
2. 政府公報資訊網
3. 全國報紙資訊系統
4. 全國博碩士論文資訊網
5. 教育論文全文索引資料庫
6. 臺灣社會科學引文索引資料庫（TSSCI）
7. 政府統計查詢系統
8. 科技資訊網路整合服務系統（REAL）
9. 學術會議論文摘要資料庫
10. 全國圖書書目資訊網

(四)書目與引證／註釋

1. 書目

書目是附在著作或論文之後的參考資料，係研究者將著作或論文所採用的資料所做的呈現，可稱為「參考書目」或「參考文獻」。完整的書目可以表示該著作或論文學術上的價值，同時也指引讀者對類似問題研究參考的方向。因此書目為研究者不可忽視的資源。

2. 引證／註釋

引證／註釋與書目極為相似，但由於兩者的基本目的不同，所以在形式上也略有不同。引證／註釋係告訴讀者所引用／引證資料的來源，以示尊重作者及作品。近年來由於智慧財產權的受重視，研究論文／報告的撰寫，必須強調所引用／引證資料來源的正確性及必要性。

3. 書目與引證／註釋形式上的差別

有關書目與引證／註釋的差別，各學科領域皆有其不同的寫法，請參見本手冊第十至第十一章之說明。

(五)館際合作

圖書館限於經費、人力，不可能完整的蒐藏世界上所有的資訊。因此，透過圖書館館際合作組織之間的協定，圖書館間互相支援，彼此互借圖書資料、互相代為影印所需的期刊資料，為館際合作中重要的服務項目。

研究者擬利用圖書館的館際合作方式而獲得所需的文獻時，可透過「全國文獻傳遞服務系統」（Nationwide Document Delivery Service; NDDS）向其他圖書館或資料單位申請館際合作。館際合作的服務項目，包括國內外文獻複印、國內外圖書借閱等，但不一定每個圖書館都有提供館際借書服務。

　　「全國文獻傳遞服務系統」採帳號認證制度，使用者必須預先申請「讀者帳號」，由所屬圖書館審核通過後方能申請文獻傳遞服務。若要申請國外期刊資料的複印，申請前請先確認是國內找不到的資料方才提出申請。基本上，維護 NDDS 系統的國家實驗研究院科技政策研究與資訊中心（原國科會科資中心）不提供國外借書服務，故若要申請國外借書，要先確認所屬圖書館是否提供國外借書，再提出申請。

(六)電子資料庫

　　1960 年代起，美國開始建立並發展許多資料庫，以改變傳統人工整理資訊的方式。電子資料庫亦稱「線上資料庫」（online database），係將各種資訊予以組合，可不斷輸入、整理、分析並反覆使用，讓使用者在線上檢索。

　　我國自民國六十八年起，經由電信局國際電信網路，透過人造衛星傳送，檢索到美國各式各樣的資料庫，並開放給各機關及大學與學術機構申請使用。隨後，我國各界亦自行發展了許多資料庫系統，如臺灣師範大學圖書館的「教育論文線上資料庫—EdD Online」、國家圖書館的「臺灣期刊論文索引系統」（原名稱「中華民國期刊論文索引系統」）、國家實驗研究院科技政策研究與資訊中心（原國科會科資中心）的「學術會議論文」摘要資料庫……等。亦有許多結合多種資料庫而成為線上資訊檢索系統者，如科技政策中心的「科技資訊網路整合服務系統」、經濟部的「ITIS 產業分析資訊系統」、國家圖書館的「國家圖書館資訊網路系統」……等。

　　雖然利用電子資料庫檢索資料極為方便且迅速，但電子版全文與紙本版的出版速度，常有快慢之差別，不一定二者同時出版。其次，電子資料庫通常因版權問題，只限於校園內或單位內使用，若欲從校外查詢，必須通過帳號與密碼的驗證，始可有使用的權限。

　　目前各校圖書館及有關系、所皆亟力發展並增添各種電子化的資料，供學生使用。因此，以電腦檢索的資料已不斷地在擴增中。

(七)機構典藏

教育部於 2006 年起開始推動我國機構典藏（Institutional Repository; IR）計畫，這是一種保存與利用機構學術產出的機制，以數位的方式保存文獻，以促使我國研究成果全文能迅速的被檢索與取得。

機構典藏（IR）將機構（大學）之學術產出，如期刊論文、會議論文、博碩士論文、數位教材、技術報告、研究報告、投影片等，以數位的方式保存全文資料，並建立網路平台，提供全文檢索與使用。

至 2010 年 3 月止，共有 104 所大學校院與機構參與教育部的機構典藏計畫，「臺灣學術機構典藏」（Taiwan Academic Institutional Repository, TAIR, http://tair.org.tw/）為教育部計畫下的總入口網站，提供使用者於整合平台檢索各校機構典藏之學術資源，同時可透過書目資料網址連結回原始學術機構之典藏系統，取得學術成果之全文資料。各參與機構可以方便的透過 TAIR 整合窗口，展現其各自學術研究成果，在無國界的網路上發光發熱。

參、電子資料庫檢索簡介

電子資料庫涵蓋各種學門的中文索引摘要、全文資料庫、百科全書等，研究者可分別依步驟操作及檢索所需要的文獻。本節簡介幾個教育與心理學門較常使用的電子資料庫檢索項目如下。

一、ProQuest 博碩士論文資料庫

(一)簡介

ProQuest 博碩士論文資料庫（ProQuest Dissertations & Theses; PQDT）由美國 UMI 論文出版集團（UMI Dissertation Publishing group）出版，主要收錄美國與加拿大的博碩士論文，並含部分其他國家的論文。資料庫收錄年代可回溯至 1637 年，目前內容已超過 270 萬筆文獻並逐年增加。

論文主要分為二個部分：

Volume A：人文與社會科學類（Humanities and Social Sciences Collection）

Volume B：自然科學與工程類（Sciences & Engineering）

1997 年起的論文還可先預覽該論文的前 24 頁內容。研究者如認為該篇論文具有參考價值時，可直接在線上訂閱全文，全文提供的方式有 PDF 線上全文下載、平裝本、精裝本、微縮片……等。

(二)檢索欄位

主要檢索欄位包含：

1. 索引與摘要（Citation and Abstract）──選擇此項，則會一併尋找指導教授（Advisor）、作者（Author）、摘要（Abstract）、關鍵詞（Index Terms-Keywords）、篇名（Document Title）、主題（Subject）等欄位。
2. 摘要。
3. 指導教授。
4. 作者。
5. 系所名稱（Department）。
6. 篇名。

7. 關鍵詞。

8. 出版品號碼／訂購號碼（Publication/Order no.）──每篇論文摘要都有論文的訂購號碼，一般是AAC/AAT，另外加上七位號碼代表（Order/Publication number）。如果在 AAC/AAT 後直接是七位數字，代表美國地區論文。AAC/AAT 後接兩個英文字母（MM、MQ、NQ……等），再加五個數字，代表加拿大論文。若UMI無法提供論文，則會出現「NOT AVAILABLE FROM UMI」之字樣。

9. 學校名稱（School name/code）。

10. 主題（Subject name/code）──研究論文內容的學科主題，如圖書館學（Library Science）。

二、數位化論文典藏聯盟

(一)簡介

　　為協助國內各大學與研究機構能以便捷且優惠的價格取得博士論文全文之電子資源，國內圖書館界與相關單位共同成立數位化論文典藏聯盟，期以建立電子資源共享的模式，只要一員購置，全體聯盟會員皆可透過網路連線彼此分享訂購之論文。目前聯盟運作以購置台灣以外的博士論文為主，論文全文數量近 12 萬筆，其數量逐年累積中。

　　使用者於查詢上述一、PQDT 論文資料庫時，對於其中有興趣的論文全文，可再查詢此資料庫（若所述圖書館為聯盟成員），確定是否已被聯盟典藏，如有，即可連結全文以應用之。

(二)檢索欄位

　　本聯盟資料庫檢索欄位與 PQDT 類似。

三、國際教育資料庫

(一)概說

　　「國際教育資料庫」又稱「教育論文摘要資料庫」（Educational Resources Information Center; ERIC）成立於 1966 年，隸屬於美國教育部。ERIC 在教育，甚至社會科學領域中是最負盛名的國際級資料庫。其設立的目的是為了促進美國教育研究及發展，透過全面性的資料蒐集，使教師、受教者及學校行政單位、教育當局，甚至家長、圖書館館員，只要是關心教育或教育相關人士都能得到最豐富完整的教育資訊及服務。

　　ERIC 內容已超過 100 萬筆資料，是最大的教育類資料倉儲，透過遍及全美的 16 個教育資源整合中心（Cleaning house），廣泛的蒐集各主題的教育資訊，使得本資料庫在全世界已經有超過 1000 所機構經常使用其資料庫及縮影片產品。

　　檢索 ERIC，可透過其美國官方網站 http://www.eric.ed.gov/，或所屬圖書館若有訂購如 EBSCOhost、ProQuest、CSA 等系列資料庫，亦可各自透過其介面來檢索。

(二)專題項目

　　ERIC 所包含的教育專題包含下列 16 項：

1. 成人、職業教育（Adult, Career, and Vocational Education）
2. 評量與評鑑（Assessment and Evaluation）
3. 社區學院（Community Colleges）
4. 諮商及學生輔導（Counseling and Student Services）
5. 特殊教育（Disabilities and Gifted Education）
6. 教育管理（Educational management）
7. 小學及學前教育（Elementary and Early Childhood Education）

8. 高等教育（Higher Education）

9. 資訊與科技（Information and Technology）

10. 語言學教育（Languages and Linguistics）

11. 閱讀與溝通技巧（Reading and Communication）

12. 農村及偏遠學校教育（Rural Education, and Small School）

13. 科學、數學及環境教育（Science, Mathematics, and Environmental Education）

14. 社會科學教育（Social Studies/Social Science Education）

15. 師範教育（Teaching and Teacher Education）

16. 都市教育（Urban Education）

(三)ED 與 EJ

ERIC 的資料來源主要有二方面，分別是：

1. 研究報告、會議論文、課程與教學指引、圖書等文獻——以 ED 表示。

2. 發表於各種期刊雜誌的文獻——以 EJ 表示。

(四)檢索欄位

從 ERIC 所檢索的資料，其欄位可依研究者的需要，檢索全部或部分內容，主要包含下列各項：

1. 文件編號——分別以 ED 或 EJ 代表資料不同的來源，且在其後加上六個阿拉伯數字。例如，ED428810，EJ875181。

2. 關鍵詞（Keywords-all fields）——點選此欄位，會到所有ERIC欄位搜尋符合輸入字詞的相關資料，找出的結果將很廣泛，可能不太精確。

3. 篇名（Title）。

4. 作者（Author）。

5. 描述語（Descriptors-from Thesaurus）——描述語是ERIC很重要的

一個檢索欄位，其作用相當於主題詞或關鍵詞。可參考 ERIC 之 Thesaurus（詞彙典）來查詢想要的資料。

6. 期刊出處——EJ的資料有標示此一項目，例如：Educational Leadership v56 n4 p82-84 Dec-Jan 1998-1999。

7. 識別碼（Identifiers）。

8. 國際標準圖書／號碼（ISBN／ISSN）。

(五)全文取得

1. 直接連結資料庫內提供之全文。

2. 資料庫未直接提供全文之文獻，可再查詢所屬圖書館是否有館藏以就近前往使用。早期許多師範體系學校購置了豐富的 ERIC 微縮片。例如：查找到的資料屬於 ED 方面的文獻，則可將查得的 ED 編號與館藏核對，若有，再利用圖書館的微縮複印閱讀機瀏覽或列印該篇文獻。

3. 若上述二項皆無法取得全文，則可透過全國文獻傳遞服務系統，向他館或國外申請影印原文資料。

四、全國文獻傳遞服務系統

(一)使用時機

當研究者於所在圖書館及鄰近圖書館或學校圖書館電子資料庫無法尋得所需之期刊、論文、書籍等，則可透過全國文獻傳遞服務系統（NDDS）申請館際合作，以獲得所需之資料。

(二)服務簡介

全國文獻傳遞服務系統服務項目主要有國內期刊複印、國內圖書互借、國外資料複印，以及博碩士論文複印／借閱申請。

(三)使用方法（步驟）

1. 輸入網址，或由各校圖書館超連結進入全國文獻傳遞服務系統。
2. 至讀者資料管理區申請讀者帳號，請依照指示輸入個人真實資料。日後如欲更改資料或查詢密碼及申請情形亦可由此超連結。
3. 讀者獲得帳號後，即可至查詢及申請館際合作一區中點選期刊、論文及書籍聯合目錄查詢，依據查詢結果向資料所在地提出複印或借閱申請。
4. 若您已知資料所在地，可直接至館際合作申請單一區點選所欲複印或借閱之申請書。
5. 填寫申請單時請依照指示填入各項資料，資料填寫愈詳細，則處理速度愈快，錯誤率亦會減少。
6. 服務收費各單位不一，可參考各館服務收費一覽表，另外所選擇之郵寄方式不同，收費亦不同。

(四)舉例說明

　　讀者欲借閱 Daphne Johnson 所著 *Parental Choice in Education* 一書。因讀者所在圖書館並無此書，因此可上網連結至全國文獻傳遞服務系統申請館際合作。

1. 輸入網址：http://ndds.stpi.org.tw/
2. 因讀者並不知此藏書所在圖書館，所以首先需查詢藏書所在。因所查詢為書籍，所以可點選【國圖全國圖書書目資訊網 NBINet】（若為期刊，則依其類型點選期刊聯合目錄）。
3. 點選後即進入聯合目錄，可依據所列之查詢鍵進行查詢。本例已知書名故點選書名查詢。
4. 進入後即出現查詢畫面，輸入書名 Parental Choice in Education 後，點【查詢】。

5. 接著列出查詢結果，依據結果選擇所欲提出申請的單位。本例查詢結果高雄師大及東華大學圖書館皆有此書，因讀者所在地離高師大較近，故選擇向高雄師大提出館際合作申請。於是回到 NDDS 系統，於讀者專區點選「登入」並輸入帳號密碼後，再點選「提出申請」，即可進入申請畫面，再填入各項資料。

五、全國博碩士論文資訊網

全國博碩士論文資訊網為教育部高教司委託國家圖書館執行的專案計畫，是我國收錄博碩士論文最豐富的資料庫，其收錄範圍自四十五學年度起。自八十七學年度始，通過論文口試的研究生都必須自行上網將其論文資料上網建檔並經學校相關人員查核通過後，由國家圖書館轉檔上網供全國民眾免費使用。民國八十八年二月起國圖開始推動論文全文電子檔上網作業，將取得授權之論文全文上網，供民眾免費使用。

欲下載論文全文必須先輸入帳號密碼登入系統後，才有此項功能。帳號與密碼可免費註冊加入個人化服務以設定之。

現今眾多的大學校院圖書館另也建置了自己學校的博碩士論文系統，研究生必須自行上傳其論文並簽署授權書至自己學校的圖書館，在此狀況下，通常會由所屬圖書館將其論文轉給國圖，研究生不必再重複上傳其論文給國圖。

其網址為：http://etds.ncl.edu.tw/theabs/index.html

六、教育論文線上資料庫

教育論文線上資料庫（Educational Documents Online; EdD Online）由國立台灣師範大學圖書館統籌各師範校院圖書館合作建置，資料內容涵蓋民國四十六年至今登載於中文期刊、學報、報紙、論文集等之教育性論文，並整合館藏資料連結查詢、教育專題選粹服務、教育文獻傳遞服務、中文教育詞庫查詢等子系統。

其網址為：http://140.122.127.251/edd/edd.htm

七、臺灣期刊論文索引系統

臺灣期刊論文索引系統原名「中華民國期刊論文索引影像系統」，收錄自 1970 年以來，國家圖書館館藏之臺灣出版的中西文學術期刊、學報，以及部分港澳地區出版的期刊約 4800 種，逾 220 萬筆資料，1970 年以前之學術期刊亦陸續回溯建檔中。

收錄之期刊論文以研究論文為主，就其內容區分為學術性及一般性，並提供已取得無償授權之 PDF 原文影像供使用。目前此系統取得無償授權之文章比例不高，若欲取得未提供全文之文獻，可透過系統內的聯合目錄連結查詢所屬圖書館是否有典藏，可就近使用，或透過全國文獻傳遞服務系統申請全文。

為配合不同檢索需求，系統提供簡易查詢、進階查詢、自然語言查詢、指令查詢等四種查詢界面，藉由期刊論文之篇名、作者、關鍵詞、刊名、類號、摘要、全文、出版日期等欄位，配合精確查詢、同音查詢等檢索功能，及布林邏輯的組合運用，輕鬆查到所需參考的最新期刊論文書目資料。

肆、URL 與 DOI

美國心理協會出版手冊第六版（American Psychological Association, 2010, pp. 187-189）有鑑於研究者引用電子資料已是極為普遍的現象，特別討論檢索電子資料的途徑與其相關的系統介紹，以符應數位化時代的來臨。在此簡介資源特定位置（Uniform Resource Locator; URL）與數位物件識別號（Digital Object Identifier; DOI）如下。

一、資源特定位置

資源特定位置是指統一資源定位符號，用來定位線上數位資訊，資源特定位置的組成成分如下：

例：http://www.apa.org/monitor/oct00/workplace.html

URL 的結構意涵為：

（一）"http://" 係指 Protocol，為網路傳輸協定，是指計算機通信的共同語言，常見的協定包含：http——超文字傳輸協定資源、https——用加密傳送的超文字傳輸協定、ftp——檔案傳輸協定。

（二）"www.apa.org/" 係指 host name（domain name，為域名，通常是組織網頁的首頁網址。雖然大多數的域名都以 "www" 起始，然而並不是全部的域名都是如此（例如：APA 電子刊物的域名為 http://www.apa.org/index.aspx），域名沒有大小寫之分。域名為 ".edu" 和 ".org" 分別供教育機構和非營利機構使用；".gov" 和 ".mil" 分別供政府機關及軍事機構使用；".com" 和 ".biz" 則是商用網址。域名也可能包含國碼（例如："ca" 代表加拿大）。

（三）　"monitor/oct00/" 係指 path to document，意指路徑。

（四）　"workplace.html" 係指 file name of specific document，是為檔案名稱。

　　因為網路上的資料極容易被移動、重建或者刪除，導致在參考資料清單中的 URL 產生無法連結的情形，因此專家學者開始使用 DOI 系統解決這項問題。

二、數位物件識別號

　　數位物件識別號是一套識別數位資源的機制，涵括的對象有視頻、報告或書籍等等。它既有一套為資源命名的機制，也有一套將識別號解析為具體位址的協定。DOI識別號不會改變，縱使資料的URL有變動。當你發表報告或論文並得到一組DOI識別號後，就能透過電子方法取得你所要的資料。DOI 識別號由前綴和後綴兩部分組成，之間用「/」分開，並且前綴以「.」再分為兩部分。例如，以下是一個典型的DOI識別號：

10.1006/jmbi.1998.2354

　　其中的「10.1006」是前綴，由國際數位物件識別號基金會確定。其中，「10」為DOI目前唯一的特定代碼，用以將DOI與其他採用同樣技術的系統區分開；「1006」是註冊代理機構的代碼，或出版社代碼，用於區分不同的註冊機構。目前DOI有八個主要的代理機構，例如：Cross-Ref、Publications Office 等。識別號後綴部分由資源發行者自行指定，用於區分一個單獨的數字資料，具有唯一性；以書籍為例，它可能是國際標準書號。發行者可以選擇以何單位進行註冊，例如，一本書可以註冊單一的 DOI，也可以依各章節分別註冊，甚至獨立註冊其中的一個表格或圖片。DOI 識別號通常位在電子刊物的第一頁著作權的標示旁，或是在資料庫的著陸頁面（American Psychological Association, 2010, p. 189）。

　　DOI 能在參考資料清單中提供連結功能。讀者可以點擊引用條目旁的 article, CrossRef, PubMed 或者資料來源的全名的按鈕以得到更多相關資訊。例如，詳細的全文、全文摘錄，或者訂購資訊等。如果連結不存在或者資料尚未在 DOI 裡被電子化，讀者可以進到 DOI 系統裡由註冊商 CrossRef 提供的 DOI resolver 搜尋系統，以其他連結找到這篇文章或者是文章的訂購資訊。將論文在 DOI 註冊能夠使你得到任何與你的文章相關的線上論文。

第參篇

編輯格式

第六章

標點符號

範例

一、句號

範例 1-1：本文中引用作者研究的發現或理念時

範例 1-2：短引段落文字時

範例 1-3：長引段落文字時

範例 1-4：一連串或條列式的列舉事項 1

範例 1-5：一連串或條列式的列舉事項 2

範例 1-6：一覽表或統計表中的事項

二、逗號

範例 2-1：二個獨立子句用對等連接詞連接起來時——不省略逗號

範例 2-2：二個獨立子句用對等連接詞連接起來時——省略逗號

範例 2-3：三個以上的系列併列，且用連接詞連接時

範例 2-4：用在分隔修飾性子句與主要子句之間——英文敘述方式

範例 2-5：用在精確性的日期——英文敘述方式

範例 2-6：逗號與句中插語連用——英文敘述方式

　　我國教育部於民國八年頒布的「新式標點符號」，係採用西洋文字中通行之標點符號，再斟酌中國文字的實際需要，經胡適先生略加修正後，由馬裕藻、周作人、朱希祖、劉復、錢玄同、胡適等聯名提請教育部頒行全國使用。其後於民國七十六年四月教育部國語推行委員會重訂標點符號，內容包括句號、逗號、頓號、分號、冒號、引號、夾注號、問號、驚嘆號、破折號、刪節號、書名號、專名號、音界號等共 14 種標點符號。

　　本章依序分別將句號、逗號、頓號、分號、冒號、引號、夾注號、問號、驚嘆號、破折號、刪節號、書名號、音界號、圓括號、方括號、英文的句（點）號等 16 種符號及多重標點符號，予以舉例說明。

範例

一、句號

(一) 句號的符號是「。」，占行中一格，用在敘述式文意已完足的單句或複句之句尾。

(二) 英文寫作的句號，其符號是「.」，本手冊稱之為「點號」，其範例見範例 16。

(三) 論文寫作中，使用句號的規定如下：

範例 1-1：本文中引用作者研究的發現或理念時

> ▲王文瑛（2000，頁 267-297）從哲學、政治、經濟、社會文化、心理與個人發展的理論觀點，探討學習型的社會。
> ▲論文成果的呈現，除了文字書面或看板平面外，以「口述式簡報」最具代表性（葉至誠、葉立誠，2000，頁 291）。
> ▲Bryman（1988）分析並比較量化與質化的研究。

說明：1. 句號置於所引用的參考文獻及文獻的出處之最後（如本範例）。
　　　2. 有些研究者將句號置於所引用參考文獻與文獻的出處之間，例如：
　　　　・論文成果的呈現，除了文字書面或看板平面外，以「口述式簡報」最具代表性。（葉至誠、葉立誠，2000，頁 291）

範例 1-2：短引段落文字時

> ▲王政彥（1994，頁 407）研究指出，「當決策內容屬於不確定性的問題時，團體更能發揮正面的效果；在確定性的問題上，團體不一定有較佳的表現。」

說明：1. 所引用的文獻，可成一段落的敘述，並一字不漏的用引號表示時，句號在引號之內。
　　　2. 有關句號與引號一併使用的寫法，請參見範例 17「多重標點符號」。

範例 1-3：長引段落文字時

> ▲有關「表述性閱讀」的方法，是：
>
> 　　在理解性閱讀的基礎上，反覆閱讀後寫出有關感想、體會等感受性的意見。表述性閱讀方法是邊讀邊在文獻中作標記，如表示存疑的可用"？"號，表示欣賞的可用"！"，表示重要可在字下面打重點號"…"，表示一句或幾句話重要可在句下打"﹏"號，表示一段重要的可在其段落旁打" "或「 」號等等（葉至誠、葉立誠，2000，頁 153-154）。

（下頁續）

（續上頁）

> ▲誠如 Peterson 與 Solsrud（1996, p. 111）的研究指出，不論教師與校長在學校中的衝突如何，他們對改善學校的焦點最終的目的，仍是在學生的教學上。Peterson 與 Solsrud 認為：
>
> > 教師與管理者在學校再造的過程中，常會有衝突的現象，解決這些衝突的方法是接受現實的存在，並運用這些爭議，透過彼此的對話，以朝向學校的再造。校長與老師在一個學校改造的過程中有不同的角色，最具挑戰性的事是使每個人都能夠設想自己是領導者、過渡時期的管理人員、衝突解決者、願景的建立者──所有的一切都將焦點集中在提昇教與學的品質。

說明：1. 當長引段落文字且另成一段落時，句號直接置於所引用文字之後。
　　　2. 所引用的段落文字宜與論文本文的文字有所區隔，並內縮及使用不同字體，俾一目了然（有的研究者未將所引用段落文字內縮）。

範例 1-4：一連串或條列式的列舉事項 1

> ▲張慶勳（1996）所進行的國小校長轉化、互易領導影響學校組織文化特性與組織效能研究，得到下列九項結論：
> 1. 校長運用轉化領導，以營建學校組織文化及增進學校組織效能，是校長領導與學校組織研究的新取向；
> 2. 校長的人格特徵、學校組織文化特性及外在壓力是影響校長領導較為重要的因素；
> 3. 校長領導是影響學校組織文化特性與學校組織效能的導引者；
> 4. 一般而言，校長類皆採轉化領導與互易領導的策略，且權變運用之；
> 5. 運用轉化領導，透過學校組織文化特性影響學校組織效能，是校長運用領導策略的主要徑路；
> 6. 校長運用轉化領導、互易領導改變學校組織文化特性及增進學校組織效能視個別學校情況而異；
> 7. 轉化領導比互易領導更具有領導效能；
> 8. 學校組織文化特性與學校組織效能關係密切，且是校長運用領導策略增進學校組織效能的主要中介因素；
> 9. 校長領導型態影響學校組織文化特性與學校組織效能徑路模式與本研究文獻探討的理論模式相符合。（頁 263-269）

說明：若每一句子是一完整句，且有連接引用文獻之出處時，句號可直接置於最後一條項目與文獻出處之間。

範例 1-5：一連串或條列式的列舉事項 2

> ▲Hoy 與 Miskel（1987, pp. 316-317）認為古典模式的決定過程包括下列七個連續性的步驟：
> 1. 認定問題
> 2. 建立目標與目的
> 3. 產生所有可能的變通方案
> 4. 考慮每一個所有可能變通方案的結果
> 5. 以目標與目的評估所有可能的變通方案
> 6. 選擇最佳的可能變通方案，也就是使目標與目的達到最大的效果
> 7. 將決定付諸實施並加以評估

說明：一連串或條列式列舉事項（文獻的出處已經寫出，或沒有連接文獻出處時），原則上，不論其中是否包括完整的句子，都可省略句號。

範例 1-6：一覽表或統計表中的事項

表 1　領導研究的類型——Bensimon, Neumann 與 Birnbaum（1989）的分法

領導理論	研究主題
特質論	辨明作為一位成功的領導者，所具有的個人特質有哪些
行為理論	領導者的活動型態、管理目標及行為的類型，也就是研究領導者實際的行為是哪些
權變理論	強調團體成員工作表現及環境的性質等對領導者的影響與重要性
權力與影響理論	一方面強調領導者以所擁有的權力資源、範圍影響部屬，另一方面強調領導者與部屬之間經由互惠的活動而影響部屬
文化與符號理論	領導者詮釋或賦予組織意義的信念與價值
認知理論	領導是一種社會歸因，其旨在了解不確定的、變動的及複雜的世界

說明：1. 一覽表或統計表中的各種事項，不論其中是否包括完整的句子，都可省略句號。
　　　2. 其他可省略句號的寫法，包括：
　　　　　(1)章節、圖表、版次等的標題
　　　　　(2)任何印刷成行的次標題
　　　　　(3)姓名、住址、題跋
　　　　　(4)圖表中的小標題

(5)信件上的地址、日期、簽名

〔請參閱：宋楚瑜著（1980）。**學術論文規範**（增訂一版）。台北：正中。頁42-43。〕

二、逗號

(一) 逗號的符號是「，」，占行中一格，用在分開句內各語，或長語句的分節分段，及表示語氣的停頓。

(二) 論文寫作中，使用逗號的規定如下：

範例 2-1：二個獨立子句用對等連接詞連接起來時──不省略逗號

▲Burns（1978）奠立了轉化領導與互易領導的基礎，但是在其著作中，卻較少有領導的實務與效果之實徵性證據。

▲雖然本研究係國內所創，且其研究發現也有與國外研究結果相似之處，但是仍宜於研究變項、對象、目的及方法上再更進一步予以廣泛研究，俾更了解轉化領導於國內文化環境之下的可行性（張慶勳，1999a，頁145-146）。

▲他們擁有認知技能，且相信訓練思考能力，及仔細分析問題的必要性。

▲領導是「做對的事」，而管理是「把事情做對」。

▲互易領導中的「介入管理」，可稱為負性的回饋，或是令人憎惡的增強。

▲理論、研究與實務常是研究者所要兼顧的，因為它們是一共生體。

▲The distinction between transformational and transactional leadership was useful in the 1980s for focusing more attention on important aspects of leadership that had been neglected previously, but some researchers have come to regard it as a general theory that can explain effective leadership in any context.

▲Relying on a simplistic twofactor model to interpret complex phenomena is always risky, and the end result may be to limit rather than increase understanding.

說明：1. 用連接詞（例如：但是、且、俾、而、或、因為……）連接二個對等的獨立子句時，逗號置於連接詞之前。

　　　2. 英文敘述時，連接詞用 and 及 but 等字時，隔開二個對等的獨立子句，在連接詞之前用逗號。

範例 2-2：二個獨立子句用對等連接詞連接起來時──省略逗號

▲研究者將視實際需要而採用質化或量化的研究方法。

說明：若所連接的子句簡短明確時，可省略逗號。

範例 2-3：三個以上的系列併列，且用連接詞連接時

▲茲依序分成研究動機、研究目的、待答問題，及研究範圍等四項分別說明如下。

▲（cited by Raykov, Tomer, & Nesselroade, 1991, p. 500）

▲The evaluation process involves the determination of whether work was done properly, well, or promptly.

▲At the macrolevel of analysis, transforming leadership involves shaping, expressing, and mediating conflict among groups of people in addition to motivating individuals.

說明：當三個或三個以上系列項目併列，且最後二項用連接詞連接時：
　　　1. 中文書寫的系列項目用頓號隔開，在連接詞之前用逗號。
　　　2. 英文書寫的系列項目之間，及項目與連接詞（and, or, with……等）用逗號。

範例 2-4：用在分隔修飾性子句與主要子句之間──英文敘述方式

▲According to Bass, transformational leadership can be found in any organization at any level. In contrast, charismatic leaders are rare. (Yukl, 1998, p. 327)

▲Another aspect of transformational leadership, at least for upper-level managers and administers, is influence on organization culture. (Yukl, 1998, p. 329)

說明：修飾性的子句，在整個句子中係屬非必要或非限定子句，且刪除該子句亦能維持整個句子的文法結構及意思時，用逗號將修飾性子句與主要子句隔開。

範例 2-5：用在精確性的日期──英文敘述方式

▲January 1, 2000, was the important date for us.

範例 2-6：逗號與句中插語連用——英文敘述方式

▲The evaluation of organizational performance should be based on a variety of economic indicators (e.g., earnings, market share, return on investment) and noneconomic indicators (e.g., product quality, customer satisfaction, rate of product innovation, employee turnover). (Yukl, 1998, p. 336)

▲In effect, the transformational leader must develop a new coalition of important people, both inside and outside the organization, who will be committed to the vision. (Yukl, 1998, p. 337)

說明：1. 句中插語用以強調、解釋或說明某一詞語。

2. 句中插語有時以縮寫方式表示，本範例中的 "e.g." 即是 "for example" 的意思。

3. 句中插語在句首時，逗號緊接在其後；句中插語在句中時，其前後皆用逗號隔開。

範例 2-7：測量單位的呈現方式——省略逗號

▲民國九十年二月四日
▲本研究所需時間共二年六個月的時間
▲3 公尺 5 公寸 4 公分

說明：有些從電子媒體線上檢索的參考文獻，其閱覽日期有用點號表示（例如：民 89.11.20），或用斜線表示（例如：2000/12/20），皆依其電子媒體版面所呈現者，及寫作規範處理（請參見第十一章「參考書目的寫法」範例 12）。

範例 2-8：用連接詞連接複合述句時

▲有些研究者採用量化的研究方法卻忽略了研究工具的信度與效度。

▲The suggestion here is that top decision makers make their decisions and then develop the rational-sounding reasons for those decisions after the fact.

說明：當複合述句（二個或二個以上的動詞擁有同一主詞）用連接詞連接時，連接詞之前不可用逗號。

三、頓號

(一) 頓號的符號是「、」，占行中一格，用在平列連用的單字、詞語等同類字、詞之間，或標示條列次序的文字之後。

(二) 論文寫作中，使用頓號的規定如下：

範例 3-1：連用同類的字詞時

> ▲為因應二十一世紀社會的特點與變遷方向，教育現代化更應配合主體性的追求，反映出人本化、民主化、多元化、科技化、國際化的方向（行政院教育改革審議委員會，1996，頁 11）。
>
> ▲在讀、寫、算之外，有關分析、組織與解決問題的能力，都是教學的目標。
>
> ▲進一步建立和諧、守法、富足的社會，創造和平與潔淨的世界（行政院教育改革審議委員會，1996，頁 12）。

說明：當同類字詞用「與」、「及」等連接詞予以連接時，可省略頓號。

範例 3-2：參考文獻的作者是二位或二位以上時

請參見：

1. 第十章「論文本文中引用文獻的寫法」相關範例。
2. 第十一章「參考書目的寫法」相關範例。

四、分號

(一) 分號的符號是「；」，占行中一格，用來分開複句中平列的句子，以表示較強的中止性，並使複句層次更分明。

(二) 論文寫作中，使用分號的規定如下：

範例 4-1：複句有多層次的意義時

▲在革新課程與教學方面，行政院教育改革委員會（1996，頁 39）建議，各學校應檢討、研修成績考查辦法，鼓勵自我進步，學習欣賞別人、與人合作，培養分享的情懷；應避免以班級為常模，訂定固定等第比率方式來評量學生，以減低學生間相互競爭的壓力。

▲However, creating culture in a new organization is not necessarily a smooth process; it may involve considerable conflict if the founder's ideas are not successful or if there are other powerful members of the organization with competing ideas. (Yukl, 1998, pp. 331-332)

說明：當複句的二個以上子句沒有用連接詞分開，且要強調層次分明時，用分號表示之。

範例 4-2：文中有連續條列式的分項──以數字表示

▲綜合文獻的分析，組織理論與研究概略分為：1.組織結構理論與研究；2.組織歷程理論與研究；3.組織系統理論與研究；4.組織本質研究等四個時期。

說明：本範例之條列式分項有以數字依先後順序排列。

範例 4-3：文中有連續條列式的分項──未以數字表示

▲組織人本主義包含如下幾個基本原則：組織高於個人，個人要服從組織的利益；組織以個人為基礎，組織維護個人的生存權；組織管理要以人為本，管理是對人的管理，管理要依靠人（袁闖，1999，頁 197）。

說明：本範例之條列式分項未以數字依先後順序排列。

範例 4-4：英文的原文與縮寫連用時

▲領導行為描述問卷（Leadership Behavior Descriptive Questionaire; LBDQ）

▲多元因素領導問卷（Multifactor Leadership Questionaire; MLQ）

▲美國心理協會（American Psychological Association; APA）

說明：當英文的原文與縮寫連用時，以分號將英文原文與縮寫隔開。

範例 4-5：用在本文中引用文獻／註腳時

> ▲……（林清江，1981；高強華，1997）。
> ▲……（Coons & Sugarman, 1978; David, 1993）。

說明：本文中引用文獻與註腳所引用的參考文獻，有二篇以上的著作時，用分號予以隔開。

五、冒號

(一) 冒號的符號是「：」，占行中一格，用於總起下文，或擴充、澄清、舉例說明上文的意義，具有承先啟後的涵義。

(二) 論文寫作中，使用冒號的規定如下：

範例 5-1：用於引語時

> ▲《禮記‧大傳》說：「聖人南面而治天下，必自人道始。」
> ▲孔子在《論語》中有言：「恭則不悔，寬則得眾，信則人任焉，敏則有功，惠則足以使人。」
> ▲我國憲法第二十一條規定：「人民有受國民教育之權利與義務。」

範例 5-2：用於副標題時

> ▲袁闖（1999）。**混沌管理：中國的管理智慧**。台北：生智。
> ▲Nanus, B. (1992). *Visionary leadership: Creating a compelling sense of direction for your organization*. San Francisco: Jossey-Bass.

說明：參考著作書名或篇名，作者有時用冒號或破折號，以說明或強調研究的主題或觀點。但有時沒有用任何符號予以區隔，只是用較小號的字體表示副標題。

範例 5-3：用於舉例說明時

> ▲茲條列說明舉例如下：
> ▲以下分成四點：
> ▲例如：
> ▲說明：研究者綜合文獻製表

說明：「例如」後面如果是用完整的敘述句，用逗號予以隔開。

範例 5-4：**參考書目的寫法**

> ▲台北：五南。
> ▲台北：心理。
> ▲高雄：復文。

說明：1.出版地與出版者之間用冒號。
　　　2.其他範例，參見第十一章「參考書目的寫法」。

六、引號

(一) 引號包括單引號（「　」）與雙引號（『　』），左右符號各占行中一格，用以表示說話、引語、專有名詞，或特別用意的詞句。

(二) 以英文撰寫論文，單引號的符號是「‘’」，雙引號的符號是「“”」（參見範例 6-5）。

(三) 論文寫作中，使用引號的規定如下：

範例 6-1：用於引語時

> ▲我國憲法第二十一條規定：「人民有受國民教育之權利與義務。」……
> ▲孔子主張「民可使由之，不可使知之」（《論語・泰伯》），主張「君子不器」（《論語・爲政》），要求君子不成爲某個方面的專家，老子要求「絕聖棄智」、「絕巧棄利」（《老子・十九章》），要求「使民有什伯之器而不用也」（《老子・八十章》），都是對後世極有影響的思想（袁闊，1999，頁 64）。

說明：1.一般引文的標點符號，置於下引號之內。

2.引文用作全句結構中的一部分時，在下引號之前通常不加標點符號。

3.引文作為段落文字之最後時，標點符號（如句號）置於下引號之後。

範例 6-2：用於特定的名詞、方案時

▲吳清山、林天祐（1998）認為，「教育選擇權」是一個複雜的權利分配問題。

▲教育部頒布「發展小班教學精神計畫」。

▲「教育基本法」於民國八十八年六月二十三日公布。

範例 6-3：用於強調某一用意的詞語時

▲「順勢」強調順天理、順自然、不強求、不違反法則；「造勢」著重營造各項有利於組織的條件；「運勢」包容「順勢」與「造勢」，是領導策略的運用。

▲行政行為大師塞蒙（Simon）認為，我們沒有辦法像「經濟人」所持有的「全知理性」及「最大利潤」的境界，而是採取「行政人」的「有限理性」及「滿意利潤」的務實做法，雖然如此，我們仍須以「企圖理性」的精神，盡力將事情做好。

▲我們用「心」對所做決定的事情予以「認知」，然後付諸「行動」。

▲孔子是「文聖」，孫子是「武聖」。

說明：強調某一用意的詞語，包含相對應、專有名詞、諺語……等，視作者所欲表達的涵義而定。

範例 6-4：單引號與雙引號併同使用時——中文敘述方式

▲謝文全（1985，頁 23）綜合學者的看法，亦採取統合的觀點，他將教育組織界定為：「教育組織乃是人們為達成教育目標而設置之組織。詳言之，教育組織乃是人們為達成教育目標結合而成的有機體，藉『成員』與『職位權責結構』之交互作用及對環境之調適來完成其任務。」

▲「領導者要能達到『修己以安人』的境界，即是『其身正，不令而行。其身不正，雖令不從。』」

說明：1.單引號與雙引號併同使用時，先用單引號，再用雙引號（亦即是雙引號在單引號之內）。

2. 雙引號之內的引語是一句子結構中的一部分時，引號內不必加標點符號；雙引號內的引語不是一句子結構中的一部分，且不是特定的名詞時，在雙引號內用句號。

3. 參見範例 17-3。

範例 6-5：單引號與雙引號併同使用時——英文敘述方式

▲Hall (1999) states, "Since our primary focus is strategic decision making, it should be obvious that these decisions are made at or near the top of organization." (p. 163)

▲ "Police departments have been buffeted back and forth between support for 'law and order' and condemnation of 'police brutality'" (Hall, 1999, p. 209).

說明：1. 以英文撰寫論文，在本文中引用他人文字，且一字不漏時，使用雙引號。

2. 單引號與雙引號併用時，先寫雙引號，再寫單引號，（亦即是單引號在雙引號之內），此與中文敘述方式不同。

3. 若將英文譯成中文時，則以中文敘述方式處理。

範例 6-6：長引段落文字——英文獨立版面

▲Neuman (2000) stated,

"They embrace an activist or social constructionist perspective on social life. They do not see people as a neutral medium through which social forces operate, nor do they see social meanings as something 'out there' to observe. Instead, they hold that people create and define the social world through their interactions." (p. 347)

說明：所引用的文字另成一獨立版面時，不加任何引號。但是若所引用的部分或全部文字原來有用雙引號時，則將其改為單引號，該全部段落文字則用雙引號圍住。

七、夾注號

(一) 夾注號的符號是「（　）」及「－－」，左右符號各占行中一格，在文中表示附加說明之意思。

(二)「（　）」的符號，在本手冊中亦稱「圓括號」。

(三) 論文寫作中，使用夾注號的規定如下：

範例 7-1：譯文與原文併列連用時

▲杜威（John Dewey, 1859-1952）

▲紐約（New York）

▲轉化領導（transformational leadership）

▲《組織行為》（Organizational Behavior）──論文本文中的寫法

▲張善智、謝馥蔓譯（2000）。Jerald Greenberg 原著。**組織行為**（*Managing behavior in organization*, 1999）。台北：學富。

說明：1.譯文與原文併列連用時，參考書目的寫法是先寫中文譯文，再附外國語文之原
　　　　文。
　　　2.人名、地名、組織團體、專有名詞、書名……等，都視實際需要予以翻譯。
　　　3.夾注號「（　）」內原文的大小寫，依論文寫作規範處理。

範例 7-2：強調或解釋、說明某一詞語的意思 1

▲有 70% 的受試者（含 40 名教師與 10 名校長）接受測試，……

▲發展小班教學精神（多元化、個別化、適性化），……

範例 7-3：強調或解釋、說明某一詞語的意思 2

▲採用隨機抽樣的方法（簡單隨機抽樣、分層隨機抽樣、系統抽樣、叢集
抽樣）

▲採用隨機抽樣的方法：簡單隨機抽樣、分層隨機抽樣、系統抽樣、叢集
抽樣

▲採用隨機抽樣的方法──簡單隨機抽樣、分層隨機抽樣、系統抽樣、叢
集抽樣

說明：圓括號、冒號、夾注號及破折號有時可互為代替使用。

八、問號

(一) 問號的符號是「？」，占行中一格，用在疑問句之句尾，表示懷疑、發問或反問之意思。

(二) 論文寫作中，使用問號的規定如下：

範例 8-1：用在研究的待答問題中

▲國小學童家長對教育選擇權的認知情形如何？

▲校長領導型態與其人格特質有何關係？

說明：有關如何撰寫待答問題，請參見第三章「論文寫作的方法與步驟」。

九、驚嘆號

(一) 驚嘆號的符號是「！」，占行中一格，用在感嘆、命令、祈求、勸勉等語句之後。

(二) 論文寫作中，一般係以具體明確的語句敘述研究過程與研究結果，因此較少使用到驚嘆號。

(三) 茲以教育部國語推行委員會（2008）所編著的《重訂標點符號手冊》為例，舉例說明如下：

範例 9-1：表示感嘆時

▲唉呀！這個人的膽子好大喲！（表驚訝）

▲咳！這可怎麼好！（表嘆息）

▲糟糕！這麼簡單的題目，我都做錯了。（表惋惜）

▲這件衣服真是漂亮極了！（表讚頌）

範例 9-2：表示命令時

> ▲你胡說八道，出去！
> ▲明天就要考試了，快去讀書！

範例 9-3：表示祈求時

> ▲阿彌陀佛，可別再有颱風了！
> ▲老天爺！明天千萬不要下雨啊！
> ▲我真希望，這是個夢就好了！

範例 9-4：表示勸勉時

> ▲我們大家一起來努力創造我們共同的事業、共同的榮譽！
> ▲少壯不努力，老大徒傷悲！

十、破折號

(一) 破折號的符號是「──」，占行中二格，用以表示語義的轉變、聲音的延續、時空的起止，或用為強調、說明某一詞句。

(二) 論文寫作中，使用破折號的規定如下：

範例 10-1：用於相對應或比喻的詞句

> ▲他山之石可以攻錯──取他人之長，補己之短
> ▲知易，行難──批評容易執行難

說明：語義的轉變有時含有相對應的詞句，或比喻的字詞。

範例 10-2：用於副標題

> ▲情境領導理論適用性之研究──以高屏地區國民小學為例
> ▲領導小語──行政人，行政情

說明：1.用於副標題時，破折號、冒號、夾注號可互為代替。
　　　2.副標題可用在論文篇名、書名……等。

範例 10-3：用於強調、解釋、說明前面的詞句

▲組織效能的層面——靜態、心態、動態、生態

▲組織生命的原動力——開發人力資源

▲屏師的「三動四教」——勞動、運動、活動；身教、言教、境教、制教

範例 10-4：用於時空的起止

▲一九六○年——二○○○年

▲高雄——台北

十一、刪節號

(一) 刪節號的符號是「……」，占行中二格，用以表示節略原文或語句未完、意思未盡等。

(二) 論文寫作中，使用刪節號的規定如下：

範例 11-1：節略原文的語句

▲國民教育法第二條規定：「凡六歲至十五歲之國民，應受國民教育；……」

▲上網路、人手一機、休閒、運動……等，都是學生的文化。

說明：節略原文的語句，可包含語句的前段、中間或最後的字詞。

範例 11-2：表示未盡的意思

▲研究者發現社會變遷的因素，包含政治、經濟、文化、教育……等。

▲根據文獻的分析，影響學生生活適應的原因主要有父母社經地位、家長教養態度、同儕的影響……等。

十二、書名號

(一) 依教育部國語推行委員會（2008）所訂的標點符號中，書名號的
　　符號為「﹏﹏」，係直接畫在書名的左旁（直行時）及書名之下
　　（橫行時）。此一符號亦可用於篇名、歌曲名及戲劇名等。

(二) 論文寫作中，書名號的符號有「《　》」、「＿＿＿」，及用引號
　　者。茲舉例如下：

範例 12-1：用於論文本文中

> ▲杜威所著的《民本主義與教育》一書，……
> ▲行政院教育改革審議委員會於民國八十五年，完成《教育改革總諮議報
> 　告書》。
> ▲「君子學道則愛人，小人學道則易使。」（《論語・陽貨》）

範例 12-2：用於參考書目中

1. 有些研究者在書籍、期刊、未出版的博碩士論文有用書名號
　　「《　》」，或在其名稱底下畫「＿＿＿」。
2. 有些研究者將書籍或期刊內的文章篇名，未出版的博碩士論文、
　　研究報告、廣播、電視節目，用引號表示（葉至誠、葉立誠，
　　2000，頁 289）。

十三、音界號

(一) 音界號的符號是「・」，占行中一格，用在翻譯外國人名的名字
　　與姓氏之間。

(二) 論文寫作中，使用音界號的例子如下：

範例 13-1：翻譯外國人名

▲約翰‧杜威（John Dewey, 1859-1952）
▲杜威（John Dewey, 1859-1952）
▲霍伊與米斯格（Hoy & Miskel, 1987）……
▲Hoy 與 Miskel（1987）……

說明：1. 將外國人名的姓名譯成中文時，先寫名字，再寫姓氏，中間用音界號隔開。
　　　2. 若所譯的人已作古，可寫出其生卒年代。
　　　3. 若所譯的人，為人所熟知時，僅譯出其姓氏即可，但英文還是要全部寫出。
　　　4. 論文寫作中，已較少將外國人名的姓名全都譯出，在本文中僅譯出其姓氏。
　　　5. 為避免中文譯名無法統一，造成混淆，除了將中英文併列外，大都僅寫出英文姓氏的原文。

範例 13-2：用於區隔書籍的篇名

▲「唯上智與下愚不移」（《論語‧陽貨》）。
▲「君子喻於義，小人喻於利。」（《論語‧里仁》）

範例 13-3：用於條列分項時

▲人力資源的開發或運用，至少可從下面七項著手：
　‧工作分析
　‧人力需求與推估
　‧甄選員工
　‧人力培訓
　‧員工之薪資與激勵
　‧員工績效評估
　‧員工之生涯規畫與發展

說明：音界號可以清楚表示條列分項，可用在圖表或本文中，並可取代以數字條列舉例事項的寫法。

範例 13-4：音界號與破折號併用

> ▲茲簡介組織科層化與專業化的主要特徵如下：
> ・科層化——即是科層體制、依法辦事、有明確的職位階層、專職分
> 　工、不講人情的特徵。
> ・專業化——有長期訓練所得到的專門技能或知識，強調專業自主權。

十四、圓括號

(一) 圓括號的符號是「（　）」，左右各占行中一格，含有夾注，及解
　　釋、說明某一詞句的意思。

(二) 論文寫作中，使用圓括號的規定如下：

範例 14-1：以數字表示條列事項

> ▲(一)(二)(三)……
> ▲(1)(2)(3)……

範例 14-2：本文中的註腳

> ▲孔子主張「民可使由之，不可使知之。」（《論語・泰伯》）
> ▲有關家長參與學校校務，及其相關權利與義務，教育基本法已有所規定
> 　（請參見「教育基本法」相關條文）。

說明：請參見第十章「論文本文中引用文獻的寫法」。

十五、方括號

(一) 方括號的符號是〔　〕，左右各占行中一格，用在圓括號內有插
　　句，或引句內加入其他添改的文句時。

(二) 論文寫作中，使用方括號的例子：

範例 15-1：所引用的文句已有圓括號時

> ▲〔請參見：國立屏東師範學院（1995）。**論文寫作手冊**。屏東：作者。〕
>
> ▲虛無假設是我們真正要考驗的對象，通常我們用統計學的方法考驗虛無假設〔例如：費雪爾（Fisher）的方法〕。
>
> ▲〔在統計考驗裏，並不是用正面證據來證明我們所提的理論為真，而是用反面證據來否證它。利用這種方法，可以把所提理論修正得更為真確（林清山，1992，頁 211）。〕

說明：所引用的文句已有圓括號時，最外圍用方括號表示之。

範例 15-2：引句內加入其他添改／解釋的文句字詞

> ▲（這種蒐集資料的方法 [作者認為每天讀二小時的書]，根本是不講求效果的。）
>
> ▲（The results for the control group [n=8] are also presented in Figure 2.）（American Psychological Association, 1994, p. 68）

範例 15-3：所引用的原文有錯誤時

> ▲……組識[錯]（織）行為分析…
>
> ▲……Organizational Behavir[sic] (Behavior) Analysis

說明：原始資料若因文字、文法或標點錯誤而可能混淆讀者時，可在錯誤字的後面直接以[錯]（在[ ]中寫出「錯」一字並在字下加底線）。英文則以[sic]表示，在[ ]中寫 sic 並加底線的方式表示。

十六、點號

(一) 點號即是英文的句號，係指英文文獻中的「.」，緊接英文字母或數字，類似我國標點符號中的句號「。」。

(二) 論文寫作中，使用點號（英文句號）的規定如下：

範例 16-1：以數字條列事項時

> ▲ 1.2.3.

說明：此一範例中，句號緊連數字併排。

範例 16-2：小數點的用法 1

> ▲ 1.5m
> ▲ 0.68cm
> ▲ 3.5kg
> ▲ 0.75 公升

說明：1. 某數小於 1 時，在小數點之前加 0。
　　　2. 數字與單位（如 cm, m, kg; 公尺、公升……）之間空一格。

範例 16-3：小數點的用法 2

> ▲ $p < .05$
> ▲ $p < .01$
> ▲ $p < .001$
> ▲ r $= -.78$

說明：比率和統計顯著水準，在小數點之前不加 0。

十七、多重標點符號

(一) 多重標點符號係指二種標點符號連在一起使用時的寫法。

(二) 論文寫作中的注意事項。

範例 17-1：單引號與句號連用的寫法 1

> ▲「教育基本法」第二條規定：「人民為教育權的主體。」

說明：在引號之內的句子，其最後的句號或逗號，不論是否為所引用句子的一部分，均
　　　在下引號之內。

範例 17-2：單引號與句號連用的寫法 2

> ▲面對二十一世紀的教育思潮，本校以快樂、主動、創意的學校願景及「快樂自然校園」、「人文本土思想」、「想像開放空間」、「整合創造未來」四項具體作法，來回應新學校經營求新求變的期許。
> ▲教育機會均等的涵義即是「有教無類」與「因材施教」。

說明：用引號強調某一概念或表示某一專有名詞時，句號、頓號、逗號在引號之後。

範例 17-3：單引號、雙引號與句號連用的寫法

> ▲Jantzi 與 Steinbach（1999, p. 5）指出，「從 1910 年代迄今，超過百分之六十的作者，在其『領導』的著作中，未定義何謂『領導』。」
> ▲「領導的涵義，因所強調的焦點不同而有不同的定義。Yukl（1998, p. 5）以社會影響歷程的觀點，將領導界定為：『影響部屬的歷程，團體或組織目標的選擇，實現目標任務的活動組織，部屬完成目標的動機，合作關係與團隊工作的維持，增進與團體或組織以外人員的合作與支持。』」

說明：1. 單引號之內有雙引號時，且用雙引號顯示某一特定名詞時，句號在雙引號與下引號之間。
　　　2. 單引號之內有雙引號，且雙引號之內是一完整的句子時，句號置於雙引號之內。

第七章

縮寫

範例 1-10：修訂版的書

範例 1-11：翻譯者

範例 1-12：編號

範例 1-13：拉丁字的縮寫

（二）縮寫後不使用英文句號

範例 1-14：二位以上作者用&連接時

範例 1-15：一般公認為「字」的縮寫

範例 1-16：國家名的縮寫

範例 1-17：參考書目之出版地

範例 1-18：英文縮寫與中文併連使用

範例 1-19：教育統計符號與中文併連使用

範例 1-20：社會科學研究常使用的統計軟體

範例 1-21：教育研究設計名詞

範例 1-22：教育研究中常使用的問卷

範例 1-23：教育研究中常使用的理論術語

（三）英文縮寫與其他標點符號的使用

範例 1-24：英文原文與縮寫之間用分號

範例 1-25：用逗號隔開列舉事項

二、英文縮寫的單數與複數

範例 2-1：p.與 pp.的用法

範例 2-2：複數縮寫字加 s

範例 2-3：et al.的用法

三、句首使用縮寫

範例 3-1：句首用大寫字母的縮寫

範例 3-2：英文大寫字母與中文字併連使用

四、論文本文引用文獻／註腳與參考書目常用的縮寫

範例 4-1：論文本文引用文獻／註腳與參考書目常用的縮寫一覽表

五、統計符號的縮寫

範例 5-1：英文字母統計符號的縮寫

範例 5-2：希臘字母統計符號的縮寫

六、測量單位的縮寫

範例 6-1：數字與測量單位併連

範例 6-2：不用縮寫的時間單位

　　論文寫作中，常有縮寫的現象，其目的除了在節省論文的空間外，也在以某一特定的符號代表某種研究結果與意義，俾使讀者能清楚了解論文敘述的涵義，也隱含著論文本身的精簡與文字表達的修鍊。

　　在英文論文中的縮寫，皆以英文字母及標點符號並輔以大小寫，而構成縮寫的某一公式、術語或涵義。然而在中文的論文寫作中，縮寫係以某一公式、英文、拉丁文……等非中文「文字」的縮寫符號呈現其所代表的涵義。縮寫在中文論文寫作中亦有其使用上的習慣與原則，並對論文所擬表達的涵義，具有相當重要的功能。

　　本章依序說明縮寫的用法與原則，並列舉範例如下。

壹、縮寫的用法與原則

一、第一次提及縮寫的文字或符號時，要介紹其全文之原文

　　雖然使用縮寫會節省論文空間，並使文字簡潔精練，但對讀者而言，若論文中未先介紹縮寫的全文之原文及其中文意義，讀者未必能了解其內涵，如此將使論文喪失可讀性及推廣的層面。故第一次提及縮寫的文字或符號時，要介紹其全文之原文。

二、不要為使用縮寫而用縮寫

　　為避免讀者誤解或忘記縮寫所表達的意義，研究者除了於第一次提到縮寫的全文（含中英文對照，英文以圓括號圍住，註明英文的全文與縮寫）外，其後可用縮寫表示。但是依美國心理協會出版手冊（American Psychological Association, 1994, pp. 80-83; 2001a, pp. 103-105）的建議，在較長的報告中，為避免讀者忘記縮寫的意義，縮寫的次數要少於三次。

但是對於眾所週知的專門術語，宜以全文呈現，俾使讀者更容易了解其涵義。

　　有關縮寫的次數在論文寫作中宜有多少次較適當，尚無定論。上述美國心理協會出版手冊所提到次數係以該協會所屬期刊為準，其他期刊或博碩士論文、專書，可能出現同一縮寫的次數就不相同，更適切的說，不宜限定或規定縮寫的使用次數。然而，研究者為避免讀者忘記或者不了解縮寫的意義，常在某一章（或主題）之始，再次介紹縮寫的全文。

貳、範例

一、英文縮寫與標點符號的使用

(一)縮寫後使用英文句號

範例 1-1：名字的起首字母

▲John Dewey
　——英文姓名的原文。
▲J. Dewey
　——英文名字縮寫，保留名字的第一個字母，要大寫，並在右下角加一英文的句號。
▲Dewey, J.
　——用在參考書目中的「作者」欄，先寫姓，加一逗號，再寫名字的縮寫。

（下頁續）

（續上頁）

> ▲用在論文本文段落文字的敘述
>
> 　1. 以中文翻譯加原文，有兩種敘述方式：
>
> 　　・杜威（John Dewey）
>
> 　　・約翰・杜威（John Dewey）
>
> 　　說明：第一次提到時，中文與英文並列；第二次以後可省略英文。
>
> 　2. 僅以英文原文敘述，方式有：
>
> 　　・Dewey（1916）所著的《民主主義與教育》……
>
> 　　・Dewey, J.（1916）所著的《民主主義與教育》……
>
> 　　說明：論文段落文字中的敘述，主要以姓氏為主，名字可省略。

範例 1-2：「作者名字」的縮寫──參考書目的寫法

> ▲Best, J. W., & Kaln, J. V. (1986). *Research in education* (5th ed.). New York: Prentice-Hall.
>
> ▲Best, John W., & Kaln, James V. (1986). *Research in education* (5th ed.).New York: Prentice-Hall.

　　說明：1. 依美國心理協會出版手冊（American Psychological Association, 1994, 2001a）
　　　　　　的編輯格式，所有的作者名字皆用起首字母再加一句號。
　　　　　2. 有些研究者採用本範例第二種方式書寫。

範例 1-3：「作者名字」的縮寫──論文本文段落文字的寫法

　　請參見範例 1-1。

範例 1-4：書籍的版次

> ▲Yukl, G. (1981). *Leadership in organizations*. New Jersey: Prentice-Hall.
>
> ▲Yukl, G. (1989). *Leadership in organizations* (2nd ed.). New Jersey: Prentice-Hall.
>
> ▲Yukl, G. (1994). *Leadership in organizations* (3rd ed.). New Jersey: Prentice-Hall.
>
> ▲Yukl, G. (1998). *Leadership in organizations* (4th ed.). New Jersey: Prentice-Hall.

說明：1. 版次的英文原文：edition

　　　　版次的英文縮寫：ed.

　　　2. 第一版的書籍不必寫任何版次的符號。

　　　3. 第二版以後，在書名之後寫：

　　　　・第二版 (2nd ed.). 或 (2nd ed.).

　　　　・第三版 (3rd ed.). 或 (3rd ed.).

　　　　・第四版 (4th ed.). 或 (4th ed.).

　　　　・……

　　　4. 電腦中，將 "2nd" 與 "ed" 用空白鍵隔開時，將會自動形成 "2nd ed." 的情形，其他以此類推。

　　　5. APA 第五版、第六版係以 (2nd ed.). 方式呈現書籍的版次。國內一些期刊或學位論文則以上標的方式處理。

範例 1-5：編輯者

▲Gaw, A. G. (Ed.). (1993). *Culture, ethnicity, and mental illness*. Washington, DC: American Psychiatric Press.

▲Harris, A., Bennett, N., & Preedy, M. (Eds.). (1997). *Organizational effectiveness and improvement in education*. Buckingham: Open University Press.

說明：任何書籍、期刊……的編輯者：

　　　・單一個編輯者，在作者之後，用(Ed.).

　　　・二個以上的編輯者，在作者之後，用(Eds.).

範例 1-6：頁數／報紙版次

▲Hall（1999, pp. 249-273）介紹組織效能的矛盾模式、目標模式、參與滿意模式，及組織效能的多元層面特徵。

▲調查研究不僅在社會學或其他領域，都是一種普遍且廣受使用之蒐集資料的方法（Neuman, 1999, p. 247）。

▲Sergiovanni（1984, pp. 4-13）所提出的學校領導與卓越之架構，是研究轉化領導頗具價值的參考文獻。

說明：1. 引用期刊、書籍及報紙的版次，用 p.（page）及 pp.（pages）。

　　　2. 頁數（版數）只有一頁（一版）時，用 p.。

　　　3. 頁數（版數）有二頁（二版）以上時，用 pp.（p.不加 s——非 ps.）。

　　　4. p.及 pp.的書寫可用在「論文本文中引用文獻」時與「參考書目」時。

範例 1-7：卷數

▲Frankel, M. S. (1993). Professional societies and responsible research conduct. In *Responsible science: Ensuring the integrity of the research process* (Vol. 2, pp. 26-49). Washington, DC: National Academy Press.

▲以「國際教育資料庫」（又譯「教育資源資料中心」）（Education Resource Information Center; ERIC）所呈現者為例：

‧文件編號：EJ591118

‧題　　名：Refocusing Leadership to Build Community

‧作　　者：Sergiovanni, Thomas J.

‧出版日期：1999

‧期刊出處：High School Magazine v7 n1 p10-15 Sep 1999

此處 v7 n1，係指第 7 卷第 1 期。

依美國心理協會出版手冊（American Psychological Association, 1994）對期刊參考書目的寫法是：

Sergiovanni, T. J. (1999). Refocusing leadership to build Community. *High School Magazine, 7*(1), 10-15.

說明：1. 期刊、叢書的卷數：

‧單一卷數用 Vol.（Volume），例如：Vol.5 表示第 5 卷（V 可用大寫）。

‧兩卷以上時用 vols.（volumes），例如：in 5 vols.表示所參考的期刊或叢書共有 5 卷（v 用小寫）。

2. 有些檢索資料僅用 v 代表 vol.，參見本範例所列之 ERIC 的資料。

範例 1-8：出版年代不詳

▲Rush, W. L., & The League of Human Dignity (n.d.). *Write with dignity: Reporting on people with disabilities*. Lincoln: University of Nebraska, Hitchcock Center.

說明：出版年代不詳，在作者之後用(n. d.)，英文全文是：no date, 英文縮寫是：n. d.

範例 1-9：叢書的「第幾部」

▲Ehrenberg, A. S. C. (1977). Rudiments of numeracy. *Journal of the Royal Statistical Society A*, 140 (Pt. 3), 277-297.

說明：某一叢書的「第幾部」，英文用 Pt.（Part）。例如："Pt. 3" 指「第 3 部」。

範例 1-10：修訂版的書

▲Rosenthal, R. (1987). *Meta-analytic procedures for social research* (Rev. ed.). Newburg Park, CA: SAGE.

說明：1. 書籍的修訂版原文 revised edition，縮寫是 Rev. ed.。
　　　2. Rev. ed. 置於書名之後，並置於圓括號內。

範例 1-11：翻譯者

▲Laplace, P. S. (1951). *A philosophical essay on probabilities* (F. W. Truscott & F. L. Emory, Trans.). New York: Dover. (Original work published 1814)

說明：翻譯者的英文全文是 translator, 縮寫是：
　　　・單一個翻譯者 Tran.
　　　・二個以上的翻譯者 Trans.

範例 1-12：編號

▲No. 1
▲No. 1, 2
▲No. 1, 2, and 3

說明：1. number 代表「編號」的意義時，縮寫用 No.，N 為大寫。
　　　2. 同時敘述二個以上的編號時，No. 不加 s。
　　　3. number 有時也代表「某一精確數字」，可在論文本文中或於統計表中敘述。
　　　　 例如：n=20，此時 n 不必用英文句號，n 用小寫。

範例 1-13：拉丁字的縮寫

▲縮　　　寫：c.（ca., cir., or cire.）
　拉丁文原文：circa
　英 文 原 文：about（approximate data）
　中 文 意 義：大約
　例　　　子：・Mohammed was born circa A. D. 570.
　　　　　　　・A total of 275 teachers responded to the mailed survey, and received in 245 participants (C., 90 percent).

▲縮　　　寫：cf.

　拉丁文原文：confer

　英文原文：compare

　中文意義：比較

　例　　　子：‧December 25, 1999（cf. 1999, December 25）

　　　　　　　‧nine pages（cf. p. 9 and pp. 1-9）

▲縮　　　寫：e.g.

　拉丁文原文：exampli gratia

　英文原文：for example

　中文意義：例如

　例　　　子：‧A considerable number of survey studies have used the MLQ to examine the correlation between leadership behavior and various criteria of leadership effectiveness (e.g., Avolio & Howell, 1992; Yammarino & Bass, 1990).

　　　　　　　‧Most items in the charismatic and intellectual stimulation scales described the outcomes of leadership (e.g., followers become more enthusiastic about the work and view problems in novel ways), rather than specific, observable actions by the leader to cause these outcomes.

▲縮　　　寫：et al.

　拉丁文原文：et alii; et alibi

　英文原文：and others; and elsewhere

　中文意義：及其他人、等人；及其他地方

　例　　　子：Leithwood et al.（1999）研究發現……

　　　　　　　有些學者提出教育機會均等的概念（Coleman, et al., 1966）

▲縮　　　寫：etc.

　拉丁文原文：et cetera

　英文原文：and so forth（or on）

　中文意義：……等人

　例　　　子：The scale is suitable for teachers, administrators, principals, etc.

▲縮　　　寫：et seq.（pl. et seqq., et sqq.）（與英文縮寫 f., ff.同義）

　拉丁文原文：et sequens

　英文原文：and the following

中 文 意 義：及其下，及其後

例　　　子：For further suggested readings, see page 350 et seqq.

▲縮　　　寫：ibid

拉丁文原文：ibidem

英 文 原 文：same reference

中 文 意 義：同前註

例　　　子：‧註一：Hoy, W. K., & Miskel, C. G. (2001). *Educational edministration-Theory, research, and practice* (6th ed.). p. 55.

　　　　　　　‧註二：Ibid., pp. 60-70.

　　　　　（表示同前一註釋所列的參考書目）

▲縮　　　寫：i.e.

拉丁文原文：id est

英 文 原 文：that is; that is to say

中 文 意 義：即；就是；易言之

例　　　子：‧ The validity of scale is fewer than .06 (i.e., it is too low).

　　　　　　‧ In newer browsers (4.0 and higher), the citation examples will appear in "hanging-indent" style (i.e., the first line is flush left and all subsequent lines are indented).

▲拉丁文原文：infra

英 文 原 文：below

中 文 意 義：在下；以下（指書之前後）

例　　　子：‧ see infra, page 50.

　　　　　　‧ see infra

說　　　明：1.有些研究者將infra.視為縮寫〔參見淡江大學教育科學研究室（1983）。**研究報告之寫作方法與格式**。頁99〕。

　　　　　　2.參見拉丁字 supra。

▲縮　　　寫：loc. cit.

拉丁文原文：loco. citato.

英 文 原 文：in the place cited

中 文 意 義：在前述之處

例　　　子：‧註一：Michael, D. C., & James, G. M. (1974). *Leadership and Ambiguity: The American College President*. New York: McGraw-Hill. p. 38.

　　　　　　　　　　　　・註二：Ibid.

　　　　　　　　　　　　　　　⋮

　　　　　　　　　　　　・註六：Cohen & March, loc. cit.

▲縮　　　寫：op. cit.

　拉丁文原文：opere ciato

　英 文 原 文：previously cited; in the work cited

　中 文 意 義：前揭書

　例　　　子：・註一：Michael, D. C., & James, G. M. (1974). *Leadership*
　　　　　　　　　　　　and Ambiguity: The American College President.
　　　　　　　　　　　　New York: McGraw-Hill. p. 38.

　　　　　　　　　　　　　　　⋮

　　　　　　　　　　　　・註五：Cohen & March, op. cit., pp. 50-65.

▲拉丁文原文：sic

　英 文 原 文：so; thus

　中 文 意 義：用於所引用的文句，若有錯誤或欠妥之處，於其後註明
　　　　　　　　[sic]，並以（　）加註正確文句。

　例　　　子：Educational administrtion [sic]（administration）

▲拉丁文原文：supra

　英 文 原 文：above

　中 文 意 義：參照前文

　例　　　子：For further examples see supra.

▲縮　　　寫：v.

　拉丁文原文：vide

　英 文 原 文：see; refer to

　中 文 意 義：見，參見、參閱

　例　　　子：(v. supra), see supra

▲縮　　　寫：viz.

　拉丁文原文：videlicet

　英 文 原 文：namely

　中 文 意 義：即；就是

　例　　　子：Transformational leadership consist of five dimensions (viz.,
　　　　　　　　vision, charisma, inspiration, intellectual stimulation, and
　　　　　　　　consideration).

▲縮　　　寫：v., vs.
　拉丁文原文：verses
　英　文　原　文：versus; against
　中　文　意　義：對（有相對應的意思）
　例　　　子：・traveling by plane versus traveling by train
　　　　　　　　・(traveling by plane vs. traveling by train)

說明：1. 本範例所列之拉丁字縮寫（除 et al. 及 infra, supra）外，均一律用於圓括號內；
　　　　若不在圓括號內使用時，則用其英文翻譯之原文。
　　　2. 在「論文本文中引用文獻時」及「參考書目時」的寫法中，et al. 視同敘述的方
　　　　式，可用在圓括號之內外。

(二)縮寫後不使用英文句號

範例 1-14：二位以上作者用&連接時

▲Hoy, W. K., & Miskel, C. G. (2001) ……

說明：1. &的英文為 "and"，中文為「與」或「和」的意思。
　　　2. &之前的作者名加一逗號，&的右邊不加任何標點符號。

範例 1-15：一般公認為「字」的縮寫

縮寫	英文原文	中文意義
APA	American Psychological Association	美國心理協會
AQ	Achievement Quotient	成就商數
DAI	Dissertation Abstracts International	國際博士論文摘要
EI	emotional intelligence	情緒智慧
EQ	emotional quotient	情緒商數；情緒智慧
ERIC	Educational Resources Information Center	教育資源資料中心（美國教育資料庫）
IQ	intelligence quotient	智商
MLA	Modern Language Association	現代語言協會

說明：1. 本範例係一些用縮寫的方式，並能普遍被公認且接受的「字」。然因係中文論
　　　　文，故第一次使用時，仍寫出中文意義，並附英文原文及縮寫，第二次以後可

僅用縮寫。例如：
- 第一次——智商（intelligence quotient; IQ）
- 第二次——IQ

2. 本範例的縮寫皆為大寫，且不加任何標點符號。

範例 1-16：國家名的縮寫

縮　寫	英　文　原　文	中文意義
ROC	Republic of China	中華民國
UN	United Nation	聯合國
US or USA	United States; the United States of American	美國

說明：國家名縮寫不加標點符號，若是當形容詞時，加英文句號。例如：U.S. Army。

範例 1-17：參考書目之出版地

1. 參考書目之出版地，不加標點符號。

2. 參見第十一章「參考書目的寫法」——「出版地與出版者」之相關範例。

範例 1-18：英文縮寫與中文併連使用

縮　寫	英文原文	內　涵	備　註
APA 格式	APA Style	美國心理協會所屬期刊的寫作格式	寫作格式
ERG 理論	ERG Theory	強調三大核心的需求——生存（existence）、關係（relatedness）與生長（growth）	動機理論
X 理論	Theory X	假設組織成員好逸惡勞、被動、缺乏責任心，須予以介入才能發揮組織效能	行政理論
Y 理論	Theory Y	假設組織成員主動積極、具有創造性、有責任感，能自我實現	行政理論
Z 理論	Theory Z	兼容 X 理論與 Y 理論的內涵	行政理論

說明：本範例所列之縮寫，在論文中習慣上已逐漸被視為「字」或專門術語。

範例 1-19：教育統計符號與中文併連使用

縮　　寫	英　文　原　文
F 分配	F distribution
F 比率	F ratio
F 考驗	F-test
F 量表	F scale
F 檢定	F-test
J 形曲線	J curve
α 係數	Cronbach's Alpha, α coefficient
Q 相關	Q correlation
t 分配	t distribution
T 分數	T-score
t 考驗	t test
T 檢定	T test
U 形曲線	U-shape curve
Z 分數	z-score
Z 考驗	Z test
Z 檢定	Z test
Ø 係數	phi coefficient
Ø 相關	phi correlation
X^2 分配	chi-square distribution
X^2 考驗	chi-square test

範例 1-20：社會科學研究常使用的統計軟體

縮　寫	英　文　原　文	中　文　意　義
ESP	Econometric Software Package	計量經濟軟體輯
SAS	Statistical Analysis System	統計分析系統
SPSS	Statistical Package of the Social Science	社會科學統計程式輯

範例 1-21：教育研究設計名詞

縮　寫	英　文　原　文
ABA 研究法	ABA research
ABA 設計	ABA design
ABA 實驗設計	ABA experimental design
P 技術	P technique
Q 分類	Q sort
Q 分類技術	Q sort technique
Q 技術	Q technique

範例 1-22：教育研究中常使用的問卷

縮寫	英　文　原　文	中　文　意　義
LBDQ	Leader Behavior Descriptive Questionnaire	領導行為描述問卷
LPC	Least Preferred Coworker Scale	最不喜歡同事量表
MLQ	Multifactor Leadership Questionnaire	多元因素領導問卷
OCDQ	Organizational Climate Descriptive Questionnaire	組織氣氛描述問卷
OCI	Organizational Climate Index	學校氣氛指數問卷
PCI	Pupil Control Ideology Questionnaire	管理學生心態問卷
POS	Profile of a School	學校描述問卷
SOI	School Organization Inventory	學校組織問卷
SPQ	Structual Properties Questionnaire	結構特性問卷

範例 1-23：教育研究中常使用的理論術語

縮　寫	英　文　原　文	中　文　意　義
MBO	Management by Objective	目標管理
OC	Organizational Change	組織變革
OD	Organizational Development	組織發展
PERT	Planning Evaluation Review Technique	計畫評核術
PPBS	Planning Programming Budgeting System	計畫預算制度
SBM	School-Based Management	學校本位管理
TQM	Total Quality Management	全面品質管理
ZBB	Zero Based Budgeting	零基預算

(三)英文縮寫與其他標點符號的使用

範例 1-24：英文原文與縮寫之間用分號

> ▲美國心理協會（American Psychological Association; APA）
>
> ▲領導行為描述問卷（Leader Behavior Descriptive Questionaire; LBDQ）

說明：論文中第一次介紹或提到某一名詞／術語時，要在圓括號內將英文原文列出，並
　　　用分號將縮寫的字隔開。

範例 1-25：用逗號隔開列舉事項

> ▲眾所周知且公認的心理學相關術語有 IQ, EQ 及 MQ 等。
>
> ▲諸如參考書目的出版地（例如：NY, DC, OH……等），都不必用英文句
> 號。

二、英文縮寫的單數與複數

範例 2-1：p.與 pp.的用法

單數頁	複數頁
p.8	pp. 1-8
	pp. 1, 5, 8
	pp. 1-3, 5

說明：1. 本範例可用於「論文本文中引用文獻」及「參考書目」中。
　　　2. 書籍、期刊及報紙適用本範例。
　　　3. 單數頁／版用 p.，二頁／版以上時用 pp.。

範例 2-2：複數縮寫字加 s

單　　數	複　　數	英　文　原　文
bk.	bks.	book, books
chap.	chaps.	chapter, chapters
col.	cols.	column, columns
Ed.	Eds.	editor, editors
no.	nos.	number, numbers
par.	pars.	paragraph, paragraphs
Pt.	Pts.	part, parts
sec.	secs.	section, sections
Tran.	Trans.	translator, translators
Vol.	vols.	volume, volumes

範例 2-3：et al.的用法

▲ et al. 表示作者三人或三人以上。

▲ et al. 的英文原文爲：and others，中文意義爲：及其他人、等人。

▲ et al. 可用於論文本文中的註腳及參考書目中。

三、句首使用縮寫

範例 3-1：句首用大寫字母的縮寫

▲ APA, LBDQ, WTO, ...

說明：1. 句首不用小寫的縮寫（例如：cm, vol......），也不用數字起始的符號（例如：3 cm, 5 vols......）

　　　2. 句首用大寫字母的縮寫，或術語。

範例 3-2：英文大寫字母與中文字併連使用

▲ X 理論、Y 理論、Z 理論……

說明：英文大寫字母與中文字併連使用時，可視同中文字使用。

四、論文本文引用文獻／註腳與參考書目常用的縮寫

範例 4-1：論文本文引用文獻／註腳與參考書目常用的縮寫一覽表

縮　　寫	英　文　原　文	中　文　意　義
2nd ed., 2nd ed.	second edition	再版
3rd ed., 3rd ed.	third edition	第三版
4th ed., 4th ed.	fourth edition	第四版
abbr.	abbreviation	縮寫
art., arts.	article, articles	短篇文章
bk., bks.	book, books	書
c. (circa)	about (approximate date)	大約
cf.	compare	比較
chap., chaps.	chapter, chapters	章
col., cols.	colume, columes	欄；段
div., divs.	division, divisions	分段；章節
e.g.	for example	例如
ed.	edition	版次
Ed.,Eds.	Editor, editors	編輯者
ed., eds.	edition, editions	欄、段
et al.	and others	及其他人、等人
etc.	and so forth (or on)	（條列事項）等
et seq.	and the following	及其下，及其後
f., ff.	and the following	及其下，及其後
fig., figs.	figure, figures	圖
i.e.	that is; that is to say	即；就是；易言之
ibid.	same reference	同前註
idem.	same person	同一人
illus.	Illustrated	舉例說明、作圖解
infra	below	在下；以下

（下頁續）

（續上頁）

l., ll.	line, lines	行
loc.cit.	in the place cited	在前述之處
mimeo.	Mimeographed	用油印機油印
Ms.	Manuscript	手稿
n. d.	no date given	出版年代不明
n. n.	no name given	作者不明
n. p.	no place given	出版地不明
No.	number	編號（另參見第七章範例 6-1 及 6-2，有關 N 與 n 的統計符號）
op. cit.	previously cited	前揭書
p., pp.	page, pages	頁
par., pars. par., paras.	paragraph, paragraphs	文章的段、節
passim	here and there（scattered）	到處、分散各處
Pt., Pts.	part, parts	部
Rev. ed.	revised edition	修訂版
sec., secs.	section, sections	部分，節、段
sic.	so; thus	用於所引用的文句，若有錯誤或欠妥之處，於其後註明[sic]，並以（ ）加註正確文句
Suppl.	Supplement	補遺
supra	above	其上，在上
syn.	synonym	同義字詞
Tech. Rep.	Technical Report	科技報告
Tran., Trans.	translator, translators	翻譯者
v.	see; refer to	見，參見、參閱
v., vs.	versus; against	對（有相對應的意思）
viz.	namely	即；就是
Vol., vols.	volume; volumes	卷

說明：劃底線者係拉丁字及其縮寫。

五、統計符號的縮寫

範例 5-1：英文字母統計符號的縮寫

縮　寫	英　文　意　義	中　文　意　義
ANCOVA	Analysis of covariance	共變數分析
ANOVA	Analysis of variance（univariate）	變異數分析
d	Cohen's measure of effect size	Cohen 的效果大小測量
d^1	（d prime）measure of sensitivity	敏感度測量
df	degrees of freedom	自由度
D	Used in Kolmogorov-Smirnov test	柯—史考驗
f	Frequency	次數
f_e	Expected frequency	期望次數
F	Fisher's F ratio	費雪爾 F 比值
F_{max}	Hartley's test of variance homogeneity	哈特萊氏變異數同質性考驗
H	Used in Kruskal-Wallis test; also used to mean hypothesis	克—瓦二氏考驗；也可當做假設使用
H_0	Null hypothesis	虛無假設
H_1	Alternative hypothesis	對立假設
HSD	Tukey's honestly significant difference（also referred to as the Tukey a procedure）	杜凱真實的顯著性差異
k	Coefficient of alienation	離散係數
k^2	Coefficient of nondetermination	非決定係數
K-R20 (KR_{20})	Kuder-Richardson formula	庫李 20 號公式
LR	Likelihood ratio（used with some chi-squares）	概率比
LSD	Fisher's least significant difference	費雪爾最小平方差
M	Mean（arithmetic average）	平均數（算數平均數）

（下頁續）

（續上頁）

MANOVA	Multivariate analysis of variance	多變項變異數分析
Mdn	Median	中數
mle	Maximum likelihood estimate（used with programs such as LISREL）	最大概率估計
mode	Most frequently occurring score	眾數
MS	Mean square	均方
MSE	Mean square error	均方誤
n	Number in a subsample	次樣本的數目
N	Total number in sample	樣本總數(母群體總數)
ns	Nonsignificant	不顯著
p	Probability; also the success probability of a binomial variable	機率，二項變項的成功機率
p	Percentage, percentile	百分位數
pr	Partial correlation	淨相關
PR	percentile rank	百分等級
q	1-p for a binomial variable	二項變項的 1-p
Q	Quartile（also used in Cochran's test）	四分位數
r	Pearson product-moment correlation	皮爾遜積差相關
r^2	Pearson product-moment correlation squared; coefficient of determination	皮爾遜積差相關平方；決定係數
r_b	Biserial correlation	二系列相關
r_1	Estimated reliability of the typical judge	典型判斷的估計信度
r_{pb}	Point-biserial correlation	點二系列相關
r_s	Spearman rank correlation coefficient （formerly rho [P]）	斯皮爾曼等級相關係數
R	Multiple correlation; also composite rank, a significance test	多元相關；混合等級，顯著性考驗

（下頁續）

（續上頁）

R^2	Multiple correlation squared; measure of strength of relationship	多元相關平方
SD	Standard deviation	標準差
SE	Standard error	標準誤
SEM	Standard error of measurements	測量標準誤
sr	Semipartial correlation	半淨相關
SS	Sum of squares	平方和
t	Computed value of t test	考驗統計量
T	Computed value of Wilcoxon's or McCall's test	魏克遜或麥考爾考驗的統計值
T^2	Computed value of Hotelling's test	賀德臨T^2考驗的統計量
Tukey a	Tukey's HSD procedure	杜凱 HSD 法
U	Computed value of Mann-Whitney test	曼—懷特尼U考驗之統計量
V	Cramer's statistic for contingency tables; Pillai-Bartlett multivariate criterion	克拉瑪二向列聯表統計量
W	Kendall's coefficient of concordance	肯德爾和諧係數
x	Abscissa（horizontal axis in graph）	橫座標
y	Ordinate（vertical axis in graph）	縱座標
z	A standard score	標準分數

資料來源：American Psychological Association. (2001a). *Publication manual of the American Psychological Association* (5th ed.). Washington, DC: Author. pp. 141-143.

說　　明：1. 本範例內容以美國心理協會出版手冊為主要架構，其他縮寫符號請參閱教育統計與心理測驗相關書籍。

2. 本範例「庫李 20 號公式」原文為 K-R20，國內教育統計與心理測驗相關書籍大多以 KR_{20} 表示。請讀者參考。

範例 5-2：希臘字母統計符號的縮寫

縮寫	字母發音	英　文　意　義	中文意義
α	Alpha	probability of a Type I error; Cronbach's index of internal consistency cronbach	第一類型錯誤機率；內部一致性指數
β	Beta	probability of a Type II error; (1-β is statistical power); standardized multiple regression coeffcient	第二類型錯誤的機率；標準化多元迴歸係數
Δ	Delta(cap)	increment of change	改變的增加量
Θ	Theta(cap)	Roy's multivariate criterion	羅伊多變項效標值
Λ	Lambda(cap)	Wilks's multivariate criterion	魏可思多變項效標值
ν	Nu	degrees of freedom	自由度
Σ	Sigma(cap)	sum or summation	總和
τ	Tau	Kendall's rank correlation coefficient; also Hotelling's multivariate trace criterion	肯德爾等級相關係數；賀德臨多變項跡準則
φ	Phi	measure of association for a contingency table; also a parameter used in determining sample size or statistical power	列聯表的聯合量數；決定統計力的樣本大小參數
φ^2	Phi squared	proportion of variance accounted for in a 2×2 contingency table	2×2 列聯表中變異數的比例
χ^2	chi	Computed value of a chi-square test	卡方考驗統計量
φ	Psi	a statistical comparison	統計比較
ω^2	Omega squared	measure of strength of relationship	關連強度量數
$\wedge$	caret	when above a Greek letter (or parameter), indicates an estimate (or statistic)	在希臘字母（或參數）之上表示估計值（或統計數）

資料來源：American Psychological Association. (2001a). *Publication manual of the American Psychological Association* (5th ed.). Washington, DC: Author. pp. 143-144.

說　　明：除非另有註解，希臘字母用小寫字母表示。

六、測量單位的縮寫

範例 6-1：數字與測量單位併連

▲3cm

▲5hr

▲30min

▲6lb

▲35s

說明：1. 當數字與測量單位併連時，測量的公制單位或非公制單位用縮寫。

2. 若無與數字併連時，則寫出英文全文（例如：several pounds, measured in centimeters）。

範例 6-2：不用縮寫的時間單位

▲day

▲month

▲week

▲year

說明：本範例的時間單位，不論是否與數字併連，皆不用縮寫。

第八章

數字

範例

一、頁次

範例 1-1：目次、圖次、表次、附錄的頁數

範例 1-2：論文本文的頁數

二、標題、句首與文章篇名

範例 2-1：章節與段落層次

範例 2-2：標題與段落文字的敘述

範例 2-3：句首

範例 2-4：文章篇名、書名、研究論文

三、時間

範例 3-1：民國年代——本文中的寫法

範例 3-2：西元年代——中文本文中的寫法

範例 3-3：西元年代——英文敘述方式

範例 3-4：年代作為標題並與數字連用

範例 3-5：學年度與會計年度

　　論文寫作中，通常以數字代表某一統計數量、年代、頁數……等，數字是研究結果的呈現，研究者根據該數字作為分析討論的基礎，並據以解釋、預測研究對象的行為。因此，數字務必精確及具有效度與信度，而作為研究論據的基礎。

　　在中文寫作中，較常用的數字形式包括國字、阿拉伯數字及羅馬數字，且在論文本文的文字敘述、統計表、圖、法律用語、專有名詞、參考書目……等方面，均有不同的規範。茲分別列舉如下：

範例

一、頁次

範例 1-1：目次、圖次、表次、附錄的頁數

▲ Ⅰ、Ⅱ、Ⅲ、Ⅳ、Ⅴ、Ⅵ……

說明：1. 目次、圖次、表次、附錄置於論文本文之前，其頁數用羅馬數字表示。
　　　2. 目次表示目錄的頁次；圖次係附圖的頁次；表次為各種統計表、一覽表的頁次。

範例 1-2：論文本文的頁數

▲1、2、3、4、5……

說明：論文本文（含參考書目、附錄）的頁數用阿拉伯數字表示，不加任何標點符號。

二、標題、句首與文章篇名

範例 2-1：章節與段落層次

▲第一章
▲第一節（壹）
▲一、
▲○(一)
▲○○1.
▲○○○(1)
▲○○○○①

說明：1. 標題分章節與論文本文的段落層次。
　　　2. 本範例中，將「節」與「壹」視為同一層次（請參見：第二章之「論文章節標題與本文規格」）。

範例 2-2：標題與段落文字的敘述

▲兩個獨立樣本和一個相依樣本的混合設計──用在標題中
▲二個獨立樣本和一個相依樣本的混合設計──用在段落文字敘述中

說明：標題的敘述不用阿拉伯數字。

範例 2-3：句首

▲五十位教師接受測試，……
▲百分之九十的樣本是有效的，……

說明：本文中句首，不用阿拉伯數字，而用一、二、……、十。有特別規定或習慣用法時，依其規定處理。

範例 2-4：文章篇名、書名、研究論文

▲王仙霞、楊士賢、曾榮華（1995）。**教育與心理論文索引彙編(二)**。台北：心理。

▲李新民（1994）。**國小教師規範權運作對六年級學生班級參與心態之影響**。國立台南師範學院初等教育研究所碩士論文（未出版）。

▲易毅成（1996）。東漢、三國華北戰時聚落的分布與其環境特色——論「塢壁」的初期演變。**屏東師院學報，9**，475-500。

三、時間

範例 3-1：民國年代——本文中的寫法

▲民國元年
▲民國三年元月一日
▲民國六十年
▲民國八十八年六月二十三日
▲民國九十年三月三十日
▲民國九十年代

說明：民國的年代（含年月日）用一、二……的寫法。

範例 3-2：西元年代——中文本文中的寫法

▲西元一九六〇年
▲一九八〇年至（迄）一九九〇年；1980 年至（迄）1990 年
▲一九八〇年——一九九〇年；1980 年－1990 年
▲九〇年代

說明：論文本文中，用阿拉伯數字或一、二……的寫法，要前後一致性。

範例 3-3：西元年代──英文敘述方式

▲December 25, 1999 ──用在本文中的敘述，表示精確的日期

▲1999/12/25; 1999.12.25 ──用在檢索網路資料

▲The Fourth of July ──一般公認特定紀念日的寫法

說明：網路資料日期之敘述方式，依所檢索之線上資料所呈現者為準。

範例 3-4：年代作為標題並與數字連用

▲一、西元 1980 年；民國六十九年

▲(一) 西元 2001 年；民國九十年

▲1. 西元一九八〇年──一九九〇年；民國六十九年──七十九年

▲(1) 西元二〇〇〇年；民國八十九年

說明：1. 為避免年代與標題數字連用，而造成視覺上的混淆〔例如：一、一九九〇年；(一)二〇〇〇年；1.1980 年〕。因此，本文中的年代與標題的數字宜有所區別。

2. 標題數字之後的我國年代宜加「民國」二字，外國年代宜加「西元」二字。

3. 若非得用數字且不加「民國」或「西元」時，標題數字與年代數字宜有區別。

範例 3-5：學年度與會計年度

▲八十九學年度第一學期

▲九十學年度

▲八十八會計年度

▲九十會計年度

範例 3-6：本文中引用參考書目的寫法

▲張慶勳（1996）研究發現⋯⋯

▲張慶勳於民國八十五年研究發現⋯⋯

▲Sergiovanni（2000）的研究發現⋯⋯

▲Sergiovanni 於二〇〇〇年研究發現⋯⋯

說明：1. 本文中的註腳，圓括弧內的年代用阿拉伯數字。

2. 文字敘述作者的研究年代，用〇、一、二、⋯⋯十等數字。

範例 3-7：參考書目的寫法

　　請參見第十一章「參考書目的寫法」相關範例。

四、數量／數目

(一) 美國心理協會出版手冊（American Psychological Association, 2001a, pp. 122-128）以「數字」（figures）或「文字」（words）表示數字（numbers）的用法，其原則如下：
  ‧ 10 或 10 以上的數字用「數字」表示
  ‧ 10 以下的數字用「文字」表示
  ‧ 另有一些例外或特殊用法
(二) 論文寫作中，常以數字代表數量的多寡，並以各種統計圖表、公式、測量／衡量單位、文字敘述……等各種形式呈現之。茲舉例如下：

範例 4-1：統計表的數字

校長領導型態、學校組織文化特性與組織效能顯著性差異考驗摘要表

組　　　　別	人數	平均數	平均數差異	平均數差異標　準　誤	自由度	t 值
轉化領導	927	3.4763	-.1141	.012	926	-9.64***
互易領導	927	3.5904				
學校目前的文化特性	927	51.5609	2.8996	.255	926	11.38***
校長到任時的文化特性	927	48.6613				
學校目前的效能	927	48.5577	2.8576	.225	926	12.70***
校長到任時的效能	927	45.7001				

　　*** $P < .001$

說明：1. 本範例引自：張慶勳（1996）。**國小校長轉化、互易領導影響學校組織文化特性與組織效能之研究**。國立高雄師範大學教育研究所博士論文（未出版）。頁204。
　　　2. 統計表內的數字一律用阿拉伯數字。
　　　3. 比率和統計的顯著水準，在小數點之前不加 0。

範例 4-2：統計公式

表○　九所國小校務評鑑分數之離均差平方和、變異數、及標準差

學校	X	X^2
A	11	121
B	13	169
C	8	64
D	9	81
E	5	25
F	15	225
G	3	9
H	6	36
I	11	121
N = 9	81	851

$$\overline{X} = \frac{\Sigma X}{N} = \frac{81}{9} = 9.00$$

$$SS = \Sigma X^2 - \frac{(\Sigma X)^2}{N} = 851 - \frac{(81)^2}{9} = 122$$

$$S^2 = \frac{\Sigma X^2 - \frac{(\Sigma X^2)}{N}}{N} = \frac{851 - \frac{(81)^2}{9}}{9} = 13.56$$

$$SD = \sqrt{\frac{\Sigma X^2 - \frac{(\Sigma X^2)}{N}}{N}} = \sqrt{\frac{851 - \frac{(81)^2}{9}}{9}} = 3.68$$

說明：公式的數字用阿拉伯數字。

範例 4-3：百分比

▲「父親的職業等級」與「母親的職業等級」的確有關聯。G 係數（母群體則為 r 係數）為.541，表示二者為正相關，且互相解釋力為 54.1%。
〔陳正昌（2000）。**行為及社會科學統計學──統計軟體應用**。台北：巨流。頁 99。〕

▲從「決定教學方法與教材內容的選擇」之校務而言，教師感受與期望皆以「政治模式」占最多數，且在 14 項校務中的滿意度居於首位（滿意人數占 60%）。
〔張慶勳（1989）。**師範校院官僚、同僚與政治管理模式之研究**。國立高雄師範學院教育研究所碩士論文（未出版）。頁 284。〕

說明：1.在文句的敘述中，阿拉伯數字後用百分比的符號（%）；若以「字」表示時，則寫為：百分之五。但在文句的敘述中以「字」表達統計術語，而不是其符號。例如：「標準差」而不是「SD」，但可寫為：標準差（SD）
　　　2.圖表內用百分比的符號。

範例 4-4：比率

> ▲教師與學生的比率為 1:35
> ▲受試者中，教師與行政人員的比率為 15:1
> ▲a ratio of 15:1

說明：本文中的敘述（非句首、文章篇名、標題）及圖表中的比率用數字表示。

範例 4-5：分數

> ▲本文段落的敘述
> ・大多數教師都覺得滿意，其人數占全校教師的五分之四。——以「文字」敘述
> ・大多數教師都覺得滿意，其人數占全校教師的 4/5。——以「數字」表示
> ・Epsilon（ε）值介於 1 與 1/（k-1）間，其中 k 為重複測驗的次數，因此 ε 值的最低下限為 1/（3-1）＝0.5，如果 ε 值非常接近最低下限，表示嚴重違反變異數同質性（陳正昌，2000，頁 205）。
> ▲變異的來源(一)中，有迴歸部分除以總和就等於迴歸的決定係數（68741.291/623441.559=.110）（陳正昌，2000，頁 248）。
> ・2 1/2 times as many——以「數字」表示
> ・one-fifth of the class——以「文字」敘述
> ・two-thirds majority——以「文字」敘述
> ▲統計表、一覽表、摘要表中用「數字」表示任何數字。

範例 4-6：「數量」與「單位」併連

> ▲受試者包含實驗組（5 人）及控制組（5 人）
> ▲3 公尺 6 公分
> ▲5 公斤

說明：1.「數量」與「單位」併連時，以「數字」表示「數量」。
　　　2.「單位」可為公尺、公分、公斤……；人、組、群……。
　　　3.參見第七章範例 6-2。

範例 4-7：同一段落中，二個數字的比較——英文敘述方式

▲3 of 21 analyses

▲of 10 conditions...the 5th condition

▲5 and 13 lines

▲in the 2nd and 11th grades...the 2nd-grade students

▲on 2 trials...on the remaining 18 trials

▲4 of the 40 stimulus words

▲in 7 blocks...in 12 blocks

▲the 6th group...12 groups

▲the 1st and 12th items of all 15 lists

▲2 of the 20 responses

▲toys included 14 balloons, 3 stuffed animals, and 5 balls

▲25 words...8 verbs, 12 nouns, and 5 adjectives

說明：本範例係指在同一段落中，「10 以下的數字」與「10 及 10 以上的數字」在相同
　　　單位之下的比較——「10 以下的數字」用阿拉伯數字。

範例 4-8：精確數字——英文敘述方式

▲in about 5 years

▲6 weeks ago

▲2 hr. 30 min.

▲at 20:10 a.m.

▲November 4, 2001

▲3-year-old

▲5 participants〔but three raters, nine observers〕

▲scored 4 on a 5-point scale

▲were paid $6 each

▲the numerals on the scorecard were 1-5

說明：當「數量」用以表示時間、日期、年齡、樣本、統計中母群的大小、實驗中受試
　　　者的數目、量表中的分數和點、金錢的明確數目，及以數字作為數字時，用「數
　　　字」予以表示。

範例 4-9：特定序位

中文敘述方式	英文敘述方式
▲國中三年級學生	▲9 grade（the nineth grade）
▲圖 5	▲figure 5
▲表 3	▲table 3
▲五點量表	▲5-point scale
▲第 70 頁	▲page 70（p. 70）
▲80-90 頁；頁 80-90	▲pages 80-90（pp. 80-90）
▲第九章（第 9 章）	▲chapter 9
▲第 10 章（第十章）	▲chapter 10
▲第 11 章（第十一章）	▲chapter 11
▲第 5 行	▲line 5
▲第 6 排	▲row 6
▲第 1、3、5、7 個字	▲1, 3, 5, and 7 words,

說明：當「數量」用以表示圖、表、書的章節、年級等特定序位的數字，或表示含有 4 個或 4 個以上的數字時：
　　　‧英文敘述方式：用「數字」予以表示。
　　　‧中文敘述方式：依習慣／統一用法表示。

五、法律統一用語

範例 5-1：法規條文的書寫方式 1

▲第一條
▲第二款
▲第(一)目
▲前條之一

說明：依「中央法規標準法」有關章節及條文之寫法的規定：
　　　‧第八條：法規條文應分條直行書寫，冠以「第某條」字樣，並得分為項、款、目。項不冠數字，低二字書寫，款冠以一、二、三等數字，目冠以(一)、(二)、(三)等數字，並應加具標點符號。

前項所定之目再細分者，冠以 1、2、3 等數字，並稱為第某目之 1、2、3。

- 第九條：法規內容繁複或條文較多者，得劃分為第某編、第某章、第某節、第某款、第某目。
- 第十條：修正法規廢止少數條文時，得保留所廢條文之條次，並於其下加括弧，註名「刪除」二字。

修正法規增加少數條文時，得將增加之條文，列在適當條文之後，冠以前條「之一」、「之二」等條次。

廢止或增加編、章、節、款、目時，準用前二項之規定。

範例 5-2：法規條文的書寫方式 2

▲第九十九條（不寫爲：「第九九條」）

▲第一百條（不寫爲：「第一○○條」）

▲第一百十五條（不寫爲：「第一百『一』十五條」）

▲準用「第○條」之規定

　（法律條文中，引用本法其他條文時，不寫「『本法』第○條」，而逕書「第○條」）

▲「第二項」之未遂犯罰之

　（法律條文中，引用本條其他各項規定時，不寫「『本條』第○項」，而逕書「第○項」）

▲「一、二、三、……十、百、千」

　（法律條文中之序數不寫爲：「壹、貳、參、……拾、佰、仟」）

▲「零、萬」

　（法律條文中之數字「零、萬」的「零」不寫爲：「○」）

說明：請參閱行政院秘書處（1998）。**文書處理檔案管理手冊**。頁 61-62。

六、教育心理測驗與統計用語

範例 6-1：心理測驗與統計習慣／統一用語

▲2×2 格聯列表（two by two table）

▲kappa 一致性係數（k coefficient of agreement）

▲一手資料（first hand information）

▲一致性（consistency）

▲一個樣本 t 考驗（one sample t-test）

▲一般最小平方法（ordinary least square method）

▲一般線性回歸法（general linear regression model）

▲一般線性模式（general linear model; GLM）

▲一階淨相關（first order partial correlation）

▲二分名義變數（nominal dichotomous variance）

▲二分變項（dichtomous variable）

▲二手資料（secondhand information）

▲二因子混合設計（two-factor mixed design）

▲二因子獨立樣本設計（two-way independent sample design）

▲二因子變異數分析（two-way analysis of variance; two-way ANOVA）

▲二系列相關（biserial correlation）

▲二階淨相關（second order partial correlation）

▲二項分配（binomial distribution）

▲二項式考驗（binomial test）

▲二層次理論（two-level theory）

▲三元分析術（triangulation）

▲三分法（trichotomy）

▲三因子交互作用（three-way interaction）

▲三因子混合設計（three-factor mixed design）

▲三因子變異數分析（three-way analysis of variance; three-way ANOVA）

▲三角交叉法（triangulation）

▲內部一致性（internal consistency）

▲內部一致性分析（internal consistency analysis）

▲內部一致性方法（internal consistency method）

▲內部一致性係數（coefficient of internal consistency）

▲半結構性訪談（semi-structured interview）

▲卡氏十六種人格因素測驗（Sixteen Personality Factor Questionaire; 16PF）

▲四分位距（interquartile range; IQR）

▲四分位距係數（coefficient of interquartile range）

▲四分位數（quartiles）

・第一四分位數（first quartile）

- ・第二四分位數（second quartile）
- ・第三四分位數（third quartile）
- ▲四分相關（tetrachoric correlation）
- ▲四分相關係數（tetrachoric correlation coefficient）
- ▲四分差（quartile deviation）
- ▲四分點相關（fourfold point correlation）
- ▲四表格（four-fold table）
- ▲交互作用（interaction）
  - ・次序性作用（ordinal interaction）
  - ・無次序性作用（disordinal interaction）
  - ・二因子交互作用（two-factor interaction）
    〔或稱為二階交互作用（second order interaction）〕
- ▲多邊（polygon）
- ▲多元共線性（multicollinearity）
- ▲多元相關（multiple correlation）
- ▲多元迴歸分析（multiple regression analysis）
- ▲多元基準線設計（multielement baseline design）
- ▲多水準實驗（multilevel experiment）
- ▲多向度量度法（multidimensional scaling）
- ▲多因子設計（factorial design）
- ▲多因子變異數分析（factorial ANOVA）
- ▲多系列相關（multiserial correlation）
- ▲多重分類分析（multiple classification analysis）
- ▲多重比較（multiple comparison）
- ▲多重比較考驗（multiple comparison test）
- ▲多重式增強分配計畫（multiple schedule of reinforcement）
- ▲多重指標（multiple indicators）
- ▲多重差距考驗（multiple-range test）
- ▲多重特質－多項方式分析（multitrait-multimethod analysis）
- ▲多重控制組（multiple control groups）
- ▲多重處理干擾（multiple-treatment interference）
- ▲多峰式分配（multimodal distribution）
- ▲多基準線設計（multiple baseline design）

▲多階層研究（multistage reseach）

▲多變量統計（multivariate statistics）

▲多變項 t 考驗（multivariate t test）

▲多變項分析（multivariate analysis）

▲多變項共變數分析（multivariate analysis of covariance）

▲多變項的顯著性考驗（multivariate test of significance）

▲多變項統計技術（multivariate techniques）

▲多變項變異數分析（multivariate analysis of variance）

▲次要史料（secondary source）

▲次矩陣（submatrices）

▲次級相關（secondary correlation）

▲次級增強（secondary reinforcement）

▲次層分析（secondary analysis）

▲百分比（proportion）

▲百分比一致性（Percent Agreement; PA）

▲百分比同質性考驗（test of homogeneity of proportions）

▲百分位數（percentile）

▲百分位數帶（percentile band）

▲百分等級（percentile rank）

▲百分等級常模（norm of percentile rank）

▲百分點（percentile point）

▲亨—奈二氏心理能力測驗（Henmon-Nelson Tests of Mental Ability）

▲克—瓦二氏單因子等級變異數分析（kruskal-walls one-way analysis of variance by ranks）

▲折半信度（split-half reliability）

▲柯—史單一樣本考驗法（kolmogorov-smirnov one sample test）

▲庫李 20 號公式（KR_{20}）

▲庫李 21 號公式（KR_{21}）

▲真正二分類別（true dichotomy）

▲動差（moment）

‧一級動差（first rank moment）

‧二級動差（second rank moment）

‧三級動差（third rank moment）

‧四級動差（fourth rank moment）

▲參數、母數（parameter）

▲唯一性（uniqueness）

▲眾數（mode）

▲第一共同（形心）因素負荷量（first centroid factor loadings）

▲第一階交互作用（first-order interaction）

▲第一類型錯誤（type I error）

▲第二共同（形心）因素負荷量（second centroid factor loadings）

▲第二類型錯誤（type II error）

▲累積百分比（cumulative percent）

▲最大表現測驗（maximum performance test）

▲最小平方法（least square method）

▲單一正確答案類型（one correct answer variety）

▲單一因素（unique factor）

▲單一受試者設計（single-subject design）

▲單一受試研究（single-subject research）

▲單一個案設計（single-case design）

▲單元矩陣（identity matrix）

▲單向性函數（monotonic function）

▲單向度（unidimensionality）

▲單因子多變項變異數分析（one-way multivariate analysis of variance）

▲二因論（two-factor theory）

▲單因子設計（one-way design; single-factor design）

▲單因子變異數分析（one-way analysis of variance; one-way ANOVA）

‧獨立樣本單因子變異數分析（completely randomized design of one-way ANOVA）

（獨立樣本又稱「受試者間設計」、「完全隨機化設計」）

‧相依樣本單因子變異數分析（randomized block design of one-way ANOVA）

（相依樣本又稱「受試者內設計」、「隨機化區組設計」、「重複量數」）

▲單字聯想測驗（word association test）

▲單位常態曲線（unit normal curve）

▲單位常態離均差（unit normal deviate）

▲單科成就測驗（specific subject test）

▲單峰（unimodal）

▲單純主要效果（simple main effect）

▲單純效果（simple effect）

▲單側（尾）考驗（one-tailed test）

▲單組前後測設計（one group pretest-posttest design）

▲單變項統計（univariate statistics）

▲單變項分析（univariate analysis）

▲單變項次數分配（univariate frequency distribution）

▲單變項複迴歸分析（univariate multiple regression analysis）

▲壹－零抽樣（one-zero sampling）

▲絕對零點（absolute zero）

▲零相關（zero correlation）

▲零階相關（zero order correlation）

▲標準九分量尺（stannine scale）

▲標準十分量尺（sten scale）

▲線性複相關（linear multiple correlation）

▲複本方法（equivalent-forms method）

▲複本信度（alternate-form reliability）

▲複本信度（equivalent-forms reliability）

▲複本測驗（alternate-form test; parallel or equivalent forms）

▲複份編製（duplicate-construction）

▲複相關（multiple correlation）

▲複迴歸分析（multiple regression analysis）

▲複製（研究）（replication）

▲複製係數（coeficient of reproducibility）

▲趨向（trend）

　・二次趨向（quadratic trend）

　・三次趨向（cubic trend）

▲趨向分析（trend analysis）

　・單因子趨向分析（one-way analysis of trend）

　・二因子趨向分析（two-way analysis of trend）

▲點二系列相關（point-biserial correlation）

▲雙向細目表（two-way specificication table）

▲雙峰分配（bimodal distribution）

▲雙側（尾）考驗（two-tailed test）

▲雙掩法（double blind）

▲雙變項相關分析（bivariate correlation alaysis）

▲雙變項相關統計（bivariate correlational statistics）

▲雙變項常態分配（bivariate normal distribution）

▲題目間的一致性（inter-item consistency）

說明：1. 本範例為心理學、測驗與教育統計、教育研究法，所常使用的相關術語。

　　　2. 本範例所使用的數字，包括：

　　　　・中文——零、半、單、雙、複、參、多、百、眾、最大、最小、一、二、三、四……等。

　　　　・英文——zero, one, two, three,…等，係英文書寫時的「文字」（words）部分而非「數字」（numbers）。

範例 6-2：心理學名詞習慣／統一用語

▲一元論（monism）

▲一般成就測驗（general achievement test）

▲一般感覺區（general sensory area）

▲一般概念（general concept）

▲一般態度型（general attitude type）

▲一般適應徵候群（general adaptation syndrome）

▲一般機體覺（cenesthesia）

▲一試學習（one-trial learning）

▲二元論（dualism）

▲二分變項（dichotomous variable）

▲二因子設計（two-factor design）

▲二因論（迴避學習）（two-factor theory）（avoidance learning）

▲二因論（遺忘）（two-factor theory）（forgetting）

▲二次整合（secondary integration）

▲二次趨向（quadratic trend）

▲二卵孿生（fraternal twins）

▲二系列相關（biserial correlation）

▲二段傳播（two-step flow of communication）

▲二氧化碳治療法（carbon dioxide therapy）

▲二期記憶（secondary memory）

▲二期記憶論（two-stage memory theory）

▲二期循環反應（secondary circular reaction）

▲二項分配（binomial distribution）

▲二歷程學習論（two-process learning theory）

▲三山問題（three-mountain problem）

▲三中選一法（method of triads）

▲三元素論（three component theory）

▲三元論（triarchic theory）

▲三向度感覺論（tridimensional theory of feeling）

▲三次趨向（cubic trend）

▲三色視覺（trichromatism）

▲三色論（trichromatic theory）

▲三染色體（trisomy）

▲三段論法（syllogism）

▲三軌設計（three-track plan）

▲三期循環反應（tertiary circular reaction）

▲三等級分組法（tripartite grouping）

▲三磷酸腺甘（adenosine triphosphate）

▲三藝（three R's）

▲三邊式治療法（three-cornered therapy）

▲三邊治療法（triadic therapy）

▲四藝（four R's）

▲四疊體（colliculus; corpora quadrigemina）

▲多因行為（multidetermined behavior）

▲多重人格／性格（multiple personality）

▲多重聯結學習（multiple-association learning）

▲多階段理論（multistage theories）

▲安—巴二氏徵候群（Anton-Babinski syndrome）

▲次級制約作用／學習（secondary conditioning）

▲次級信號系統（second-signal system）

▲次級歷程（secondary process）

▲次團體（secondary group）

▲次認同（secondary identification）

▲次領域（secondary territory）

▲次增強（secondary reinforcement）

▲次獎賞（secondary reward）

▲艾謝二氏緩衝論（Atkinson-Shiffrin buffer theory）

▲海氏二因論（Herzberg's two-factor theory）

▲純二分變項（true dichotomous variable）

▲紐柯二氏法（Newman-Keuls method）

▲第一反抗期（first negative phase）

▲第一型制約作用／學習（Type I conditioning）

▲第一層能力（level I ability）

▲第二人格（secondary personality）

▲第二反抗期（second negative phase）

▲第二天性（second nature）

▲第二型制約作用／學習（Type II conditioning）

▲第二層能力（level II ability）

▲第三性別（third sex）

▲第三隻耳朵（listening with the third ear）

▲第三勢力（third force）

▲第三勢力治療法（third-force therapy）

▲第三腦室（third ventricle）

▲第三變項問題（third-variable problem）

▲第六感（sixth sense）

▲第四腦室（fourth ventricle）

▲智力二因論（two-factor theory of intelligence）

▲智力三元論（triarchic theory of intelligence）

▲智力多元論（multimodal theory of intelligence）

▲智力多因論（multifactor theory of intelligence）

▲感覺三元論（three-dimensional theory of feeling）

▲詹奈二氏法（Johnson-Neyman method）

▲詹郎二氏情緒論（James-Lange theory of emotion）

▲詹郎二氏論（James-Lange theory）

▲零拒絕（zero reject）

▲零組法（zero-group technique）

▲零總和論（zero-sum theory）

▲雙相論（dual aspectism）

▲雙重人格／性格（double personality）

▲雙重趨避衝突（double approach-avoidance conflict）

▲雙趨衝突（approach-approach conflict）

▲雙避衝突（avoidance-avoidance conflict）

說明：本範例主要以心理學相關理論名詞為主。有關心理測驗與教育統計之術語，請參見
　　　範例 6-1。

範例 6-3：統計結果在段落文字中的敘述

▲大多數學校（共有 20 校，占 64.52%）的學校組織效能是由轉化領導透
　過學校組織文化特性所影響的。互易領導透過學校組織文化特性影響學
　校組織效能只有 1 校，占 3.23%（張慶勳，1996，頁 169-170）。

▲從表 4-6 分析，三個典型相關係數達.001 顯著水準（$p1$=.871、$p2$=.315、
　$p3$=.170），一個典型相關係數達.01 顯著水準（$p4$=.117）。因此，就所
　有學校而言，學校組織文化特性的五個理論層面主要是透過四個典型變
　項影響到學校組織效能的四個理論層面（張慶勳，1996，頁 166）。

說明：1. 研究統計結果可透過圖、表及文字敘述方式予以呈現。
　　　2. 統計在圖、表中以「數字」表示統計精確數字結果。
　　　3. 統計結果在段落文字中的敘述，含統計術語（如 F 考驗、卡方值、t 考驗
　　　　……）、統計結果的精確數字、相關單位（如樣本人數、群組……），皆依習
　　　　慣／統一用語予以表示。

七、專有名詞

範例 7-1：數字起頭的名詞

▲零基預算（zero-base budgeting）

▲三 R（three R's）

▲三 X 徵候群（Triple-X Syndrome）

▲四 R（four R's）

八、小數點的寫法

　　參見第六章「標點符號」中「點號」之範例。

第九章

圖表

(六) 圓形比例圖

　　　圖範例 26：圓形比例圖 1

　　　圖範例 27：圓形比例圖 2

參、表的類型與範例

　一、文字表

　　表範例 1：表的四周皆以實線圍住

　　表範例 2：表的上下以粗線表示，左右兩邊空白

　　表範例 3：資料歸納的橫式簡列文字表

　　表範例 4：資料歸納的直式簡列文字表

　　表範例 5：直式書寫的明細表

　　表範例 6：將數字視同文字

　二、統計分析表

　　圖與表在論文中占有重要的地位，研究者常將文字敘述與圖表併列，俾強化論文的可讀性及論證的基礎。不論是圖或表都有其遵循的寫作規範，諸如圖表的排序、編號、名稱、標題、內容、註解……等，都有既定的規範。例如，在排序方面，國外的論文習慣上係先寫表的目錄（次），再寫圖的目錄（次）。而國內的論文類皆先寫圖的目錄（次），再寫表的目錄（次）。

　　茲說明圖表的寫作規範，並介紹圖表的類型與範例如下。

壹、圖表的寫作規範

一、良好圖表的特徵

　　Best 與 Kahn（1986, p. 329）認為，構成一個良好的圖，須具備下列九個特徵，同時這些特徵也可適用於表。因此，本手冊統合之，稱為「良好圖表的特徵」。茲條列如下：

(一) 圖表的名稱能清楚描述資料所呈現的性質。

(二) 圖表足以傳達清晰的概念或資料，且讀者不必經由太多的本文敘述就能了解其涵義。

(三) 假如數字的資料未在圖內呈現，而須解釋說明時，則在論文本文中或所附帶的表中予以呈現之。

(四) 研究者應小心謹慎地呈現正確無誤的資料，不得有過度簡化、虛造或曲解事實的現象。

(五) 圖表的說明解釋應小心謹慎，俾避免減損圖表所呈現資料的意義。

(六) 將圖置於表之後，依論文本文中所描述的順序，依序排列置放於適當的位置。（註：這是國外研究的一般寫作規範。）

(七) 圖表應緊隨著本文的討論之後，而不是在本文討論之前。

(八) 論文本文中陳述見某一圖表時，以圖表數字編號表示，而不是諸
　　 如「如上圖／表」或「如下圖／表」的寫法。

(九) 圖表的名稱與編號數字置於圖表之前並宜單獨成一頁。

二、圖表的大小和比例

　　 圖表的大小和比例，依下列的規範製作：

(一) 圖表的大小和比例須符合所投稿期刊的尺寸規格。

(二) 當圖須縮小時，要以同一比例縮小圖的長度與寬度。例如，圖的
　　 長度縮小 50%，其寬度也要縮小 50%。但圖的編號、標題、註解
　　 與其他圖的規格一樣，不必縮小至 50%。

(三) 同一篇論文中，以同一比例尺寸製作同一類的圖表。

(四) 圖表的寬度與長度：

　 1. 在橫寫的內文頁中：

　　 (1)圖表的寬度以每一行字數的寬度為極限。例如，每行 31 個字，
　　　 圖表的寬度以不超過 31 個字的寬度為限。

　　 (2)圖表的長度（含編號、標題、註解……）以不超過各該頁的行
　　　 數為限，且不宜將圖表切／分割成二頁或二頁以上，以免造成
　　　 視覺上的障礙，並保持圖表的完整性。若須予以分成二頁或二
　　　 頁以上時，另一頁起頭仍須再補編號、標題，並註明
　　　 「（續）」。

　 2. 在直寫的內文頁中：

　　 (1)圖表的寬度以不超過每一頁的行數為限。

　　 (2)圖表的長度（含編號、標題、註解……）以不超過各該頁每行
　　　 字數為限，其他與橫寫的規範相同。

　 3. 圖表的長度與寬度雖然以不超過每一內文頁的行數及每一行的字
　　 數為限，但是應視圖表所呈現資料（如文字、數字……）的多
　　 寡，以使讀者視覺不會產生壓迫感，及內容文字不要太緊密或鬆

散的感覺為基本要求。

三、圖表的編號

　　每一個圖表都要有編號，且依下列的規範編碼：

(一) 每一個圖表都有一個編號，並依編號順序在本文中舉例，且依序置於本文的討論之後。

(二) 建議以阿拉伯數字編號，且圖與表分別自成一系列編號。例如：

　　・圖 1、圖 2、……；表 1、表 2、……

　　另外，附錄係自成一單元，可用：

　　・附錄一、附錄二、……或附錄 A、附錄 B、……

(三) 編號的方式

1. 依阿拉伯數字，依序且從 1 開始編號。例如：

　　・正確──圖 1、圖 2……；表 1、表 2……

　　・不正確──圖 2、圖 4、圖 5……；表 1、表 1-9、表 2……

2. 期刊文章或單篇的研究報告（如學期報告、研討會報告），如同前項的說明，從 1 開始，依序編號。

3. 學位論文或專書因有章節，其編號的方式有二種：

　　(1)以第某章為編號基礎，例如：

　　　・第一章的第一個圖是：圖 1-1

　　　・第一章的第二個圖是：圖 1-2

　　　・第一章的第一個表是：表 1-1

　　　・第一章的第二個表是：表 1-2

　　(2)以第某章某節為編號的基礎，例如：

　　　・第三章第一節的第一個圖是：圖 3-1-1

　　　・第四章第二節的第二個圖是：圖 4-2-2

　　　・第三章第二節的第一個表是：表 3-2-1

四、圖表的名稱

(一)圖表名稱的位置與長度

1. 圖表的名稱（title）力求具體、明確、清楚、簡短，緊接在圖表的編號之後，二者中間空一格，不必加註任何標點符號（有的研究在二者之間加一個冒號）。圖表的名稱之後也不必加註任何標點符號。

2. 圖表的名稱連同圖表的編號，文字的長度以一行為限，在圖表的寬度範圍之內為最佳。

3. 圖的編號與名稱置於圖的正下方中央，從左而右排列。

4. 表的編號與名稱置於表的正上方中央，亦從左而右排列（國外文獻有些從圖表的最左邊緣寫起）。

5. 假如文字太長時，為使其不超過一行，有時會從圖表的最左邊緣寫起，這時候亦可符合圖表正下／上方中間的要求。

6. 假如圖表的寬度比圖表的編號及名稱較短時，圖表的名稱不宜從圖表的左側邊緣寫起，否則會使圖表的編號與名稱，形成二行或更多行，造成視覺上的壓迫感及占太多的篇幅。此時要從圖表正下／上方中央算起，左右平均相等的寬度，寫出圖表的編號與名稱。

7. 假如圖表的寬度比圖表的編號及名稱較長時，要從圖表正下／上方中央算起，左右平均相等的寬度，寫出圖表的編號與名稱。

(二)圖表名稱的最後一個字

1. 圖的名稱一般在文字敘述之後可加一「圖」字，例如：
   ・研究架構圖；……徑路關係圖；……模式圖

2. 表的名稱在文字敘述之後可加：

・「表」、「摘要表」、「一覽表」、「分析表」、……等

(三)超過一頁的表之作法

當表須分割或太長而須成二頁，另一頁起始時，須再重新敘述其編號與名稱，並加一「（續）」字，且也要加標題，以使讀者的視覺上能清楚明瞭。

五、圖表的標題

圖表的標題（headings）是說明圖表資料內容的核心概念所在，不論是架構圖、模式／流程圖，或是各種統計表、摘要表、比較表、一覽表……等，研究者都可依研究目的與研究／統計結果，繪製／製作圖表，並以統一／習慣上使用的術語或符號在欄位上書寫適當的標題。

圖表的標題可包括學術性與非學術性的術語，亦可用文字、統計符號……等予以表示。不論是圖或表的標題，均力求簡明清晰，以能表達圖表內涵及使讀者容易了解為基本需求。

六、圖表的註解

(一)圖表註解的類別

研究者可引用他人或自己已有的圖、表，或綜合文獻後自己繪／編製成圖、表。一般而言，圖表的註解，可分成1.一般註解；2.特別註解；3.機率註解。如果同一圖表中須呈現此三種註解時，則依序依一般註解、特別註解、機率註解排序（另請參見第十章「引用文獻的近似詞──註腳」）。

1. 一般註解

一般註解即是說明圖表的來源，通常寫為：「資料來源」，並加「冒

號」後，寫出資料的出處，並置於圖表下方最左邊緣。例如：

- 資料來源：張慶勳（1996）。**國小校長轉化、互易領導影響學校組織文化特性與組織效能之研究**。國立高雄師範大學教育學系博士論文（未出版）。頁 19。
- 資料來源：改自劉慶中、沈慶揚（1991）。卓越學校行政領導理念研究——文化內初探。**臺灣省第二屆教育學術論文發表會論文集**（上冊）。頁 732。
- 資料來源：研究者根據文獻歸納製表。

2. 特別註解

當研究者須對圖表所列資料特別予以陳述，俾使讀者更能清楚了解內容時，可列出「說明」一欄予以解釋。例如：

- 說明：本表所列之各研究，依年代先後排列；同一年代之研究，依作者姓氏筆劃／英文字母依序排列。

3. 機率註解

當研究者對統計顯著性結果的數字作解釋時，須在統計表的下方最左邊緣起，以某些特定的統計符號，說明統計表內數字的意義。例如：

$*P < .05, \quad **P < .01, \quad ***P < .001$

(二)圖表註解的位置與長度

1. 圖表的註解一律置於圖表的正下方中央，但「機率註解」從圖表的左側邊緣開始寫起。

2. 一般而言，圖表註解中的「資料來源」及「說明」配合圖表的寬度、編號及名稱的長短，其寫法有二種：

   (1)二者的長度比圖表的寬度較短或相等時，從圖表的左側邊緣開始寫起（如圖範例 1）。

   (2)二者的長度比圖表的寬度較長時，則從圖表的正下方中間開始算起，左右相等長度呈現資料（如圖範例 2）。

貳、圖的類型與範例

論文中常使用的圖，有下列各種名稱：

一、研究架構圖

研究架構圖旨在說明各該研究變項之間的關係，從研究架構圖可以了解論文的核心概念。研究者在圖內以各種簡要的符號表示各變項之間的相互影響關係，並以文字予以敘述說明（請參見圖範例 1，文字敘述部分省略）。

圖範例 1：研究架構圖

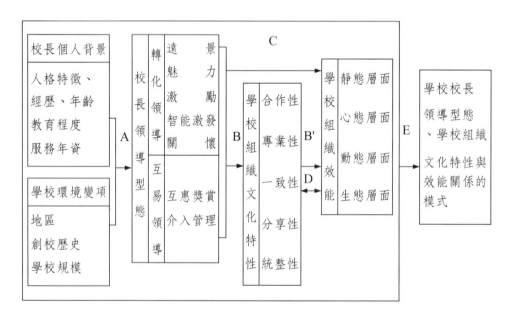

圖×× 研究架構圖

資料來源：張慶勳（1996）。**國小校長轉化、互易領導影響學校組織文化特性與組織效能之研究**。國立高雄師範大學教育研究所博士論文（未出版）。頁 122。

說　明：有些研究以「研究概念架構構圖」命名。

二、模式／流程圖

　　當研究者以理論的概念架構為基礎，或綜合理論性與實徵性研究的文獻，而予以簡化的歷程後，以簡要具體的圖示符號（如模式圖、流程圖、公式、方程式……等）表示其模式／流程。這些圖示符號是理論或研究的簡化形象，經由圖示的關鍵路徑與流程，可以顯示各變項間的相互關係，並具有描述、解釋、預測及驗證的功能。

　　茲將研究中常使用的模式／流程圖，舉例如下。

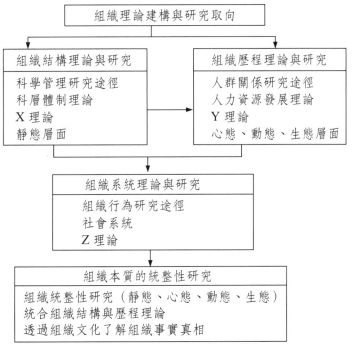

圖範例2：由上而下的模式／流程圖

組織理論建構與研究取向

| 組織結構理論與研究 |
| 科學管理研究途徑 |
| 科層體制理論 |
| X 理論 |
| 靜態層面 |

組織歷程理論與研究
人群關係研究途徑
人力資源發展理論
Y 理論
心態、動態、生態層面

組織系統理論與研究
組織行為研究途徑
社會系統
Z 理論

組織本質的統整性研究
組織統整性研究（靜態、心態、動態、生態）
統合組織結構與歷程理論
透過組織文化了解組織事實真相

圖×× 　組織理論建構與研究取向發展圖

資料來源：張慶勳（1996）。**國小校長轉化、互易領導影響學校組織文化特性與組織效能之研究**。國立高雄師範大學教育研究所博士論文（未出版）。頁15。

說　　明：1. 本圖係研究者根據文獻探討結果繪製。

　　　　　2. 本圖的流程係由上而下的長方形方式表示，若由左而右的方式排序時，則會有階層的現象，而使讀者不易了解圖示的內容。

圖範例 3：由左而右的模式／流程圖

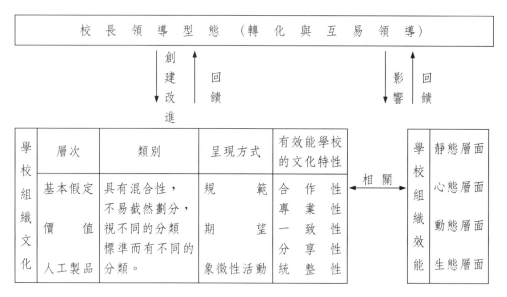

圖×× 校長領導型態、學校組織文化與效能之關係模式圖

——以文獻探討為基礎

資料來源：張慶勳（1996）。**國小校長轉化、互易領導影響學校組織文化特性與組織效能之研究**。國立高雄師範大學教育研究所博士論文（未出版）。頁 119。

說　　明：本圖形以由左而右的長方形方式表示之。

圖範例 4：徑路模式圖

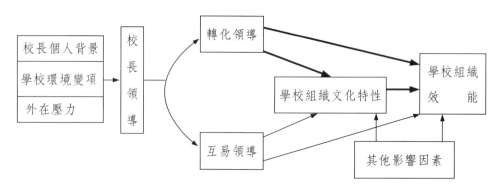

圖×× 校長領導型態影響學校組織文化特性與學校組織效能徑路模式圖

資料來源：張慶勳（1996）。**國小校長轉化、互易領導影響學校組織文化特性與組織效能之研究**。國立高雄師範大學教育研究所博士論文（未出版）。頁 204。

說　　明：本圖係融合統計分析與訪談的結果，所擬出的徑路模式圖。

圖範例 5：橢圓形的模式圖

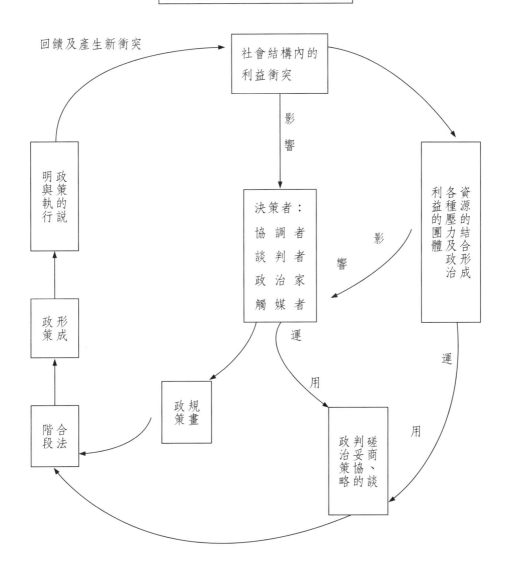

圖×× 　政治歷程模式簡圖

資料來源：張慶勳（1989）。**師範校院官僚、同僚與政治管理模式之研究**。國立高雄師範
　　　　大學教育研究所碩士論文（未出版）。頁 122。
說　　　明：本圖係由上而下的橢圓形方式表示之。

圖範例 6：理論模式圖

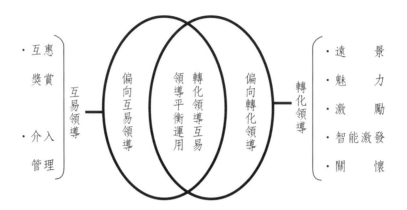

圖××　轉化領導與互易領導理論模式圖

說明：本理論模式圖係研究者將理論的概念予以簡化後，以簡要的圖示方法表達該理論所
　　　含各層面的涵義。

圖範例 7：研究流程圖 1

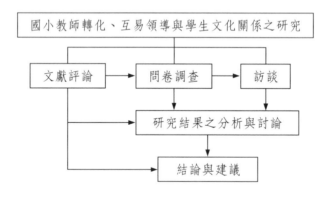

圖××　研究方法與流程圖

資料來源：陳嘉惠（2001）。**國小教師轉化、互易領導與學生文化關係之研究**。國立屏東
　　　師範學院國民教育研究所碩士論文（未出版）。頁 91。

|圖範例 8：研究流程圖 2|

```
┌─────────────────────────────────────────────┐
│          國民小學教師對家長教育選擇權之認知          │
└─────────────────────────────────────────────┘
                       ↓
┌─────────────────────────────────────────────┐
│              文　獻　分　析                      │
├─────────────────────────────────────────────┤
│  家長教育選擇權的意義與特性                        │
│  家長教育選擇權的理念觀點                          │
│  家長教育選擇權的發展與實施                        │
│  我國家長教育選擇權的趨向及其相關研究                │
│  文獻探討對本研究的啓示                            │
└─────────────────────────────────────────────┘
                       ↓
┌─────────────────────────────────────────────┐
│              問　卷　調　查                      │
├─────────────────────────────────────────────┤
│  對家長教育選擇權的認知                            │
│  落實家長教育選擇權實施規畫之意見                    │
│  對家長教育選擇權的整體意見                         │
└─────────────────────────────────────────────┘
                       ↓
┌─────────────────────────────────────────────┐
│          結　果　分　析　與　討　論               │
└─────────────────────────────────────────────┘
                       ↓
┌─────────────────────────────────────────────┐
│          結　論　與　建　議                      │
└─────────────────────────────────────────────┘
```

圖××　研究實施流程圖

資料來源：潘聖明（2001）。**國小學生家長與教師對家長教育選擇權認知之研究**。國立屏
　　　　　東師範學院國民教育研究所碩士論文（未出版）。

說　　　明：1.研究流程圖係研究者將其研究步驟，依其先後或同時進行之順序，以簡單的
　　　　　　　圖示表示整個研究的流程。

　　　　　　2.研究者亦可將研究步驟或流程，以甘梯圖／甘特圖表示之。

圖範例 9：研究進度甘梯／特圖 1

預定進度 預定項目	89 年 7 月	89 年 8 月	89 年 9 月	89 年 10 月	89 年 11 月	89 年 12 月	90 年 1 月	90 年 2 月	90 年 3 月	90 年 4 月	90 年 5 月	90 年 6 月
撰擬研究方向	░	░										
蒐集文獻資料	░	░	░	░								
撰擬研究計畫			░	░								
研究計畫發表					░	░						
建立專家效度							░					
正式問卷調查								░				
資料分析與整理									░	░		
撰寫論文初稿										░	░	
論文完成及口試											░	░
累積進度百分比	10	20	30	40	50	55	65	70	75	85	90	100

圖×× 研究預定進度甘梯圖

資料來源：潘聖明（2001）。**國小學生家長與教師對家長教育選擇權認知之研究**。國立屏東師範學院國民教育研究所碩士論文（未出版）。頁 77。

說　明：1. 甘梯圖（亦稱甘特圖）（Gantt Chart），係 Henry L. Gantt 所設計的一種計畫與進度相互比較的工作計畫進度管制表。「甘特圖」係取 Gantt 的拼音而命名，又此圖類似階梯，因此又稱「甘梯圖」。

　　　　2. 研究者研擬研究計畫時，常以研究進度甘梯／特圖表示研究的預定進度。

　　　　3. 研究已完成，研究者可以將研究過程中的實際進度與預定進度置於甘梯／特圖內（請參見圖範例 10）。

圖範例 10：研究進度甘梯／特圖 2

項目	年／月	83/2	83/4	83/6	83/8	83/10	83/12	84/2	84/4	84/6	84/8	84/10
	累計月數	0 1	2 3	4 5	6 7	8 9	10 11	12 13	14 15	16 17	18 19	20 21

1.蒐集文獻

2.撰寫文獻探討

3.撰寫研究計畫

4.編製問卷調查

5.實施問卷調查

6.資料處理

7.資料分析解釋

8.訪　問

9.撰寫論文初稿

10.修訂論文

11.論文印刷裝訂

12.提送論文

━━━━━ 預定進度　═══════ 實際進度

圖×× 研究步驟與進度甘特圖

資料來源：張慶勳（1996）。**國小校長轉化、互易領導影響學校組織文化特性與組織效能之研究**。國立高雄師範大學教育研究所博士論文（未出版）。頁 154。

圖範例 11：研究過程網狀圖

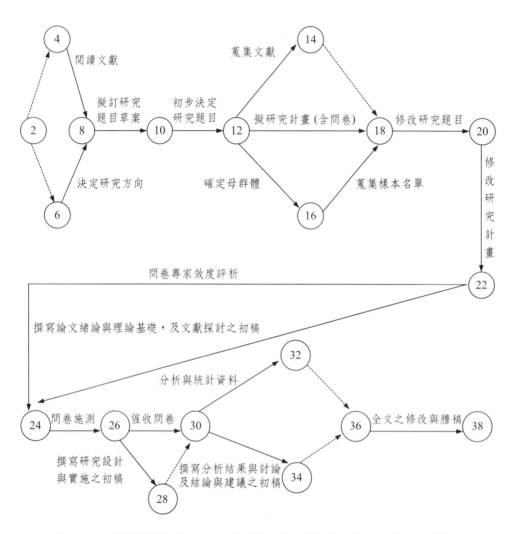

圖×× 師範校院官僚、同僚與政治管理模式研究過程網狀圖

資料來源：張慶勳（1989）。**師範校院官僚、同僚與政治管理模式之研究**。國立高雄師範
　　　　大學教育研究所碩士論文（未出版）。頁 157。

說　　明：本研究過程網狀圖係以計畫評核術（Program Evaluational Review Technique;
　　　　PERT）的網狀圖之模式所設計。

三、圖畫

　　圖畫（drawing）通常係為了某個目的，由畫家或研究者透過實景／物或拍攝後，以簡要的線條繪成的圖畫。

　　作者所呈現的圖畫，可包括食、衣、住、行、育、樂等民生用品；也可是一藝術作品、照片……等。

圖××　醫生的畫像

資料來源：陳枝烈（1999）。**多元文化與教育**。高雄：復文。頁115。

說　　明：1.本圖係原作者請受試者（學生）依自己心目中對醫生的形象畫出醫生的畫像後，經縮小刊印於專書內。

　　　　　2.本圖係以電腦掃描剪輯後，置於本範例中。

圖範例 13：樣品圖片

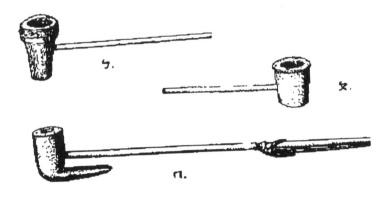

圖×× 　生活用品

資料來源：伍麗華（1998）。**說媽媽的故事**。屏東：財團法人國立屏東師範學院教育基金
　　　　　會。頁 240。

說　　明：1. 本範例圖片說明

　　　　　　　ㄅ：年輕人用的雕花紋菸斗

　　　　　　　ㄆ：孕婦用的菸斗

　　　　　　　ㄇ：結過婚的及老人家用的菸斗

　　　　　2. 樣品繪畫／圖片可包含食、衣、住、行、育、樂等民生用品，並已刊印於各
　　　　　　　種刊物或繪圖。

圖範例 14：藝術作品

泰北系列—熱水塘溫泉小木屋(二)1997　32.5×22cm

圖××　泰北系列—熱水塘溫泉小木屋

資料來源：屏東縣立文化中心編印（2000）。**黃冬富畫選集**。屏東縣文化資產叢書 175。
　　　　屏東：作者。頁 75。
說　　明：1.藝術作品可包含書畫、陶藝實物展覽所繪畫或拍攝而成的圖畫。
　　　　　2.本範例的圖樣取自原作者書畫展的畫冊內頁圖畫，經電腦掃描後刊印於本手
　　　　　　冊內。
　　　　　3.為求嚴謹及尊重原著作權者的學術研究成果，藝術作品要依原著作者對作品
　　　　　　尺寸規格的記載，而作詳細的註解。

圖範例 15：照片

圖×× 　高雄縣旗山國小圓拱形教室走廊

資料來源：高雄縣旗山國小陳宣伯老師提供。

說　　明：1. 依研究需要性，可將照片以彩色或黑白方式刊印。

　　　　　2. 研究者可將照片經電腦掃描後，放大或縮小比例，或剪修部分無關的細節，刊印於論文中。

　　　　　3. 在「特別註解」中，說明製作的詳細經過。

圖範例 16：照片與書畫併用

圖××　屏東師院學生宿舍──「四教樓」
與何前校長福田題字──「屏師四教」

資料來源：1. 學生宿舍照片──國立屏東師範學院視聽教育中心提供。
　　　　　2.「屏東四教」題字──何前校長福田提供。
說　　明：本範例係作者為強化內文解釋之效果，而將照片與書法合併以電腦掃描製作而
　　　　　成。

圖範例 17：取自電子媒體的圖畫

圖×× 　心理出版社書籍介紹網頁

資料來源：http://www.psy.com.tw/product_desc.php? cPath=24&cate_id=102&products_id=1268
　　　　（2011.04.15）。

說　　明：1.取自電子媒體的圖畫，在「資料來源」中要寫出所取自的網址及檢索日期。
　　　　　　 其格式為：
　　　　　　 資料來源：取自網址（檢索日期）。
　　　　　2.有關引用電子媒體參考書目的寫法，請參閱第十一章「參考書目的寫法」
　　　　　　 中，有關電子媒體的寫法。

四、地圖

　　研究者為顯示標的物所在的方向、地理位置、形勢、大小形狀等，可用地圖（map）表示。若是航海圖、航空圖，用以表示水域的深淺、島嶼、海峽、氣流等的圖，則用"chart"予以表示之。

較為嚴謹的地圖標示，可在圖的角落標示方向（東、西、南、北）及縮小的比例。

圖範例 18：地理位置圖

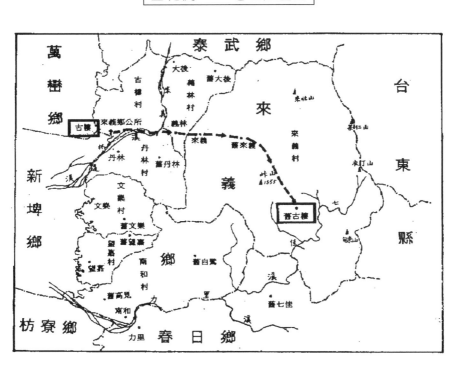

圖×× 排灣族古樓村地理位置圖

資料來源：陳枝烈（1997）。從多元文化教育觀點發展小學社會科原住民鄉土教材——以排灣族為例。載於陳枝烈著。**台灣原住民教育**。台北：師大書苑。頁 106。

五、統計次數分配圖

在描述統計中，研究者將原始數據分類、劃記後，可用次數分配的圖表予以表示，而使原始資料／數據意義化，並進一步了解這些原始數據的集中、分散情形，或偏態及峰度的現象。

茲列舉統計次數分配圖如下。

(一)直方圖

1. 直方圖係將原始性量的資料分組劃記後所畫成，原則上組與組之間有既定的組距，它是等距的、連續性的，因此組與組之間的長條要相連在一起。

2. 假如將原始資料依屬性或類別加以分組時（即是名義變數或次序變數，也就是間斷變數），長方形之間要隔開，而稱之為長條圖或條狀／形圖。

3. 長方形可依次數多寡而有不同的高度，但其底邊都一律在橫軸（X軸）上。

4. 次數分配圖可用社會科學統計程式集（Statistical Package of the Social Science; SPSS）或統計分析系統（Statistical Analysis System; SAS）予以處理，或可再用人工方式處理分組的方式。

5. 組與組之間的起訖分數置於橫軸（X軸）上，有時從零點（zero point）（又稱「原點」，也就是 0）開始算起，但大部分係從某一數字由左而右依次依相等組距遞增。此時橫軸的標示有二種方法：

　　(1)在橫軸上置一缺口，用“//”隔開，再從第一組的起始分數寫起（如圖範例19）。

　　(2)直接在橫軸的起始點（原點）寫出第一組的起始分數或組中點（參見圖範例20）。

6. 縱軸的數字從零點開始，由下而上依次增加。

7. 縱軸與橫軸都要書寫標題及分組測量單位。

8. 縱軸的次數間距與橫軸組間的距離成黃金分割（約3:5），較為美觀。

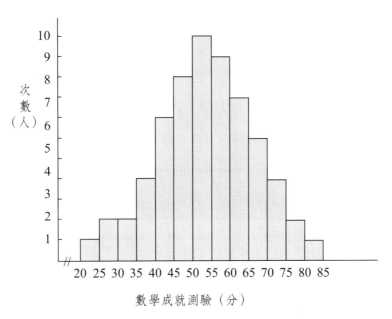

圖×× 學生數學成就測驗的次數分配直方圖

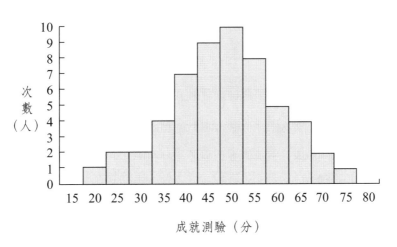

圖×× 成就測驗的次數分配直方圖

(二)多邊圖

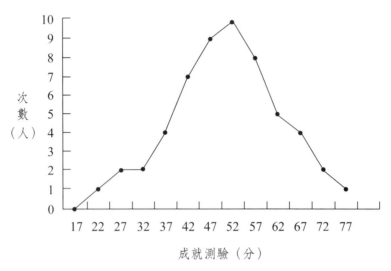

圖×× 成就測驗的次數分配多邊圖

說　明：1. 小圓點的位置代表各該組的組中點。
　　　　2. 以直線將各小圓點連接起來，形成一多邊圖的曲線。此一曲線至橫軸的面積，即是代表總人數。
　　　　3. 多邊圖亦稱折狀圖。

(三)條狀圖

1. 條狀圖亦稱長條圖，依不同的目的或功能，其圖形大略可分成：(1)水平式條狀圖（horizontal bar graph）；(2)垂直式條狀圖（vertical bar graph）；(3)段落式條狀圖（divided bar graph）三種（Best & Kahn, 1986, p. 331）。

2. 水平式條狀圖

   (1)水平式條狀圖經常用於某一特定時間內的不同比較單位。例如，可用於甘特圖。

   (2)水平式條狀圖當用於同一時段內不同單位的比較時，可依開始起訖時間的先後，長條圖形由左而右有不同的起訖點。

例如：

・同一時間開始，不同時間完成（同一事件或不同事件）

　　甲 ▭

　　乙 ▭

・同一時間開始，同一時間完成（同一事件或不同事件）

　　甲 ▭

　　乙 ▭

・不同時間開始，不同時間完成（同一事件或不同事件）

　　甲 ▭

　　乙 　▭

・不同時間開始，同一時間完成（同一事件或不同事件）

　　甲 ▭

　　乙 　▭

(3)為方便比較，可將二個不同的條狀圖用「明暗法」或其他方法予以區分。例如：

甲 ▭　　　　　　　　　甲 ▭

乙 ▰　　　　　　　　　乙 ▭

3. 垂直式條狀圖

(1)垂直條狀圖係用於不同分組（例如：時間、地理區域、分組實驗……）等的比較。

(2)垂直條狀圖不論是分組的單位為何，其比較點都有同一起始點，且由下而上逐次遞增。例如：

　　▯　▯

　　甲　乙

(3)為方便比較，可將二個不同的條狀圖用「明暗法」或其他方法予以區分。例如：

甲　乙

4. 段落式條狀圖

段落式條狀圖係在同一長條圖中，用不同的明暗法，依時間的先後表示事件的變化／發展。例如：

段落式條狀圖

5. 不論是二個或二個以上的條狀／長條圖相互比較時，其寬度都是相等的。

6. 數字的資料可置於條形之內或之外，而用方格可有助於圖形呈現的視覺效果。

圖範例 22：長條圖 1

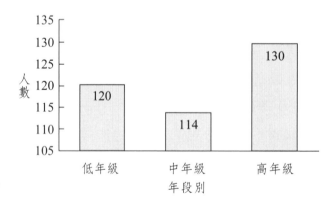

圖×× 不同年級學生人數長條圖

圖範例 23：長條圖 2

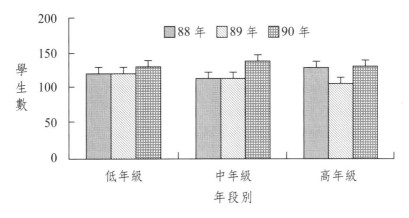

圖×× 不同年代學生人數長條圖

說　　明：1. 本範例圖中，以三大群組做為比較點，所以每一群組視為一個長條，因此三
　　　　　　 個群組（長條）之間是不相連的。
　　　　2. 每一群組之內又各自分成三組，此三組以不同的顏色或明暗法予以表示，彼
　　　　　　 此相連在一起。
　　　　3. 圖的說明宜寫出可能造成的誤差和樣本大小（可另在「特別註解」中予以說
　　　　　　 明）。

(四)線形圖

1. 線形圖（line graph）通常用於某一段時間內，資料所呈現的關係。

2. 資料所畫成的線形圖以座標圖表示時，橫軸（X 軸）代表自變項，
   縱軸（Y 軸）代表依變項。

3. 縱軸從零點開始，假如需要省略某些部分的刻度或分析單位時，
   在縱軸上用水平鋸齒狀的線條表示之。雖然如此，一般僅在縱軸
   上留一缺口註記即可。

4. 在同一線形圖中，可依研究目的畫出數條的線條，以代表不同的
   自變項或組別，此時研究者可使用實線、虛線、點狀的小點或其
   他足以區別不同線條的方式表示之。

5. 當原始資料極多時，若將直線與小圓點連接起來，會形成多邊的
   曲線，而形成次數分配多邊圖。

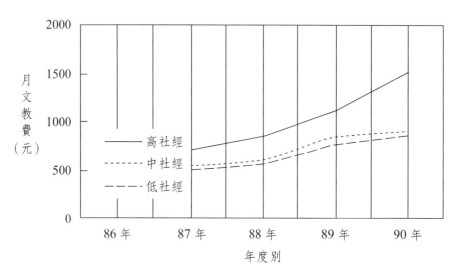

圖範例 24：某一段時間內不同單位的比較線形圖

圖×× 家長社經地位文教經費不同年代平均值

說明：本圖例係以線形圖方式表示某一長時間內，不同組別的比較分析。

(五)肩形圖

肩形圖（ogive）係以累積次數或累積百分比予以製作而成，可分成：1. 較小累積次數肩形圖（less-than type ogive）；2. 較大累積次數肩形圖（more-than type ogive）。

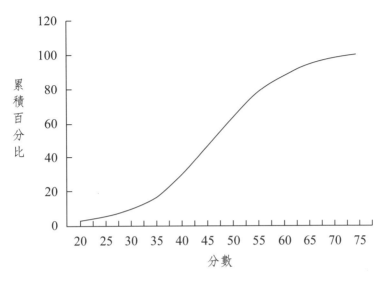

圖範例 25：累積次數肩形圖

圖×× 　學生英文抽測成績之次數分配肩形圖

說明：肩形圖可看出某一分數以下有多少百分比和人數。

(六)圓形比例圖

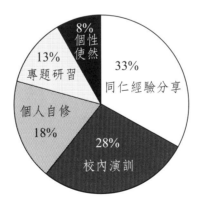

圖範例 26：圓形比例圖 1

圖×× 　校園公共安全管理與應變能力之來源圓形比例圖

說　　明：1.圓形比例圖可用電腦統計套裝軟體的程式（如 SPSS, SAS 等）予以處理。概
　　　　　念上以 360°按各組的比例加以分割即可。

　　　　2.各組數字及符號可寫於各組圖例範圍內，若因所占位置太小，或組內無法呈
　　　　　現數字及符號時，可寫於圖形之外。

图範例 27：圓形比例圖 2

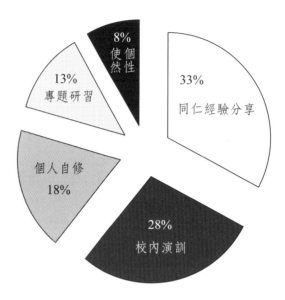

圖××　校園公共安全管理與應變能力之來源圓形比例圖

說　　明：此一比例圖係將各組比例圖獨立成不相連的區塊。

參、表的類型與範例

一、文字表

當表的內容純粹用文字敘述時，稱為文字表。文字表的編製依資料內容編寫名稱、標題及註解。其型式如下：

表範例 1：表的四周皆以實線圍住

表×× 效能與效率比較表

效 能	效 率
・強調組織目標的達成	・強調組織成員個人需求的滿足
・強調資源運用的結果	・注重資源輸入與產出結果間的比值
・考慮輸入—運作過程—產出的循環	・考慮輸入—產出的關係
・強調作對的事	・強調把事情作對
・強調領導策略的運用	・強調管理技術的層面
・兼顧組織內外在環境的要求與標準	・較偏向組織內部的狀況
・尋求解決問題的最佳方案	・偏向解決問題的「經濟」層面
・對有限資源作最佳的利用	・保護資源
・追求利潤	・降低成本
・講求績效	・負責盡職

資料來源：張慶勳（2001）。**國小校長轉化互易領導影響學校組織文化特性與組織效能之研究**。高雄：復文。頁 82。

說　　明：1. 本表的四周及內部皆以相同的實線圍住，形成視覺上的較佳效果，俾易了解比較的焦點。

　　　　　2. 表內以「・」分別表示相對應的比較點，亦可用阿拉伯數字予以表示之。

表範例 2：表的上下以粗線表示，左右兩邊空白

表×× 領導研究的類型

領導理論	研 究 主 題
特質論	辨明作為一位成功的領導者，所具有的個人特質有哪些。
行為理論	領導者的活動型態、管理目標及行為的類型，也就是研究領導者實際的行為是哪些。
權變理論	強調團體成員工作表現及環境的性質等對領導者的影響與重要性。
權力與影響理論	一方面強調領導者以所擁有的權利資源、範圍影響部屬，另一方面強調領導者與部屬之間經由互惠的活動而影響部屬。
文化與符號理論	領導者詮釋或賦予組織意義的信念與價值。
認知理論	領導是一種社會歸因，其旨在了解不確定的、變動的及複雜的世界。

資料來源：研究者根據文獻探討結果編製。

說　　明：1. 本表的上下以粗線表示，左右兩邊空白。

　　　　　2. 表中的比較點，文字敘述左右相對應，俾使讀者一目了然。

　　　　　3. 本表中「領導理論」與「研究主題」之間，可用一垂直的實線或虛線隔開。

表範例 3：資料歸納的橫式簡列文字表

表×× 大學組織體系表

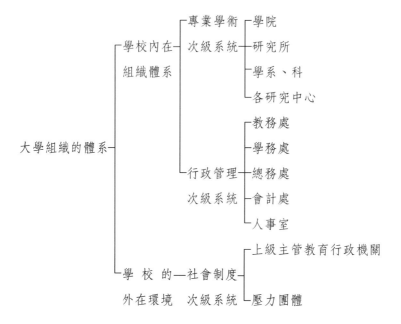

表範例 4：資料歸納的直式簡列文字表

表×× 統計量數的類別

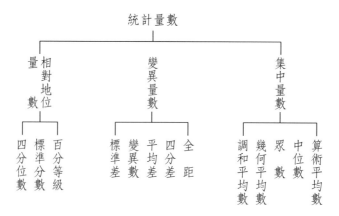

說明：直式簡列的文字表，其文字通常是以由上而下，由右而左的方式書寫。

表範例 5：直式書寫的明細表

表×× 分層負責明細表

承辦單位	教務處	總務處
工作項目	1.擬訂實施視聽教育計畫。 2.視聽器材修護及管理。	1.調配課桌椅。 2.整潔用具配發。
流程索引或參考資料	A A 27 28	C 31

分層負責劃分		承辦單位	教務處	總務處
第一層	校長		核定	
第二層	主任		審核	
第三層	組長		審核	核定　核定
第四層	承辦人		擬辦　核定	擬辦　擬辦
應填製表報名稱			錄影帶清冊	

說明：
1. 本圖例通常係以直式書寫中文論文時的寫法。表的編號與名稱在表的右側；表的說明寫在表的末尾，連接表的左側。
2. 文字排列以由上而下，由右而左的方式書寫。

表範例 6：將數字視同文字

表×× 　九年一貫課程實施時程表

學年度	90	91	92	93
實施年級	小一	小一 小二 小四 國一	小一、小二、 小三、小四、 小五、國一、 國二	國中小各年級 全面實施

說明：本表將數字視同文字，其所代表的涵義為眾所周知，不必再另加解釋。

二、統計分析表

一般而言，統計分析表可包括描述統計、推論統計、實驗設計等的圖表，本章已呈現有關描述統計中，對原始資料的劃記、歸類、分組的統計次數分配圖示法。有關其他各種統計表格的製作，依所使用的各種統計方法而有其各自的格式，因此參考有關統計書籍即可。

第十章

論文本文中引用文獻的寫法

壹、引用文獻的相關理念

　一、引用文獻的涵義

　二、引用文獻的目的

　三、引用文獻的來源／對象

　四、引用文獻後的呈現形式

　五、引用文獻的近似詞──註腳

貳、範例

　一、一位作者的著作

　　範例 1-1：作者姓名（出版年代）……

　　範例 1-2：……（作者姓名，出版年代）

　　範例 1-3：作者姓名（出版年代 a，出版年代 b）

　　範例 1-4：……（作者姓名，出版年代 a，出版年代 b）

　　範例 1-5：作者姓名（第一個出版年代，第二個出版年代）

　　範例 1-6：以文字敘述作者及出版年代的寫法

　　範例 1-7：第二次提到同一作者的同一研究時的寫法

二、二位作者的著作

範例 2-1：作者姓名與／和作者姓名（出版年代）

範例 2-2：……（作者姓名與作者姓名，出版年代）

範例 2-3：……（第一位作者姓名，出版年代；第二位作者姓名，出版年代）

範例 2-4：國外作者姓氏（出版年代）……（國內作者姓名，出版年代）

三、二位以上作者的著作

範例 3-1：第一位作者姓名、第二位作者姓名與第三位作者姓名（出版年代）……

範例 3-2：……（第一位作者姓名、第二位作者姓名與第三位作者姓名，出版年代）

範例 3-3：第一位作者姓名等人（出版年代）……

範例 3-4：……（第一位作者姓名等，出版年代）

範例 3-5：參考著作為六位或六位以上的作者時

四、作者是團體組織時

範例 4-1：作者（出版年代）……

範例 4-2：……（作者，出版年代）

五、沒有作者或作者不明確的著作

範例 5-1：《著作書名》（出版年代）……

範例 5-2：「社論篇名」（報紙名稱，出版年月日，版次）……

範例 5-3：……（著作書名，出版年代）

範例 5-4：……（英文文章篇名，出版年代日期）

六、教育法規

範例 6-1：「教育法規名稱」（公布機構，公布年代或年月日）

範例 6-2：敘述公布年月日「教育法規名稱」……

七、引用參考文獻的特定資料

範例 7-1：作者（出版年代，頁數）

　　研究者在論文寫作的過程中，需要蒐集相當份量的參考文獻，並在論文中引用與該研究相關的實徵性或理論性文獻，俾作為文獻評論及研究論證的基礎。

　　當研究者在論文本文中引用文獻時，須遵守論文寫作的規範，如此才能建構一個較為嚴謹的研究論文。底下分別就引用文獻的涵義與目的、引用資料的來源，引用文獻後所呈現的形式、引用文獻的近似詞——註腳，及其他注意事項等概述如下。

壹、引用文獻的相關理念

一、引用文獻的涵義

　　論文本文中引用文獻，係指研究者從所蒐集的文獻中，就研究的需要性，擷取並引用相關研究的全部或部分內容置於論文本文中，並註明所引用文獻的來源出處，俾作為研究的輔助性及論證的基礎。因此，凡是與研究有關的實徵性或理論性研究，或研究的理念、研究方法論、研究發現與結論……等，都是引用文獻的對象或來源。

　　研究者對於所引用相關文獻的內容與文獻來源，必須正確無誤，以表示研究者寫作的嚴謹態度，這可說是論文寫作過程的重要基礎，因為唯有紮實的實徵性及理論性基礎，研究者才能進行比較、評析、解釋、預測、推論的工作，而使論文更臻嚴謹並有利於強化論文的信度與效度。

二、引用文獻的目的

　　論文本文中引用相關文獻至少有下列的目的：

(一) 研究者藉由他人的研究，以加強說明論文本文文字的意義，俾使

文字更能清晰易懂。

(二) 研究者列舉先前已有的相關研究，強化研究的論證，而使研究更具有可信度及說服力。

(三) 從相關的研究中，建構及奠定研究的理論性基礎。

(四) 將研究發現與相關研究作比較評析，並進一步作為研究結果的預測及推論的工作。

三、引用文獻的來源／對象

引用文獻的來源，可依研究的需要性，從下列的取向予以擷取引用。茲提供幾個方向供研究者參考，俾思考如何從以下的歸類中，再予以細分或導引作進一步的研究。

(一)研究者的區分

1. 研究者本身與他人的研究
2. 國內外作者的研究

(二)研究時間

1. 前後不同時期的研究
2. 同一時期不同地區的研究

(三)研究方法論

1. 量化研究與質化研究
2. 實徵性研究與理論性研究
3. 研究動機、研究目的、研究對象、研究方法、研究工具……等的向度

(四)文獻資料的形式

　　1. 印刷品與非印刷品

　　2. 書籍、期刊、報章、雜誌……

　　3. 學位論文、研討會報告、專題演講……

　　4. 電子媒體、視聽媒體

　　5. ……

　　⋮

(五)論文中可引用的內容或形式

　　1. 研究發現、研究結論

　　2. 論著或研究的相關理念

　　3. 文字、段落

　　4. 圖、表

　　5. 附錄

　　6. 測驗、問卷

　　7. ……

　　⋮

四、引用文獻後的呈現形式

　　論文本文中所引用參考的文獻，概略可用下列的形式予以呈現，且均須註明文獻的出處。

　　(一) 一字不漏的引用參考文獻的文字

　　1. 短引幾個字或幾句（40 個英文字以下）。

　　2. 引用較長的段落文字（40 個英文字以上），並另成一段落。

　　(二) 將所引用文獻的涵義，配合論文本文前後文的語意，另外予以改

寫，俾更能清楚表達、說明或解釋其內涵。

(三) 將引用的多項文獻，予以歸納後列表或繪圖呈現之。

(四) 將原始資料的圖、表呈現於論文中。

五、引用文獻的近似詞──註腳

(一)註腳的涵義

論文本文中的註腳（footnotes）可以說是對論文中所引用的文獻或某些特定目的之內容（如版權、感謝……）的進一步註解或註釋（notes）。

(二)註腳的類別與用法

論文註腳廣義上可概略分成內容註腳、版權許可註腳、文末註腳、作者註、感謝詞、圖表的註解、附錄的註解及連絡方式等。茲分別概述其用法如下。

1. 內容註腳

一般而言，除非研究者要特別強調或說明某一觀念，否則論文中已有引用文獻並說明及註明出處時，就不需要再於本文中加以註釋，俾避免讀者對論文產生混淆。因此，研究者盡可能在本文中即予以解釋說明清楚。

當某些資料須另成一段落，或須增加某些統計成果、方程式……時，可另外撰述成一段落或予以製表，或置於附錄中，以使其概念更清晰明瞭。

當某些資料已製成圖、表、附錄，可將該圖、表、附錄編號，寫為：

- （參見：圖××）；（詳如圖××）
- （參見：表××）；將所蒐集資料，歸納如表××所示
- （參見：附錄××）；見附錄××

若在某些文獻可查尋到資料時，可寫為：

- （請參見：張慶勳，2001，頁 45）
- （請參見：American Psychological Association, 1994, p. 210）

內容註腳是否用圓括號或其他標點符號，視本文上下文的文意而定。

2. 版權許可註腳

(1)翻印他人的著作

研究者翻印或改寫他人研究內容時，須經由原著作權人的同意，始能列印於研究內。此時研究者須取得原著作權人的許可書面資料，並置於論文內。依 APA 所使用的格式（American Psychological Association, 1994, p. 140; 2001a, p. 175; 2010, p.38），宜寫為：

- 翻印期刊文章的許可格式

  Note. From〔or The data in column 1 are from〕 "Title of Article," by A. B. Author and C. D. Author, year, *Title of Journal*, ××, p. ××. Copyright year by the Name of Copyright Holder. Reprinted〔or Adapted〕with permission.

- 翻印書籍文章段落的許可格式

  Note. From〔or The data in column 1 are from〕*Title of Book*（p. ××）, by A. B. Author and C. D. year, Place of Publication: Publisher. Copyright year by the Name of Copyright Holder. Reprinted〔or Adapted〕with permission.

  註：APA 第五版及第六版皆省略劃底線部分。

- 翻譯外文整本書，並在國內出版

  Authorized translation from the English language edition published by ×××××, Publishers.

  Copyright © year by ×××××, Publishers.

  Chinese translation copyright © year by ×××××, Publisher.

  All rights reserved. No part of this book may be reproduced or transmitted in any form or by any means, electronic or mechanical, including photocopying, recording or by any information storage retrieval system, without permission in writing from the Publisher.

上述內容包括：

- 授權翻譯之出版者
- 原著作之出版年代及版權所屬之出版者
- 中文翻譯本在國內出版之年代與出版者
- 未經許可不得以任何形式手段重製該著作

(2)引用圖、表

若引用或改自他人著作中的某一圖、表時，要在該圖、表下面寫出資料來源外，如有必要時，也要增列提供該圖、表資料的單位與人員。

(3)置於感謝詞中

研究者可於感謝詞中敘述該研究係由哪些單位或人員的允許，始能從事研究或翻印的工作，而有利於研究的順利進行。

3. 文末註腳

文末註腳一般包括：

(1)此篇文章（報告、論文）曾發表於哪一期刊、研討會

(2)簡短的感謝詞

(3)研究者的聯絡方式

上述前二項通常在圓括號內陳述說明，例如：

- （本文刊載於……）
- （本文承×××提供資料／贊助，謹此致謝）

若三者皆須說明時，則依上述條列順序依序排列。

4. 作者註

除了內容註腳與版權許可註腳外，作者可在論文中特別對該研究有貢獻的單位／人員，提出誌謝詞，並說明作者本身所隸屬的單位、職稱及聯絡方式。因此，感謝詞與聯絡方式乃是作者特別予以強調或另成一

撰述單元，故亦屬作者註的一部分。

　　事實上，整個研究中，不論是哪方面的註腳或特別強調的注釋說明，都是作者予以完成的，因此本手冊在廣義上視整個研究的註腳／注釋，係作者註；在狹義上作者註僅是包含感謝詞及聯絡方式。

5. 感謝詞

　　(1)學位論文中感謝詞可單獨成一單元，以單獨一頁的方式置於論文摘要之前。

　　(2)在期刊文章或學術研討會的報告、短篇文章之後，作者可用圓括號方式，簡要寫出該篇文章／報告在撰寫期間，承受哪些單位人員的贊助或提供資料。例如：

　　　・（本文承×××提供資料，謹此致謝）

　　(3)研究者感謝的對象，可包括：

　　　・提供該研究經費、人力、場所……等的單位或人員

　　　・參與研究的人員

　　　・師生、親友

　　　・出版商或其負責人

　　　・其他對該研究有貢獻／協助，值得研究者提出者

　　(4)若對研究有不同觀點，或因使用先前某一研究發現（如藥物、實驗……）而有利害衝突時，亦可一併予以致謝、聲明。

6. 圖、表的註解

　　請參見第九章「圖表」──壹、圖表的寫作規範第六項。

7. 附錄的註解

　　當某些資料或文字或數字的陳述會讓讀者分心，或置於論文本文中會占篇幅，無法使論文的語意清晰易讀，或是須另以一單元陳列（例如：測驗、問卷……）時，可將類似資料另以附錄方式呈現之。

　　附錄置於論文的最後面，每一附錄自成一單元，研究者須予以編號

（如附錄一、附錄二），且都有一主題，依編號順序排列。

　　研究者可在論文本文中，依文意使用圓括號或不用圓括號，註明並引導讀者依序查閱附錄文件。因此，論文本文中係依附錄一、附錄二、……的順序介紹，而其排列位置亦依編號順序編排。研究者在本文中的註解，可寫為：

- ·如附錄×；（如附錄×）
- ·詳如附錄×；（詳如附錄×）
- ·有關訪談紀錄，請參見附錄×

8. 聯絡方式

　　聯絡方式包括研究者的姓名、服務機構及職稱（若無此項，可免寫）、聯絡電話與地址。

　　聯絡方式可於學位論文的授權書內及期刊文章最後一頁中陳述。

貳、範例

一、一位作者的著作

範例 1-1：作者姓名（出版年代）……

> ▲張慶勳（1996）研究發現，校長是影響學校組織文化特性與組織效能的導引者。
> ▲Burns（1978）提出轉化領導（Transforming Leadership）的概念。

說明：有關附外文原文的寫法，請參見八、附有外文之原文時──以英文為代表。

範例 1-2：……（作者姓名，出版年代）

> ▲根據研究發現，校長是影響學校組織文化特性與組織效能的導引者（張慶勳，1996）。
> ▲轉化領導（Transforming Leadership）的概念由 Burns（1978）所提出。

範例 1-3：作者姓名（出版年代 a，出版年代 b）

▲曾榮祥（1998a，1998b）研究指出，校長宜基於教育愛，發揮專業領導
能力與學校教師、社區家長代表、學生代表等，共同塑造學校願景，以
凝聚學生向心力。

▲Bass（1985a, 1985b）過去半世紀以來，致力於研究專制與民主領導取向
的效能。

範例 1-4：……（作者姓名，出版年代 a，出版年代 b）

▲校長宜基於教育愛，發揮專業領導能力與學校教師、社區家長代表、學
生代表等，共同塑造學校願景，以凝聚學生向心力（曾榮祥，2000a，
2000b）。

▲過去半世紀以來，學者致力於研究專制與民主領導取向的效能（Bass,
1985a, 1985b）。

說明：範例 1-3 及 1-4 為引用同一作者、同一出版年代的二篇不同著作時使用。

範例 1-5：作者姓名（第一個出版年代，第二個出版年代）

▲曾榮祥（1999，2000）曾對學校本位教師專業進行持續性的研究。
▲Schein（1985, 1992）提出的文化層次及相關理念受到後來許多學者所引
用。

說明：若引用同一作者二篇不同出版年代的著作時，使用此一範例，並以出版年代的先
後順序排列。

範例 1-6：以文字敘述作者及出版年代的寫法

▲1996 年，張慶勳研究發現……
▲1977 年，Steers 研究發現……

說明：文章內「作者姓名」或「作者的姓氏」和「出版年代」以文字敘述呈現或討論
時，則不用括號處理。

範例 1-7：第二次提到同一作者的同一研究時的寫法

> ▲根據研究發現，校長是影響學校組織文化特性與組織效能的導引者（張慶勳，1996a）。同時，張慶勳也發現……
>
> ▲根據研究發現，研究者所採用的多元效能評估標準相當不一致（Steers, 1977）。同時 Steers 也發現……

說明：在同一段落文字內，第二次提到同一作者的同一研究，並避免混淆時，不必再寫出該研究的出版年代。

二、二位作者的著作

範例 2-1：作者姓名與／和作者姓名（出版年代）

> ▲何福田與張慶勳（1998）對大學院校學生事務經營管理的研究發現，……
>
> ▲Hoy 與 Miskel（2001）將 Parsons 的社會系統假定融合了 Campbell 與 Steers 的著作後，提出了統整的組織效能模式。

說明：1.「與」或「和」在本文中應有一致性。
    2.作者姓名的順序，以所參考著作的作者順序為準。
    3.有關作者及人名翻譯部分，請參閱八、附有外文之原文時——以英文為代表。

範例 2-2：……（作者姓名與作者姓名，出版年代）

> ▲……學生的生活教育是學生事務工作的焦點（何福田與張慶勳，1998）。
>
> ▲……有學者將 Parsons 的社會系統假定融合了 Campbell 與 Steers 的著作後，提出了統整的組織效能模式（Hoy & Miskel, 2001）。

說明：不論引用中文或其他語文之文獻，每次都要寫出二位作者的姓名（中文）或姓氏（英文）。

範例 2-3：……（第一位作者姓名，出版年代；第二位作者姓名，出版年
　　　　代）

▲ 教師評鑑對其教師之專業發展具有正面積極的效益（傅木龍，1998；蘇
　進棻，1998）。
▲ 學校應有為社會增加價值的使命，引領年輕人思索其與社會的關聯性
　（Beane, 1997; Kaufman, 2000）。

說明：此一範例係為所引用的二篇都是一位作者的著作，其順序以作者姓氏筆畫由少至
　　　多依序排列。

範例 2-4：國外作者姓氏（出版年代）……（國內作者姓名，出版年代）

▲ 茲以 Senge（1990）所提出學習型組織的五項修練加以說明（郭進隆譯，
　1994）。

說明：此一範例為引用翻譯本或轉引二手資料時所使用。

三、二位以上作者的著作

範例 3-1：第一位作者姓名、第二位作者姓名與第三位作者姓名（出版
　　　　年代）……

▲ 宋湘玲、林幸台與鄭熙彥（1996）指出，專業輔導人員的培養，實為發
　展學校輔導工作的根本途徑。
▲ Leithwood、Jantzi 與 Steinbach（1999）認為時代改變，領導的工作亦隨
　之而變。

範例 3-2：……（第一位作者姓名、第二位作者姓名與第三位作者姓名，
　　　　出版年代）

▲ 專業輔導人員的培養，實為發展學校輔導工作的根本途徑（宋湘玲、林
　幸台、鄭熙彥，1996）。
▲ 時代改變，領導的工作亦隨之而變（Leithwood, Jantzi & Steinbach,
　1999）。

範例 3-3：第一位作者姓名等人（出版年代）……

▲宋湘玲等人（1996）指出專業人員的培養，實為發展學校工作的途徑。
▲Leithwood 等人（1999）認為時代改變，領導的工作亦隨之而變。

範例 3-4：……（第一位作者姓名等，出版年代）

▲專業人員的培養，實為發展學校工作的途徑（宋湘玲等，1996）。
▲時代改變，領導的工作亦隨之而變（Leithwood, et al., 1999）。

說明：1.同一著作之作者 3-5 位，本文中第一次引用時，依該著作中作者的先後次序，
　　　　依序寫出所有作者的姓名（中文）／姓氏（英文）。如範例 3-1 及 3-2。
　　　2.當第二次在本文中引用時，只寫出第一位作者的姓名（中文）／姓氏（英
　　　　文）。如範例 3-3 及 3-4。
　　　3.假如第二次引用同一年代的著作，於書寫時會有相同的形式發生，此時則除了
　　　　寫出第一位作者的姓名／姓氏外，亦要寫出能分辨兩篇參考著作之作者姓名／
　　　　姓氏為止，然後再加上「等人」。以英文撰寫論文時，要先加上逗號，然後再
　　　　加上「et al.」。例如：

　　　　　・中文參考文獻

▲假如有二篇參考文獻的作者分別是：
何福田、張慶勳、簡春安、葉重新、林建隆（1991）
何福田、張慶勳、何東墀、林萬義、蕭金土（1991）
　　在本文中引用時，寫為：
何福田、張慶勳、簡春安等人（1991）與何福田、張慶勳、何
東墀等人（1991）分別對大專院校學生參與社會服務……

　　　　　・英文參考文獻

▲假如有二篇參考文獻的作者分別是：
Podsakoff, MacKenzie, Moorman, and Fetter（1990）
Podsakoff, Todor, Grover, and Huber（1984）
　　在本文中引用時，寫為：
Podsakoff, MacKenzie 等人（1990）與 Podsakoff, Todor 等人
（1984）分別對組織領導者的行為進行研究，……
Podsakoff, MacKenzie, et al.（1990）and Podsakoff, Todor, et al.
（1984）found……

範例 3-5：參考著作為六位或六位以上的作者時

所參考的著作有六位或六位以上作者，第一次引用時，只寫出第一位作者的姓名（中文）／姓氏（英文）。其寫法為：

・中文參考文獻範例：第一位作者姓名等人（出版年代）……

> ▲假如參考文獻的作者是：
> 何福田、鍾喜亭、楊宏仁、張慶勳、吳根明、簡成熙、方淑、鄭懿貞（1992）
>
> 　在本文中引用時，寫為：
> 何福田等人（1992）曾經對屏東地區成人教育的現況需求及其可行模式進行研究，研究發現……

・英文參考文獻範例：第一位作者姓氏 et al., 出版年代……

> ▲假如參考文獻的作者是：
> Coleman, Campbell, Hobson, McPartland, Moods, Weinfield and York（1966）
>
> 　在本文中引用時，寫為：
> Coleman 等人（1966）提出教育機會均等的概念，……
> 或
> 有些學者提出教育機會均等的概念（Coleman, et al., 1966）

四、作者是團體組織時

範例 4-1：作者（出版年代）……

> ▲行政院教育改革審議委員會（1996）將教育改革的理念及建議，彙集成《教育改革總諮議報告書》。

範例 4-2：……（作者，出版年代）

> ▲教育鬆綁、學習權的保障、父母教育權的維護與教師專業自主權的維護是教育改革的理念（行政院教育改革審議委員會，1996）。
>
> ▲家長學校選擇權是今日美國教育積極改革中最強大的力量之一（U.S. Department of Education, 2000）。

說明：1. 作者為團體組織包括政府單位、財團法人、協會、學會、委員會、基金會、研究團體……等。
　　　2. 第一次引用時，寫出團體組織的全銜，第二次引用時，可用縮寫表示。如「行政院教育改革審議委員會」可縮寫為「教改會」。假如縮寫時不易使讀者了解該團體組織的全銜，或不易在參考書目中找到時，則不宜用縮寫方式呈現。

五、沒有作者或作者不明確的著作

範例 5-1：《著作書名》（出版年代）……

> ▲《宋詞欣賞》（1970）指出「詞刻畫到最細處，更有轉不過來的毛病」……
>
> ▲「教育選擇權可行性待評估」（1998）認為教育選擇權就是指家長擁有選擇教育方式的權利。

說明：在本文中引用參考的著作沒有作者時，寫出該文章的篇名及出版年代或是書名及出版年代。當寫出篇名時，可用「　」予以表示。若是書名，可用《　》予以表示。

範例 5-2：「社論篇名」（報紙名稱，出版年月日，版次）……

> ▲「落實教育基本法：期望教改工作無負後代子孫」（聯合報，2000.06.02.，第二版）

說明：若是報紙社論，因為沒有作者，而有報紙名稱，可寫出該社論篇名、報紙名稱、版年月日、版次。

範例 5-3：……（著作書名，出版年代）

> ▲詞刻畫到最細處，更有轉不過來的毛病（宋詞欣賞，1970）。

範例 5-4：……（英文文章篇名，出版年代日期）

> ▲美國心理協會分別於 1999 年、2000 年 9 月 5 日，及 2001 年 1 月 10 日對其所屬期刊使用電子媒體的格式作了一些修改和建議（*Electronic reference formats recommended by the American Psychological Association*, 2001）。

說明：1. 文章篇名或書名太長時，可寫出文章篇名的前面幾個字作為作者的代表。本範例亦可僅寫（*Electronic reference formats*, 2001）即可。
　　　2. 若文章篇名或書名較簡短時，寫出全部的名稱。

六、教育法規

範例 6-1：「教育法規名稱」（公布機構，公布年代或年月日）

> ▲「教育基本法」（2000.06.23 公布）

範例 6-2：敘述公布年月日「教育法規名稱」……

> ▲民國八十九年六月廿三日公布之「教育基本法」，……

說明：公布機構視教育法規公布之機構而表示，有時教育法規由某一特定機構訂定公布，則寫出該機構名稱，否則僅寫出公布之年月日即可。

七、引用參考文獻的特定資料

(一) 原則上引用參考文獻時，無論字義、拼法與標點符號，一定要與原始資料完全相同，並註明作者、年代與頁數。但為符合論文的造句語法，所引用文中的第一個字的第一個字母，可以改為大寫

字母或小寫字母，標點符號也可予以改變。

(二) 原始資料若因文字、文法或標點錯誤而可能混淆讀者時，可在錯誤後面直接以[錯]（在[ ]中寫出錯一字並在字下加底線）（英文則以[sic]）（在[ ]中寫 sic 並加底線）的方式表示。

(三) 若省略引文之正文時，則需以刪節號……（三點）表示。

　　例如：

　　……組識[錯]（織）行為分析……

　　……Organizational Behavir[*sic*]（Behavior）Analysis

(四) 若欲強調部分引文時，可在強調部分下面加底線或以特殊字體表明，並直接在後面以括弧註明，例如：[加斜體字]，英文則為[italicadded]。若擬對引文加註解時，可在括弧[ ]內附上說明。

範例 7-1：作者（出版年代，頁數）

> ▲張慶勳（1996，頁 267）研究發現，轉化領導比互易領導更具有領導效能，……
> ▲Leithwood、Jantzi 與 Steinbach（1999, p. 187）認為，組織學習係基於學校組織成員面臨學校重組所不斷與日俱增的期望和需求。

範例 7-2：……（作者，出版年代，頁數）

> ▲轉化領導比互易領導更具有領導效能（張慶勳，1996，頁 267）。
> ▲組織學習係基於學校組織成員面臨學校重組所不斷與日俱增的期望和需求（Leithwood, Jantzi, & Steinbach, 1999, p. 187）。

說明：1. &代表中文的與／和，英文的 and。在圓括號內引用二位作者以上的文獻時，二位作者之間用&連接，不用 and。

　　　2. 由於係寫中文的論文，論文本文中有敘述二位作者時，在二位作者之間用「與」連接（參見範例 2-2）。

範例 7-3：參考二頁以上的文獻資料

▲劉慶中、沈慶揚（1991，頁 732-733）根據文獻分析的結果，綜合各年代所強調的組織分析觀點。

▲Yukl（1989, pp.6-11）認為主要的領導取向為：影響力取向、行為取向……

說明：所參考文獻出處的頁數，不論單頁或二頁以上，中文參考文獻用「頁」表示；英文的單頁用 p.表示，二頁以上用 pp.表示。但是也有的研究者在「年代」與「頁數」之間用「：」，而不用「頁」或 p.及 pp.。

範例 7-4：參考專書的整體理念

▲吳清山（1992）認為，雖然學者們提出的研究途徑頗為多元，相關的定義亦呈分歧，但學校效能研究的最終目的，即是要給學生最適性的教育。

▲Sergiovanni（1990）提出附加價值領導的理念，並探討如何增進學校效能。

說明：所引用的是某一專書的整體理念，不必寫出頁數。

範例 7-5：參考專書／期刊的某一篇文章

▲改變班級學生人數並不能改變學習的結果與學習品質，班級的經營亦須配合其他改變（牟中原，1995，頁 17-20）。

▲Bass（1985, pp. 26-40）比較轉化領導與互易領導後，認為……

說明：1. 所引用的是期刊的某一篇文章，或是專書的某一章、節，要寫出該篇文章在該期刊中的起訖頁數（或第幾章、節）（參見範例 7-6）。
2. 美國心理協會出版手冊的編輯格式未寫出期刊文章的起訖頁數。
3. 為有助於讀者能在較長或複雜的文章全文及書籍中，了解該引用文獻的文章段落或章節，因此仍鼓勵研究者能寫出頁數（American Psychological Association, 1994, p. 97）。同時，為避免抄襲或引證錯誤，本手冊亦鼓勵研究者盡可能寫出頁數。

範例 7-6：參考專書的某一章、節

▲吳清山（1997，第二章）對學校效能的研究途徑、架構與評量模式、指標……

▲Yukl（1998, Chaps. 12, 13）以專章探討轉化領導及魅力領導的概念。

範例 7-7：參考合輯／編輯專書的某一篇文章

▲以鬆綁爲主要訴求的教育改革，包含了一些觀念的叢集（馮朝霖、薛化元，1997，頁 69-122）。

▲Gronn 將新型領導分爲：魅力領導、轉化領導、願景領導、服務領導等四類（Gronn, 1998, pp. 195-208）。

範例 7-8：參考國際博士論文摘要

▲Robinson（1997/1998, p. 2741A）的研究發現，價值觀是了解個人、團體及組織行爲的根本，而組織的價值觀反映在組織文化與領導上。

▲組織文化影響領導者的效能及領導者與部屬之間的關係（Steeves, 1997, p. 516A）。

說明：1.「國際博士論文摘要」之類別與檢索途徑，請參見本手冊第五章。

2. 當論文出版年代比刊載於 DAI 的年代較早時，於本文中依年代先後順序寫出二個不同的年代，年代之間以／隔開（American Psychological Association, 1994, p. 212）。假如標記有頁數時，則是以刊載於 DAI 中的頁數為準。例如：Robinson（1997/1998, p. 2741A）或（Robinson, 1997/1998, p. 2741A）。

3. 當論文出版年代與刊載於 DAI 的年代相同時，於本文中僅寫出該年代一次即可，除非是參考原著作紙本全文的摘要，否則其所標記的頁數係以刊載於 DAI 上的頁數為準，例如：（Steeves, 1997, p. 516A）或 Steeves（1997, p. 516A）。

範例 7-9：參考圖、表

1. 不論參考的是圖或表，都要在表或圖的底下左方，列出「資料來源」。其寫法與所參考文獻在「參考書目」中的寫法相同，但要加上該圖、表出處的頁數。

2. 英文的期刊或論文，通常稱「表、圖」，在目次中通常先寫「表次」，其次寫「圖次」。中文期刊或論文，通常稱「圖、表」，在「目次」中，通常先寫「圖次」，再寫「表次」。

3. 圖的標題置於下方，表的標題則置於上方，且二者之標題宜置中，以求美觀；圖、表編號以「阿拉伯數字」為之，如：「表1-1」、「圖1-2」。圖表超過半頁時，宜單獨成頁。

4. 「資料來源」中的寫法，較常用的寫法，包括：

• 直接引用某一參考書目的某一頁。例如：

表×　領導研究的類型—Bensimon, Neumann與Birnbaum（1989）的分法

領 導 理 論	研　究　主　題
特　　質　　論	辨明作為一位成功的領導者，所具有的個人特質有哪些。
行　為　理　論	領導者的活動型態、管理目標及行為的類型，也就是研究領導者實際的行為是哪些。
權　變　理　論	強調團體成員工作表現及環境的性質等對領導者的影響與重要性。
權力與影響理論	一方面強調領導者以所擁有的權力資源、範圍影響部屬，另一方面強調領導者與部屬之間經由互惠的活動而影響部屬。
文化與符號理論	領導者詮釋或賦予組織意義的信念與價值。
認　知　理　論	領導是一種社會歸因，其旨在了解不確定的、變動的及複雜的世界。

資料來源：張慶勳（1996）。**國小校長轉化、互易領導影響學校組織文化特性與組織效能之研究**。國立高雄師範大學教育學系博士論文（未出版）。頁19。

　　•改自／採某一參考書目的某一頁而編製。例如：

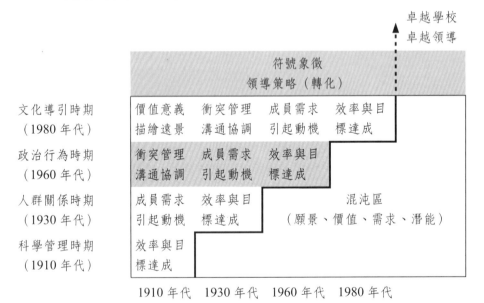

圖×　卓越學校行政領導的趨向分析圖

資料來源：改自陳世聰（2001）。**屏東縣國小校長轉化、互易領導與學校效能關係之研究——以發揮小班教學精神效能為指標**。國立屏東師範學院國民教育研究所碩士論文（未出版）。頁21。

‧研究者根據／綜合文獻整理／ 歸納編製、繪圖、編製、製表
（非編制、制表）。例如：

表×　各學者對轉化領導定義之詮釋

研究者	對轉化領導的詮釋
Robbins（1998）	轉化領導者就是激發部屬為組織犧牲自身利益，並且對部屬有深厚、特別影響力的人。
林合懋（1995）	追求卓越，促進創新，並讓組織成員轉變成功的主管領導行為。
張慶勳（1996）	領導者以前瞻遠景、個人魅力，運用各激勵策略，激發部屬提昇工作動機，並提昇部屬工作滿足的一種領導。
張潤書（1998）	轉化領導肯定人員有自我實現的需求，有自主自動的能力，領導者透過激勵與引導，喚醒成員自發的意識與自信心，而能心悅誠服的認同組織的目標，肯定組織與自己的未來發展，置個人私利於度外，來成就組織整體的事功。

資料來源：研究者根據文獻歸納製表。

　5.統計表格必須在表的底下，註明相關統計術語。例如：
　　▲註：$**P<.01$

八、附有外文之原文時——以英文為代表

（一）作者或某一學者的姓名

　　茲說明在論文中引用英文文獻，提到作者或某一學者時，較常看到的幾種方式：

　1.第一次提到外國作者或學者時，先寫出其翻譯的中文姓名，再用（　）註明其英文，甚至是出生及死亡之年代，第二次以後就直接寫中文之翻譯。例如：

> ▲第一次引用：杜威／約翰‧杜威（John Dewey, 1859-1952）
> ▲第二次以後引用：杜威

　2.目前大多數論文，直接寫出作者的姓氏，而不寫出中文的翻譯。

例如，只寫 Schein；若引用某一作者的某一文獻時，以 Schein（1992, p. 30）方式寫出。〔註：在 Schein 的專書封面中，作者全名是 EDGAR H. SCHEIN，是以大寫方式呈現的。該書為：Schein, Edgar H. (1992). *Organizational Culture and Leadership* (2nd ed.). San Francisco: Jossey-Bass.〕

(二) 專有名詞之術語

▲注意英文字母的大寫、小寫或縮寫

・除非有特別註明，否則引用的原文第一個字母是大寫或小寫，在整個論文中都要有一致性。例如：

> 轉化領導（Transformational Leadership）或（transformational leadership）

・有的時候，縮寫是以大寫方式表示的。例如：

> 多元因素領導問卷（Multifactor Leadership Questionaire; MLQ）

・一些英文的介系詞或特定形容詞是以小寫方式呈現之。例如：a、an、and、of、the 等。但是字母有四個或超過四個時，例如：From、Beyond 第一個字母要大寫。也有的用特別符號代表的，例如：&（表示與／和，與 and 同義）

(三) 在中文的論文中，有些研究者認為全篇論文宜以中文呈現之。因此，除非第一次提到外國作者或專有名詞的術語附有原文外，第二次以後均以中文的翻譯名稱予以表示。但是國內教育學術外文文獻之翻譯名稱仍未完全統一或一致性，因此會有不同的名稱代表同一作者或某一術語的現象。例如，Transformational Leadership 有譯為「轉化領導」，亦有譯為「轉型領導」。所以目前已有許多教育學術論文引用外文的文獻時，其作者、地名或專有名詞等的術語，係以原文方式處理（尤其是作者部分）。

九、直接節錄段落文字時

(一) 依據美國心理協會（American Psychological Association; APA）的論文格式，少於 40 字的引用文，應併於本文中，並以雙引號 "" 圍住；如果引用文有 40 個字以上，則使用隔行打字的獨立方塊，並從文章左邊邊緣向右縮排五格。（American Psychological Association, 1994, pp. 65-66, 95-96）

(二) 中文的引用若是簡短的段落文字，通常直接在本文中將原文加上括號「」即可；若屬於較長段落文字的引用（超過四行以上），則必須另外成一段，用小號字體（或與本文不同字體）隔行從文章左邊邊緣向右凹進四個字縮排（可依論文版面寬度決定縮排的字數），但不必加括號。不論是直接引用段落文字的長短，都必須附有該段文字出處的頁數。例如：

範例 9-1：短引段落文字時

▲張慶勳（1996，頁 265）研究指出「校長領導是影響學校組織文化特性與組織效能的導引者」。同時，也認為……

範例 9-2：長引段落文字時

……針對迎接學校本位課程的心態問題，陳世聰（2000）認為：

深厚的功力需漸漸累積，在歷次的教育改革雖不見得能完全解決教育問題，但優質教師若能將歷次的教育理念融入教學中，假以時日定可練就出一身「好武藝」。反之，「八風吹不動」地陣守杏壇，勢必飄不出芬芳。學校本位課程發展是九年一貫課程的軸心，學校所有成員應順應時代的教育需求，放棄拒斥的態度，提早規劃才是！（陳世聰，2000，頁37）

因此，面對教改措施不斷推陳的時代，教師應……

十、轉引他人資料時

(一) 轉引他人的資料時，對研究者本身而言，通常已經是第三手資料了。例如：甲的著作曾引用乙的研究發現，而丙需要用到乙的研究發現，假如要轉引自甲的著作時，要將乙的研究發現置於丙的著作內。此時，須使用轉引他人資料的寫法。

(二) 以上述例子而言，在丙的著作中，要將甲的著作列入參考書目中。

(三) 當丙從甲的著作中得知乙的研究發現具有參考價值而須置於其研究中時，應先查看甲的著作是否有將乙的研究列入其著作的參考書目內，如果有列出，再去查證是否屬實。若是屬實，丙要將乙的研究列入參考書目內，若查無此研究或引用錯誤時，丙不宜冒然使用轉引的寫法，以表示寫作的嚴謹態度。

範例 10-1：短／轉引他人資料時

▲Glass 與 Smith 則對 ERS 這項研究提出嚴厲地批判，認為該項研究在分類、統計信度、樣本大小……等諸多問題，均有可議之處（cited by Mitchell & Beach, 1990, p. 2）。

▲Klemp（1979）認為知能是一個人知識、技能、人格特質，或動機的總和（轉引自簡建忠，1997，頁 278）。

範例 10-2：長／轉引他人資料時

▲Schein（1985, p. 9）將文化界定為：

一種基本假定的類型——是由團體成員有意的、發現的及發展而成的，並用以學習而處理組織外在適應與內在統整的問題——也就是說，該類假定對組織的運作極有價值，因此，便促使組織的新成員以正確的方式去對有關上述的那些問題加以覺察、思考及感覺。（轉引自張慶勳，1996b，頁 199）

十一、圓括號內同時參考二篇以上著作時的排序

範例 11-1：不同作者的中文參考著作

> ▲（張鈿富，1996；顏國樑，1997）

說明：不同作者的中文參考著作，依作者姓氏筆劃遞增排序。

範例 11-2：不同作者的英文參考著作

> ▲（Robbins, 1996; Ryall & Musella, 1994）

說明：不同作者的英文參考著作，依作者姓氏第一個英文字母順序（A,B,C....）依序排序。

範例 11-3：同一作者有二篇或二篇以上的著作

> ▲林清山（1990，1999）的研究……
> ▲（林清山，1990，1999）
> ▲（張慶勳，1992a，1992b，1998）
> ▲Yukl（1981, 1989, 1994, 1998）

說明：同一作者有二篇或二篇以上的著作，依出版年代先後排序排列。

範例 11-4：同一作者有二篇或二篇以上於同一年代出版的著作

> ▲（秦夢群，1999a，1999b）
> ▲（秦夢群，1999a，1999b；張慶勳，1996a，1996b）
> ▲（Sagor, 1992a, 1992b）
> ▲（Cavanaguh & Dellar, 1997a, 1997b; Sagor, 1992a, 1992b）

說明：同一作者於同一年代出版的著作，分別在年代之後加 a, b....作為識別之用。

範例 11-5：同時參考中英文著作的排序

▲（林水波、張世賢，1984；吳清基，1992；Senge, 1990；West, 1994, pp. 15-21）

說明：同時參考中英文著作時，先寫中文參考著作，再寫英文參考著作。

範例 11-6：同一作者的著作，及其與其他作者合著的著作併列之排序

▲（張慶勳，1998，頁 215-224；張慶勳、許文寬，2000，頁 37-48；張慶勳、陳世聰，2000，頁 111-124）
▲（Leithwood, 1992; Leithwood & Jantzi, 1990）

說明：本範例參考著作之排序，先寫單一作者之著作，其次依序寫二個、三個⋯⋯作者之著作。

範例 11-7：付梓中的著作

▲張慶勳（2000，2001，付梓中）

說明：付梓中的著作置於參考著作的最後。

十二、引用電子媒體的資料

範例 12-1：私人通訊——電子郵件

▲黃誌坤（私人通訊，2001.01.20）⋯⋯
▲Goe（personal communication, December 28, 2001）⋯⋯

說明：1. 私人通訊可包括一般書面信件、備忘錄、電話交談，及電子郵件、討論群，或從電子佈告欄取得的消息等電子通訊。
　　　2. 私人通訊可不必列入參考書目內，但研究者（非參考書目的作者）要對資料的來源負責，並確定資料的真實性。
　　　3. 本範例係作為「論文本文中引證」時的寫法，必須寫出通訊者（英文）名字的起首字母和姓，及精確日期。
　　　4. 本範例係以電子郵件作為私人通訊，建議可在「私人通訊」及 "personal com-

munication" 後面，加上「電子郵件」或 "Email" ，形成「私人通訊——電子郵件」或 "personal communication － Email" ，或直接寫「電子郵件」或 "Email" 即可，俾與其他私人通訊有所識別。

範例 12-2：一般網址介紹

▲張慶勳有個人教學網站，內容豐富（http://cclearn.npue.edu.tw/csc/）。

▲教育部設有九年一貫課程與教學的網站（http://teach.eje.edu.tw/）。

▲九十年二月起，由國立台灣師範大學圖書館統籌，其他各師範校院圖書館共同合作建置了一套「教育論文線上資料庫」（Educational Documents Online; EdD Online），研究者可在線上依資料庫查詢、專題選粹、文獻傳遞、教育資源網站及系統使用說明等相關線索，檢索所要的資料。其網址是 http://140.122.127.251/edd/edd.htm

範例 12-3：有標示頁數的網路資料

▲吳耀明（2000，頁 7）的研究發現：

「低適應」兒童，多以行為細目來界定老師：不少「低適應」兒童提出老師的優點，包括美麗英俊、幽默、親切、學識豐富、脾氣好、民主、關心學生、不打人、公平、作業少、很會打扮、改作業很認真、很會教書、重視學生成績、注重班級榮譽等。

說明：1. 假如所引用的電子媒體資料有標明頁數或章節段落數目時，在「論文本文中引證」時，要標明其頁數或章節段落數目。例如：
  ・（民 90，頁 36）或（1998, p. 12）
  ・（民 89，第 2 段）或（1999, para. 3）
  ・（張慶勳，2002，頁 30）或（Author, 2000, p. 30）
  ・（張慶勳，1999，第 3 段）或（Author, 1999, para. 3）
  ・張慶勳（2001，摘要，第 2 段）
  ・（Author, 1999, conclusion section, para. 2）

2. 雖然本文已在期刊中有刊載，但是本範例係透過網際網路所檢索的資料，其頁數係以電子媒體所呈現的畫面及其頁數為準。要提醒或注意的相關訊息是，本文的電腦畫面僅標示文章篇名、作者名字，而出版期刊的卷期，出版年代則標示在檢索過程的資訊中。

範例 12-4：未標示頁數的網路資料

▲王千倖（1999）認為：

「要培養學生的科學創造力，必須從改進教學活動及學習環境著手，而
要改進科學學習環境和教學活動，則必須以啓發教師創造性教學能力為
起點。」

▲Wells（1990）points out：

"The varied opinions on school choice and its potential impacts are
grounded in little empirical research, mainly because there is a dearth
of well-documented experience on how school choice programs affect
either academic achievement or educational opportunities."

說明：若引用的電子媒體資料中未標明頁數或章節段落數目時，在論文本文中的引證可
省略之。

範例 12-5：無作者的網路資料

▲（*Electronic reference formats recommended by the American Psychological Association*, rev. ed., 2001, January 10）。

說明：1. 作者不明或沒有作者時，以文章篇名做為作者姓名。

2. 本範例特別強調所引用文獻的最近修正精確日期，故寫出：rev. ed., 2001, January 10 等字。

第十一章

參考書目的寫法

(四)運用電子媒體參考書目的通用格式

參、範例

一、作者的排序

範例 1-1：作者為一人時

範例 1-2：作者為二人時

範例 1-3：作者為三人至七人時

範例 1-4：作者為八人（含八人）以上時

範例 1-5：作者同姓，但名字不同時

範例 1-6：同一作者於同一年代出版發表的不同著作

範例 1-7：不同的著作，第一位作者相同時

範例 1-8：作者是團體組織時

範例 1-9：沒有作者或作者不明時

範例 1-10：期刊內文為編輯者撰寫，但沒有署名時

二、作者的寫法

三、出版年代的寫法

範例 3-1：出版年代緊接在作者之後，在（　）內以阿拉伯數字代
表出版之年代

範例 3-2：印刷中著作的寫法

範例 3-3：國際博士論文摘要出版年代的寫法

範例 3-4：期刊出版年代的寫法

範例 3-5：報紙文章

範例 3-6：再版著作

範例 3-7：研討會發表的文章

範例 3-8：翻譯的書

範例 3-9：同一作者有二篇或二篇以上於同一年代出版的著作

範例 3-10：出版年代不詳或無出版年代的著作

四、出版地與出版者

五、頁數的寫法

　　參考書目（reference）係研究者於撰寫論文時所引用的參考資料，通常將參考書目緊置於論文的後面（如果有附錄時，附錄置於參考書目之後）。論文中所列出的參考書目，一方面旨在作為研究者論文的印證及支持論文內容的根基；另一方面在使讀者能了解研究者於研究過程中參考哪些文獻，且能從參考書目中正確地查詢資料。因此，所列出的參考書目必須正確完整。

　　研究者於論文中引用的參考資料都必須據實無誤且不能遺漏的呈現在參考書目內——亦即是二者務必一致性。假如所參考的資料未於論文中被引用——諸如形成研究者論文的歷史背景，或激發創作靈感的理念，研究者擬進一步閱讀的書籍……等，則以「文獻目錄」或「參考文獻」（bibliography）表示之，而不是以「參考書目」表示（參見American Psychological Association, 2010, p. 180）。

　　雖然參考書目有其基本的要素與編排的格式，但是目前國內各學門領域有其不同的寫法，即便是同一學門，也因研究者的偏好或要求，而有不同的撰寫方式。目前國內教育與心理學門的研究，類皆參考美國心理協會出版手冊（*Publication Manual of the American Psychological Association*）所規定的格式。這是國內教育界所通稱的「APA 格式」。然而「APA格式」係美國心理協會為其所屬期刊所規定的論文寫作格式，而博、碩士學位論文或專書的論文寫作格式則不在其規定的範圍內。就如同國內的各大專院校所系刊物或期刊雜誌，大多有其各自要求的論文格式一樣，因此參考書目的寫法就會有殊多不同的格式，常讓研究者無所適從。

　　本章將簡列參考書目的要素及編排的原則，並列舉範例供參考。

壹、參考書目的要素

　　建構一個完整的參考書目，可依所參考資料的不同性質，而有不同

的要素。例如，專書、期刊、雜誌、博碩士論文、研討會報告、國科會專題研究……等，其所包含的要素皆不全然相同。

　　雖然如此，參考書目的共同基本要素，有作者姓名、出版年代、書名（或篇名）、出版地、出版者。其他則依所參考資料的不同有其特定的要素。例如，期刊尚有期刊名稱、文章篇名、卷、期及頁數；博碩士論文尚有學位等級及學校名稱等。有關參考書目的要素請參見各範例中的相關說明。

貳、參考書目編排的原則

一、參考書目為一獨立之單元

　　參考書目為一獨立之單元，緊置於論文本文之後。如同論文本文之章名，在論文本文後之單數頁開始另外成一單元。

二、標題的寫法

(一) 標題以「參考書目」呈現，不寫「文獻目錄」或「參考文獻」及「參考資料」等。

(二) 若參考書目包含中文及外國語文（如英文、日文……）的資料，則依序以「中文部分」、「英文部分」、「日文部分」……，表示之。

(三) 因所寫的是中文的論文，原則上先標示中文的參考書目，其次是其他國家語文的參考書目。

三、不空行打字

　　有些期刊雜誌或出版公司編輯部門規定作者於投稿時，須空行打字，俾利編輯者或排版者作註記之用。也有的博碩士論文指導教授要求研究生於撰寫論文初稿時，空行打字俾利批閱。

　　博碩士論文及專書最後所呈現的打字編排型式，除非標題因字體或幾號字的不同，而在電腦版面自動隔行打字外，所有的博碩士論文及專書之參考書目間是不空行打字的。

四、參考書目格式應具一致性

(一)每一參考書目的第一行不內縮或內縮應有一致性

　　依美國心理協會出版手冊（American Psychological Association, 1994, pp. 251, 334-335）的規定，凡投稿美國心理協會所屬期刊的參考書目寫法，每一參考書目均自成一段落，為配合排版與編輯的需求，其第一行必須內縮五至七個英文字母的空格。但期刊在正式印刷後所呈現的則是每一段第一行是向左突出且不空格的格式（hanging-indent format），亦即是每一參考書目的第一行第一個字是靠最左邊的邊緣，第二行以後才向右內縮（以橫打為例），也就是報告的「定稿」（final copy）的格式，或是博碩士論文的定稿版面。但在第五版的出版手冊中也再提到類似的格式（American Psychological Association, 2001a, p. 299）。雖然如此，美國心理協會在其所屬期刊有關引用電子參考書目格式的修正版中（*Electronic reference formats recommended by the American Psychological Association*, rev. ed., 2001, January 10），及 APA 第五版（American Psychological Association, 2001a, p. 299）中，認為對於研究報告或手稿而言，不論是否如同段落排版於第一行內縮（paragraph indent），或是每一參考書目的第

一行不內縮（hanging-indent），只要是整個參考書目的格式都有一致性，都是適當且是可被接受的。而在APA第六版中也都一直以第一行不內縮的原則處理。

博碩士論文的定稿版面，其參考書目的撰寫格式依各校院所系或指導教授的自行規定與偏好，而有不同的格式，唯方便研究者／讀者的查詢，採用「定稿」的格式。本手冊建議每一個參考書目的第一行第一個字均不內縮（含中英文），第二行後的寫法如下：

中文參考書目：內縮二個中文字。

英文參考書目：內縮四個英文字母。

茲舉例如下：

1. paragraph indent format

▲　許嘉政、陳煜清、李宗鴻、盧玉琴、徐欽祥、陳郁汝、陳學賢、林榮俊、林玲吟、王宏彰合譯（2008）。張慶勳審訂。Schein, E.H. 原著（2004）。**組織文化與領導**（*Organizational culture and leadership*, 3rd ed.）。台北：五南。

▲　Schein, E. H. (2004). *Organizational culture and leadership* (3rd ed.). San Francisco: Jossey-Bass.

2. hanging-indent format

▲許嘉政、陳煜清、李宗鴻、盧玉琴、徐欽祥、陳郁汝、陳學賢、林榮俊、林玲吟、王宏彰合譯（2008）。張慶勳審訂。Schein, E.H. 原著（2004）。**組織文化與領導**（*Organizational culture and leadership*, 3rd ed.）。台北：五南。

▲Schein, E. H. (2004). *Organizational culture and leadership* (3rd ed.). San Francisco: Jossey-Bass.

(二)書名／期刊名斜體字或劃底線應一致性

　　依 APA 格式第四版及第五版的編輯格式規定，作者於投稿美國心理協會所屬期刊時，若在書名或期刊名底下劃線，俟正式出版時，則以斜體字表示（American Psychological Association, 1994, p. 80; 2001a, pp. 100-103），並在第五版的參考書目例示中，將第四版的劃底線方式，改以斜體字表示（American Psychological Association, 2001a, pp. 239-281）。但參考書目是否劃底線或採用斜體字、粗體字，美國心理協會曾於引用電子文獻及參考書目時，表示除了每一參考書目的第一行不內縮或內縮應一致性外，書名或期刊名劃底線或斜體字、粗體字等，亦應一致性，如此才可被接受（*Electronic reference formats recommended by the American Psychological Association*, rev. ed., 2001, January 10）。在 APA 格式第六版中，則比照第五版的規定，皆以斜體字呈現。有關劃底線或斜體字、粗體字等，以書籍舉例如下：

▲張慶勳（2002）。論文寫作手冊。台北：心理。

▲張慶勳（2002）。**論文寫作手冊**。台北：心理。

▲張慶勳（2002）。***論文寫作手冊***。台北：心理。

說明：1.有些研究者認為中文字不宜採用斜體字，以免失去中文字體結構方正的特色。本手冊中的中文參考書目在書名或篇名以正體兼及粗體字的形式呈現。
　　　2.本手冊中的英文參考書目比照 APA 第六版的格式，以斜體字的形式呈現。
　　　3.參考書目呈現的形式應前後一致性。

五、英文參考書目大寫與小寫的寫法

(一)採用大寫者

　1. 作者的姓及名的第一個字母
　2. 作者名字的縮寫

3. 作者的文章篇名及書名的第一個字母

4. 冒號（：）及破折號（──）之後，做為副標題或強調及解釋的重要詞句，第一個字的第一個字母

5. 專有名詞

6. 縮寫的字（參見第七章「縮寫」相關範例）

(二)採用小寫者

1. 介系詞或連接詞：and, in, of, on, from, beyond（四個字母以上，第一個字母可用大寫）

2. 使用連字符號的複合字之第二個字（但縮寫或專有名詞，仍用大寫）

六、電子媒體參考書目的寫法

(一)美國心理協會對使用電子媒體作為參考書目的建議

美國心理協會出版手冊對從網路上取得的資料尚未有統一標準的格式，但已作了重大的改變（American Psychological Association, 1994, p. 218）。研究者運用網際網路檢索／下載資料，已是極為普遍的現象，因此，美國心理協會分別於 1999 年、2000 年 9 月 5 日，及 2001 年 1 月 10 日對其所屬期刊使用電子媒體的格式作了一些修改和建議（*Electronic reference formats recommended by the American Psychological Association*, rev. ed., 2000, September 5; 2001, January 10）。其引用的電子媒體範例包括：

1. 論文本文中引用參考書目的寫法

　(1)電子郵件通訊（Citing Email Communications）

　(2)一般網址介紹（Citing a Web Site）

　(3)論文本文中引用網路文獻的特定資料（Citations and Quotations

in Text）

2. 參考書目的寫法

(1)引用網址的特定資料（Creating References for Specific Documents on a Web Site）

(2)引用電子資料庫的文章與摘要（Creating References for Articles and Abstracts Obtained From Electronic Databases）

然而，美國心理協會出版手冊第五版（American Psychological Association, 2001a, pp. 268-281）對使用電子媒體作為參考書目作了修正和建議，其所引用的電子媒體資源包括：

(1)網路定期刊物

・已出版紙本版的網路文章

・純網路期刊之文章

・純網路通訊之文章

(2)網路非定期刊物

・作者不明，無出版日期之資料

・大學或系所網站上之文章

・取自資料庫之期刊文章

3. 論文本文中引用電子媒體文獻的寫法

(二)Walker（1996）的研究

Walker（1996）曾根據 APA 第四版的格式研訂並發展出 APA 及現代語言協會（Modern Language Association; MLA）電子資料的線上格式，已廣受學術界所接受。

(三)網路路徑檢索文獻的來源

研究者可從下列的網路路徑檢索所要的文獻。例如：

・資料庫（Data Bases）

．全球資訊網（World Wide Web; WWW）

．地鼠站（Gopher）

．檔案傳輸（File Transfer Protocol, FTP）

．遠端登入（Telnet）

．電子郵件（E-Mail）

．光碟（CD-ROMs）

．網站——組織團體與個人

(四)運用電子媒體參考書目的通用格式

1. 網路所提供的文獻資料，與該文獻在印刷品（即是紙本版）中有部分相同的要素，例如：作者、篇名、出版日期……等。因此，從網路所檢索資料的格式通常與印刷品的格式類似，只是增減某些取得的路徑或其他資訊而已。

2. 不論有無印刷品，運用電子媒體所取得的參考書目，其寫法的原則是：

   (1)格式 1

   先將既定的參考書目格式寫出，再加上 .[Online]. Available：網路路徑及網址（閱覽日期）。例如：

   ．賴伯勇（1998）。網路文獻的引用初探。**教育資料與研究**，第 13 期。頁 41-50。[Online]. Available：http://www.nmh.gov.tw/edu/basis3/23 /gx8.htm (2000.11.20)。

   ．Walker, J. R. (1996). The Columbia guide to online style APA-Style of electronic sources. [On-line]. Available：http://www.cas.usf.edu /english/walker/apa.html (2000.11.20).

   (2)格式 2——美國心理協會的修正版（2001, 01.10）

   美國心理協會於 2001 年 1 月 10 日的修正版，對其所屬期刊使用電子媒體的格式作了一些修改和建議，在格式中未寫出 "[On-line]. Available: File: Item:" 等字樣，而特別強調檢索的日期

（CD-ROM電子資料庫可省略）與資料的來源（例如：DIALOG,
WESTLAW, SIRS, Electric Library）。

(3)格式3——美國心理協會出版第五版的修正版

・引用電子媒體的文獻已是未來的趨勢。研究者使用／引用網
路的文獻資料，應循下列二項指引：

①能導引讀者明確所使用／引用的文獻出處。

②能提供明確的作業網站的詳細資料。（American Psycholog-
ical Association, 2001a, pp. 269-271）

・APA第五版中特別標示下列二種電子參考書目的一般格式：

▲線上定期刊物

Author, A. A., Author, B. B., & Author, C. C. (year). Title of article.
Title of Periodical, ××, ×××××××. Retrieved month day,
year, from source.

▲線上資料

Author, A. A. (year) *Title of work*. Retrieved month day, year, from
source.

資料來源：American Psychological Association (2001a). *APA Style*. Retrieved Novem-
ber 28, 2001. from http://www.apastyle.org/

說　　明：已出版的紙本版定期刊物文章，可在文章篇名與期刊名之間加上
〔Electronic version〕。

3. 中文參考書目可比照英文參考書目的寫法。

4. 本手冊有關使用電子媒體文獻的參考書目寫法，請參考本章範例
12。

參、範例

一、作者的排序

範例 1-1：作者為一人時

1. 中文參考書目

▲林清山（1999）。**心理與教育統計學**（初版九刷）。台北：東華。

▲張慶勳（2006）。**學校組織文化與領導**。台北：五南。

說明：中文參考書目依作者姓氏筆劃多寡，由少至多依次遞增排列。

2. 英文參考書目

▲Burns, J. M. (1978). *Leadership*. New York: Harper and Row.

▲Hunt, J. G. (1991). *Leadership: A new synthesis*. California: SAGE.

說明：1. 英文著作的作者名字一般係以英文大寫的縮寫方式表示。

　　　2. 英文參考書目以作者姓氏的英文字母 A,B,C 等字母依序排列。

範例 1-2：作者為二人時

1. 中文參考書目

▲林義男、王文科（1998）。**教育社會學**。台北：五南。

2. 英文參考書目

▲Hallinger, P., & Heck, R. H. (1998). Exploring the principal's contribution to school effectiveness: 1980-1995. *School Effectiveness and School Improvement, 9*(2), 157-191.

範例 1-3：作者為三人至七人時

1. 中文參考書目

▲歐慧敏、吳鐵雄、李坤崇（1996）。**青少年歸因量表編製報告**。國立台
南師範學院初等教育學系。

2. 英文參考書目

▲Leithwood, K., Leonard, L., & Sharratt, L. (1998). Conditions fostering organ-
izational learning in schools. *Educational Administration Quarterly, 34*
(2), 243-276.

▲Abrioux, D., and Others (1984). *Non-traditional education and organiza-
tional change: The case of Athabasca University*. Retrieved from ERIC
database. (ED 252 114)

說明：1. 作者為一至七人時，在參考書目內均寫出作者的姓名。
2. 參見下一範例說明 2 及 3。

範例 1-4：作者為八人（含八人）以上時

1. 中文參考書目

▲林天印、張瑞菊、陳炳男、張新基、江文吉、蔡孟翰、陳琦瑋、楊千
儀、莊逸萍合譯（2006）。張慶勳審訂。Lee Bolman 與 Terrence
Deal 原著（2003）。**組織重構：藝術、選擇與領導**（*Reframing Or-
ganization: Artistry, Choice, and Leadership*, 3rd ed.）。台北：五南。

2. 英文參考書目

▲Gilbert, D. G., McClernon, J. F., Rabinovich, N. E., Sugai, C., Plath, L. C., As-
gaard, G., ... Botros, N. (2004). Effects of quitting smoking on EEG acti-
vation and attention last for more than 31 days and are more severe with
stress, dependence, DRD2 A1 allele, and depressive traits. Nicotine and
Tobacco Research, 6, 249-267.doi:10.1080/14622200410001676305

說明：1. 作者為八人或更多時，先列出前面六位作者姓名，然後插入「…」（ellipsis）
記號，再寫出最後一位作者的姓名（英文參考書目則寫出作者的姓氏）。此處
中文參考書目的範例為國內目前一般的用法。

2. 有些著作之作者人數較多，其於著作封面或作者欄註明「某一作者姓名等」或「Author, and Others」時，則依著作封面或作者欄註明之說明書寫。

3. "and others" 有時用 "et al." 表示。

範例 1-5：作者同姓，但名字不同時

1. 中文參考書目

▲黃光雄（1996）。**課程與教學**。台北：師大書苑。
▲黃政傑（1987）。**課程評鑑**。台北：師大書苑。

說明：依作者名字的第二及第三字的筆劃由少至多遞增排序。

2. 英文參考書目

▲Thomas, C., & Fitzhugh-Walker, P. (1998). The role of the urban principal in school restructuring. *International Journal of Leadership in Education, 1* (3), 297-306.
▲Thomas, N. M. (1999). The new generation of leadership: Developing leadership effectiveness through performance management. (Doctoral Dissertation, the University of Texas at Austin,1998), *Dissertation Abstracts International, 59* (09), 3313A. (AAC 9905852 Pro-Quest Dissertation Abstract)

說明：以作者名字的第一個起首字母依序排列。

範例 1-6：同一作者於同一年代出版發表的不同著作

例 1：作者為同一人時

1. 中文參考書目

▲秦夢群（1999a）。**教育行政──理論部分**（二版二刷）。台北：五南。
▲秦夢群（1999b）。**教育行政──實務部分**（二版二刷）。台北：五南。

說明：以「作者姓名（出版年代 a）。……；作者姓名（出版年代 b）。……」等表示之。

2. 英文參考書目

> ▲Sagor, R. D. (1992a). Three principals who make a difference. *Educational Leadership, 49* (5), 13-18.
>
> ▲Sagor, R. D. (1992b). *Collaborative action research: A cultural mechanism for school development and professional restructuring.* Retrieved from ERIC database. (ED 350 705)

說明：以「作者姓名（出版年代 a）。……；作者姓名（出版年代 b）。……」等表示之。

例 2：作者為二人／或三人皆相同時

1. 中文參考書目

> ▲黃玉幸、蔡培村、張慶勳（2007a）。一所國小實施校務評鑑歷程之學校圖像研究。**屏東教育大學學報，26**，215-244。
>
> ▲黃玉幸、蔡培村、張慶勳（2007b）。國民小學校務評鑑歷程中之組織文化現象。**教育行政與評鑑學刊，3**，45-66。

2. 英文參考書目

> ▲Cavanaugh, R. F., & Dellar, G. B. (1997a). *School culture: A quantitative perspective on a subjective phenomenon.* Retrieved from ERIC database. (ED 408685).
>
> ▲Cavanaugh, R. F., & Dellar, G. B. (1997b). *Towards a model of school culture.* Retrieved from ERIC database. (ED 408687)

範例 1-7：不同的著作，第一位作者相同時

1. 中文參考書目

> ▲張慶勳（1999）。**學校組織轉化領導研究**（初版二刷）。高雄：復文。
>
> ▲張慶勳、許文寬（2000）。從延長國民教育年限探討教育決策之適切性。刊載於國立屏東師範學院印行。**國教天地，140**，37-48。

說明：排列順序為：

　　第一個：只有一位作者的著作

　　第二個：多位作者的著作

2. 英文參考書目

▲Leithwood , K. A. (1992). The move toward transformational leadership. *Educational Leadership, 49* (5), 8-12.

▲Leithwood, K. A., & Jantzi, D. (1990). *Transformational leadership: How principals can help reform school cultures*. Retrieved from ERIC database. （ED 323622）

▲Leithwood, K. A., Jantzi, D., & Steinbach, R. (1999). *Changing leadership for changing times*. Great Britain: St. Edmundbury Press.

說明：第一位作者相同，第二位或第三位作者不同時，依第二位或第三位作者姓氏的英文字母順序排列。其他以此類推。

範例 1-8：作者是團體組織時

1. 作者是團體組織係指政府機關、財團法人、協會、學會、委員會、基金會、研究團體……等。

2. 中文及英文參考書目均寫出組織團體全銜的名稱，並以其第一個字／字母依序排列。

3. 母團體寫在子團體之前。例如：行政院教育改革審議委員會；University of Michigan, Department of Psychology。

4. 英文參考書目的團體作者在最後以一個結尾句點，例如：American Psychological Association. 不寫「APA」。

▲行政院教育改革審議委員會（1996）。**教育改革總諮議報告書**。台北：作者。

▲U. S. Department of Education (May 2000). *Challenging the status quo: The education record l993-2000*. Retrieved May 12, 2001. from http://www.ed. gov/inits/record/3chap.html.

範例 1-9：沒有作者或作者不明時

1. 中文參考書目

> ▲宋詞欣賞（1970）。台北：江南。

說明：將篇名、書名當做作者的姓名，置於出版年代之前。

2. 英文參考書目

(1)當作者不明時，以 Anonymous 代表作者的姓。

(2)沒有作者時，則以書名或篇名視為作者。

範例 1-10：期刊內文為編輯者撰寫，但沒有署名時

英文參考書目

> ▲Editorial: "What is a disaster" and why does this question matter? [Editorial]. (2006). *Journal of Contingencies and Crisis Management, 14*, 1-2.

說明：1.將篇名書名當做作者的姓名，置於出版年代之前。
　　　2.中文參考書目格式比照英文參考書目。

二、作者的寫法

(一) 作者為某一團體、組織、政府單位、學會等時，寫出作者的全銜，不要以簡／縮寫方式呈現。例如：行政院國家科學委員會，不寫「國科會」；英文參考書目的團體作者在最後以一個結尾句點，例如：American Psychological Association. 不寫「APA」。

(二) 不論中、英文參考書目的作者，先寫作者的姓，再寫作者的名。但編輯書中有引用文章時，編輯者則先寫名，再寫姓。

> ▲Lundberg, C. C. (1985). On the feasibility of cultural intervention in organization. In Peter J. Frost, et al., (Eds.). *Organizational culture* (pp. 169-185). Beverly: SAGE.

(三) 只要有列出的作者，都要將所有作者的姓名寫出。

　　1. 作者的排列順序以各參考書目所註明的作者排序為準。

　　2. 中文參考書目──作者與作者之間用頓號「、」隔開。例如：張慶動、許文寬（2000）；張慶動、陳世聰（2000）。

(四) 英文參考書目

　　1. 姓氏以大寫字母起首，其次是小寫，並緊接 " , " ；名字以第一個字母的大寫縮寫呈現。例如：

作　者　姓　名	參考書目作者的寫法
Thomas J. Sergiovanni	Sergiovanni, Thomas J.
Gary Yukl	Yukl, G.

　　2. 有些英文著作，因作者是一團隊或人數太多，因此以領導該研究的領導者／指導教授作為主要的作者，其寫法是：「領導者／指導教授作者姓名，and Others」。

　　3. 不同作者有相同的姓氏，第一個名字與第一個字母相同時，可以將作者的第一個名字全部置入【】內。例如：

　　　　Janet, P.【Paul】(1876).

　　　　Janet, P.【Pierre】(1906).

　　　　在內文引註時則寫：

　　　　（Paul Janet, 1876）

　　　　（Pierre Janet, 1906）

　　4. 假如第一個名字帶有連字符號（hyphen）時（如 " - "），仍然保留連字符號，且在第一個名字字母之後，保留句號。例如：Jean-Baptiste Lamour 在英文參考書目中寫為 Lamour, J.-B.

　　5. 有些本國作者姓名翻譯成英文時，也會有使用連字符號（如 "-"），例如，「張慶動」、「林官蓓」的英文姓名分別是「Ching-Hsun, Chang」、「Kuan-Pei, Lin」，在英文參考書目的作者寫為：Chang, C.-S. (2010). 與 Lin, K.-P. (2005).；但也有的國內作者中文姓名翻譯成英文時，在名字的英文字沒有使用連字符號，

則其英文參考書目就不必使用連字符號。或是英文名字為一個單字時，則寫該位作者的姓氏與單一名字的第一個字母即可。

6. 使用逗號（"，"）區隔作者的姓氏與第一個名字的第一個字首，例如：Schein, E. H. (2004).

二位作者時，第一位作者名字的字尾用逗點，再用一個 "&" 區隔另一個作者的姓氏。例如：

Strong, E. K., Jr., & Uhrbrock, R. S. (1923).

前例中，"Jr." 表示父子同名中的孩子或同姓兩人中的較年幼者。

7. 假如是二位以上作者且用 "with" 區隔時，參考書目可將 with 以後的作者置入圓括號內，但在內文引註時僅引用第一個作者的姓氏。例如：

參考書目的寫法：Bultatao, E. (with Winford, C.A.).

內文引註的寫法：（Bultatao）

三、出版年代的寫法

範例 3-1：出版年代緊接在作者之後，在（　　）內以阿拉伯數字代表出版之年代

1. 中文參考書目——以「作者姓名（xxxx）。」表示之，例如：

張慶勳（2009）。

2. 英文參考書目——以「作者姓名（xxxx）.」表示之。例如：

Schein, E. H. (1992).

Senge, P. M.(1990).

說明：為與國際接軌，任何出版年代都用西元年代表示。

範例 3-2：印刷中著作的寫法

當所參考著作因投稿被出版社或期刊編輯部接受，正印刷中尚未正式出版時，其出版年代欄位寫為：

1. 中文參考書目——作者姓名（付梓中）

2. 英文參考書目——作者姓名（in press）

有時因文章尚未出版或尚未收錄在其他的網站資料時，我們會使用 URL 的特定網址蒐集文獻資料，而尚未提供線上資料庫搜尋的文章稱為 preprint archive（American Psychology Association, 2010, p. 200）。

範例 3-3：國際博士論文摘要出版年代的寫法

參見本章範例 8-4。

範例 3-4：期刊出版年代的寫法

參見本章範例 7-1～7-3。

範例 3-5：報紙文章

參見本章範例 15-1。

範例 3-6：再版著作

參見本章範例 6-2。

範例 3-7：研討會發表的文章

參見本章範例 10-1、10-2。

範例 3-8：翻譯的書

參見本章範例 6-5，註明翻譯書籍的出版年代與原著作出版的年代、版次。

範例 3-9：同一作者有二篇或二篇以上於同一年代出版的著作

在每一著作出版年代之後分別以 a, b, c,....作為識別，並依序排列。

範例 3-10：出版年代不詳或無出版年代的著作

當所參考的著作，出版年代不詳或無出版年代時，其出版年代欄寫為：

1. 中文參考書目——作者姓名（年代不詳）

2. 英文參考書目——作者姓名（n.d.）

請參見第七章範例 1-8。

四、出版地與出版者

(一) 書籍、報告、手冊或其他非定期性期刊的著作，類皆在參考書目的最後面寫出出版地與出版者，其格式是「出版地：出版者」。

(二) 出版地及出版者以每一參考著作的封面及版權頁所標示者為準。

(三) 有些出版地及出版者是以全銜或縮寫方式表示，但不論是出版地或出版者的寫法如何，都要讓讀者清楚明瞭所指的是哪個地方，或出版者是哪個政府機構、團體、出版書局、出版社等。

(四) 中文參考書目的出版地，因其出版地點易為讀者所了解，所以研究者直接寫出地名，而不標示縣市。例如：「台北」、「高雄」，而非「台北市」、「高雄市」。但也有將全名寫出者。

(五) 中文參考書目的出版者，亦因出版書局、公司易為人知，所以用縮寫方式表示。

(六) 茲簡列本手冊所參考國內著作之出版地與出版者的例子如下：

・台北（市）：三民（書局）

・台北（市）：天下（文化出版股份有限公司）

・台北（市）：五南（圖書出版公司）

・台北（市）：心理（出版社）

・台北（市）：文景（書局）

・台北（市）：正中（書局）

・台北（市）：巨流（圖書公司）

・台北（市）：弘智（文化事業股份有限公司）

・台北（市）：東華（書局）

・台北（市）：師大書苑

- ·台北（市）：桂冠（圖書公司）
- ·台北（市）：商鼎（文化出版社）
- ·台北（市）：揚智（文化事業股份有限公司）
- ·台北（市）：精華（書局）
- ·台北（市）：臺灣書店
- ·台北（市）：學富（文化事業有限公司）
- ·台北（市）：雙葉（書廊）
- ·高雄（市）：復文（圖書出版社）
- ·高雄（市）：麗文（圖書出版社）

說明：1. 刪除括號後為出版地與出版者之全名。
　　　2. 由於有些出版地與出版者為出版業與讀者所熟悉，故研究者大多未將全名寫出。

(七) 有的著作其出版者是政府機構或學會……等組織團體時，則其出版者以其版權頁所標示者為準。這些組織團體有時以編印、印行、出版……等字表示出版該著作。茲舉例如下：

▲黃俊傑（1999）。**大學通識教育的理念與實踐**（一版二刷）。台北：中華民國通識教育學會。

▲何福田主持（1994）。**快樂教學津渡──國民小學教學情境故事及學習指引**。教育部委託專案研究。屏東市：國立屏東師範學院。

▲教育部（1995）。**國民小學行政實務手冊**。台北：作者。

（註：作者與出版者相同）

(八) 英文參考書目的出版地與出版者之格式亦為：「出版地：出版者」。其中冒號"："與出版地直接連在一起，不必空一格，但與出版者之間要空一格，並在出版者之後置一句點。例如：

San Francisco: Jossey-Bass.

(九) 中英文參考書目的學位論文（博碩士論文），在最後都要寫出學校研究所的名稱與學校所在地，中間用逗點隔開。例如：

國立屏東教育大學教育行政研究所，屏東市。

　　　　屏東科技大學野生動物保育研究所，屏東縣。

　　說明：有的出版地係位於縣轄市（如屏東教育大學位於屏東市），或縣內鄉鎮（如屏東
　　　　　科技大學位於屏東縣內埔鄉），但因為大部分的學校所在地為大多數讀者所熟
　　　　　知，所以學校所在地可以寫出位於某一縣市即可。假如屏東教育大學的所在地寫
　　　　　「屏東縣」而不寫「屏東市」，或輔仁大學的所在地寫「台北縣」而不寫「新莊
　　　　　市」是可以的。假如研究者為使編輯格式簡化，前述二例寫「屏東」或「台
　　　　　北」，讀者也會了解。但不論以詳細或簡化的格式書寫，整篇論文應要有一致
　　　　　性。

五、頁數的寫法

範例 5-1：中文與英文參考書目頁數寫法的區別

　　中文與英文參考書目頁數的寫法，分別在「論文本文中引證文獻」
與「參考書目」中有所不同。茲列表比較如下：

中英文參考書目頁數寫法比較表

項目	論文本文中引證文獻的寫法		參　考　書　目　的　寫　法	
	中文文獻	英文文獻	中文文獻	英文文獻
頁數的起頭字	• 用「頁」字代表頁數的起頭字	• 用 "page(s)" 的縮寫 "p." 及 "pp."，代表頁數的起頭字	• 用「頁」字代表頁數的起頭字	• 用 "page(s)" 的縮寫 "p." 及 "pp."，代表頁數的起頭字
單複數頁	• 不論只參考一頁或二頁以上，皆用「頁」。例如： 頁 2 頁 40-50 頁 8, 10-12	• 只參考一頁用 "p."，二頁或二頁以上時，用 "pp."。例如： p. 2 pp. 40-50 pp. 8, 10-12	• 不論只參考一頁或二頁以上，皆用「頁」。例如： 頁 2 頁 40-50 頁 8, 10-12	• 只參考一頁用 "p."，二頁或二頁以上時，用 "pp."。例如： p. 2 pp. 40-50 pp. 8, 10-12
新聞版次	• 用「第×版」代表版次，例如： 第 3 版 第 4、5 版 第 5-6 版	• 只參考單一版用 "p."，二版或二版以上時，用 "pp."。例如： p. 3 pp. 4, 5 pp. 5-6	• 用「第×版」代表版次，例如： 第 3 版 第 4、5 版 第 5-6 版	• 只參考單一版用 "p."，二版或二版以上時，用 "pp."。例如： p. 3 pp. 4, 5 pp. 5-6
期刊文章	• 僅寫出所參考期刊文章的頁數	• 僅寫出所參考期刊文章的頁數	• 寫出所參考文章在期刊中的所有起訖頁數（不寫「頁」） • 有的研究比照 APA 格式，直接寫起訖頁數。例如：**教育研究，8**，111-124。或寫：**教育研究，**第 8 期。頁 111-124。	• 寫出所參考文章在期刊中的所有起訖頁數 • APA 格式中，期刊文章的頁數不用 p.或 pp.，只有在卷期後面，直接寫出起訖頁數，且中間用逗號隔開。例如：*Educational Leadership,*56(4), 82-84.

中英文參考書目頁數寫法比較表（續）

項目	論文本文中引證文獻的寫法		參　考　書　目　的　寫　法	
	中文文獻	英文文獻	中文文獻	英文文獻
書籍	• 整本書的理念，不必寫頁數 • 編輯書籍中某篇文章的某頁，或該篇文章在編輯書籍中的起訖頁數。例如：某篇文章在編輯書籍中的起訖頁數是 61-90 頁，若 1. 僅參考其中某頁，則寫：頁 65，頁 70-80，或 p. 65，pp. 70-80 2. 參考或介紹該篇文章的整個理念時，寫：頁 61-90，或 pp. 61-90		• 整本書時，不必寫出頁數 • 編輯書籍中的某篇文章，在書名後面，寫出該篇文章在編輯書籍中的起訖頁數，並用圓括號圍住。例如：（pp. 61-90）	
其他格式	• 有些研究者不寫「頁」或 "p., pp."，而直接寫出頁數。例如： 張慶勳（1996：269） Yukl（1998: 201-230）		• 有些研究者不寫「頁」，直接寫出起訖頁數——即是比照 APA 格式撰寫	• 有些國內研究有寫 "p., pp."，但也有些研究是不寫的。唯目前教育與心理方面的論文，大都參考或比照 APA 格式的寫法

說明：1. 本表係一般通用性之比較。

　　　2. 本手冊使用頁數起頭字（頁；版次；p.；pp.）者：

　　　　(1)論文本文中引用參考文獻的註解（以圓括號圍住）

　　　　(2)圖表的資料來源或說明

　　　　(3)編輯或專書中某篇文章的起訖頁數（置於書名之後）

　　　　(4)中英文報紙的版次

範例 5-2：作者或整本書的理念

1. 論文本文中引用參考書目的寫法

▲齊力（1999）曾將 Rosenthal 的《社會研究後設分析程序》譯成中文。

說明：當論文本文中參考作者或整本書的理念，在論文本文中引用文獻時，不必寫頁數。

2. 參考書目的寫法

▲齊力譯（1999）。吳齊殷校訂。Rosenthal, R.（1991）原著。**社會研究的後設分析程序**（*Meta-Analytical procedures for social research*）。應用社會科學調查研究方法系列叢書。台北：弘智。

說明：參考作者或整本書的理念作為參考書目時，不必寫頁數（即是以整本書作為參考書目）。

範例 5-3：專書或期刊中的某一章節，或某頁的文獻

1. 論文本文中引用文獻的寫法

▲在型塑學校共享願景的相關文獻中，Yukl（1998, Chaps. 12, 13, 17）以魅力領導、轉化領導及文化領導為基本架構，建構型塑學校共享願景的策略與技術。這些論述與 Conger（1991, pp. 31-45）所歸納的建構願景的策略層面（framing skill）及強調實現願景的技術層面（rhetorical crafting）二個階段是相互吻合的。因此，Hoy 與 Miskel（2001, pp. 423-424）在論述校長運用轉化領導以改變或型塑學校組織文化時，予以闡述及運用。

說明：1. 所參考的文獻是某一書籍的某章時，只有一章用 chap.，二章或二章以上時用 chaps.。
　　　2. 所參考的英文文獻是某一書籍或期刊的文獻，只有一頁時用 p.，二頁（含二頁）以上時用 pp.。中文的文獻用「頁」作為起頭字。

2. 參考書目的寫法

▲Conger, J. A. (1991). Inspiring others: The language of leadership. *Academy of Management Executive, 5* (1), 31-45.
▲Hoy, W. K., & Miskel, C. G. (2005). *Educational administration-Theory, research and practice* (7th ed.). New York: Random House.
▲Yukl, G. (1998). *Leadership in organizations* (4th ed.). New Jersey: Prentice-Hall.

說明：1. 不論所參考的「期刊」頁數是多少頁，在參考書目中，務必寫出所參考期刊文章在期刊中的所有起訖頁數。
　　　2. 所參考的是「專書」中的某章節或某頁文獻時，在參考書目中不必寫出頁數。

範例 5-4：期刊文章

參見前項說明與範例。

範例 5-5：編輯書籍中的某一篇文章

1. 論文本文中引用文獻的寫法

> ▲對「聯結鬆散」的概念作較徹底的分析者為 Weick（1983, p. 18），他認為聯結鬆散係指「聯結的事件雖然彼此互相感應，但每一事件又保有自己的獨立性，和一些物理及邏輯的分離性」。

2. 參考書目的寫法

> ▲Weick, K. E. (1983). Educational organization as loosely coupled system. In V. J. Baldridge, & T. Deal (Eds.). *The dynamics of organizational change in education* (pp. 15-37). California: McCutchan.

說明：所參考的是「編輯書籍中的某一篇文章」（不論頁數是一頁或二頁以上），在參考書目中寫出該篇文章在編輯書籍中的起訖頁數。

範例 5-6：檢索自線上編輯的參考工具書文章

英文參考書目的寫法

> ▲Graham, G. (2005). Behaviorism. In E. N. Zalta (Ed.), *The Stanford encyclopedia of philosophy* (Fall 2007 ed.). Retrieved from http://plato.stanford.edu/entries /behaviorism/

說明：所參考的是「取自線上編輯的參考工具書文章」，但沒有標示頁碼時，可以不顯示頁碼。（American Psychological Association, 2010, p. 205）

六、書籍

範例 6-1：整本書

1. 中文參考書目

▲張慶勳（1999）。**領導小語——行政人・行政情**。高雄：復文。

2. 英文參考書目

▲Sergiovanni, T. J. (2000). *The lifeworld of leadership: Creating culture, community, and personal meaning in our school*. San Francisco: Jossey-Bass.

範例 6-2：再版書

1-1. 中文參考書目——再版且再印刷

▲秦夢群（1999a）。**教育行政——理論部分**（二版二刷）。台北：五南。
▲秦夢群（1999b）。**教育行政——實務部分**（二版二刷）。台北：五南。

1-2. 中文參考書目——初版再印刷

▲張慶勳（1999）。**學校組織轉化領導研究**（初版二刷）。高雄：復文。

2. 英文參考書目

▲Schein, E. H. (1992). *Organizational culture and leadership* (2nd ed.). San Francisco: Jossey-Bass.
▲Yukl, G. (1994). *Leadership in organizations* (3rd ed.). New Jersey: Prentice-Hall.
▲Yukl, G. (1998). *Leadership in organizations* (4th ed.). New Jersey: Prentice-Hall.
▲Hall, R. H. (1991). *Organizations structures, processes and outcomes* (5th ed.). New Jersey: Prentice Hall.
▲Robbins, S. P. (1993). *Organizational behavior: Concepts, controversies, and applications* (6th ed.). Englewood Cliffs, New Jersey: Prentice-Hall.

說明：1.再版的縮寫為：二版／ 2nd ed.；三版／ 3rd ed.；四版／ 4th ed., 四版以上類推。
　　　2.電腦文書作業處理時，當 2nd 與 ed.用空白鍵隔開時，會自動形成 2nd ed.的版面。其他亦會形成 3rd ed.；4th ed.等。
　　　3.APA 格式將再版的縮寫形式以(2nd ed.)、(3rd ed.)、(4th ed.)等的寫法呈現但國內仍有部分期刊或學位論文以本範例所示的寫法。請參見第七章範例 1-4「書籍的版次」範例及說明。

範例 6-3：修訂版或增訂版的書

中文參考書目

▲陳慶瑞（1995）。**費德勒權變領導理論研究**（修訂版）。台北：五南。

說明：1.本書於封面中，註明＜增訂四版＞，並於版權頁中，註明四版一刷。
　　　2.英文參考書目的修訂版，在書名之後以「（rev. ed.）.」表示之。

範例 6-4：編譯的書

中文參考書目

▲趙碧華、朱美珍編譯（2000）。Allen Rubbin 與 Earl Babbie（1992）原著。**研究方法：社會工作暨人文科學領域的運用**（修訂版）（*Research method for social work*, 2nd ed.）。台北：學富。
▲王明傑、陳玉玲編譯（2004）。American Psychological Association 出版。**美國心理協會出版手冊：論文寫作格式**（五版）（*Publication manual of the American Psychological Association*, 5th ed.）。台北：雙葉。

範例 6-5：翻譯的書

中文參考書目

▲林和譯（1991）。葛雷易克（James Gleick）（1989）原著。**混沌——不測風雲的背後**（*Chaos: Making a new science*）。台北：天下。
▲許世雨等譯（1997）。David A. De Cenzo 與 Stephen P. Robbins（1994）原著。**人力資源管理**（*Human resource management*, 4th ed.）。台北：五南。

說明：1.譯者有多人時（如三或四人以上），參考書目的作者欄，以該翻譯書封面所註

明的譯者代表為依據。例如，本範例第二本的翻譯書有四位翻譯人員，唯該書封面註明「許世雨等譯」，故於參考書目的作者欄，寫為「許世雨等譯」。

2. 原作者是否有寫中文譯名，以各翻譯書有否將原作者姓名翻譯成中文為依據。

3. 依美國心理協會出版手冊第六版（American Psychological Association, 2010, p. 204）有關翻譯書籍（將非英文書籍翻譯成英文時）參考書目的寫法如下：

原著作作者姓名（翻譯年代）。英文譯本的書名（翻譯者姓名）。出版地：出版者。（原著作出版年代）。

註：在本格式中，英文譯本的書名以斜體字呈現。

4. 在論文文本中，若有引用非英文書籍的翻譯文獻時，其引註的寫法是：

（原著作作者姓名，原著作出版年代／翻譯年代）。

5. 國內學術界對有關論文文本引用翻譯或編譯書籍的文獻時，其參考書目的寫法與是否置於中文或英文參考書目的位置，有不同的看法。若依美國心理協會出版手冊第六版的規定，其所屬期刊論文不論是引用翻譯或編譯書籍文獻或內文引註，都以非英文著作（亦即原著作作者所屬國家別）處理。且內文引註的作者與參考書目的作者是同一的（亦即原著作作者）。

6. 其他翻譯的書籍、期刊文章等參考書目的寫法，請參考範例 6-15 至範例 6-17。

範例 6-6：校訂／校閱／審訂的書

中文參考書目

▲陳千玉譯（1996）。鄭伯壎校訂。Edgar H. Schein（1992）原著。**組織文化與領導**（*Organizational culture and leadership*, 2nd ed.）。台北：五南。

▲許嘉政、陳煜清、李宗鴻、盧玉琴、徐欽祥、陳郁汝、陳學賢、林榮俊、林玲吟、王宏彰合譯（2008）。張慶勳審訂。Schein, E. H. 原著（2004）。**組織文化與領導**（*Organizational culture and leadership*, 3rd rd.）。台北：五南。

▲林天印、張瑞菊、陳炳男、張新基、江文吉、蔡孟翰、陳琦瑋、楊千儀、莊逸萍合譯（2006）。張慶勳審訂。Lee Bolman 與 Terrence Deal 原著（2003）。**組織重構：藝術、選擇與領導**（*Reframing Organization: Artistry, Choice, and Leadership*, 3rd ed）。台北：五南。

▲信明堂、張志強、曹俊喜、方世榮（1997）。方世榮校訂。**企業概論**。台北：五南。

▲劉明德等譯（1993）。鄭伯壎校閱。愛德蒙・格雷（Edmund R. Gray）與賴利・史麥爾澤（Larry R. Smeltzer）（1989）原著。**管理學：競爭優勢**（*Management: The competitive edge*）。台北：桂冠。

說明：翻譯者為八人或更多時，比照作者人數較多時的寫法，請參考範例 1-4「作者為八人（含八人）以上時」的寫法。

範例 6-7：編著的書

中文參考書目

▲俞文釗編著（1993）。王居卿校訂。**管理心理學**。台北：五南。
▲江文雄編著（1999）。**走過領導的關卡——學校行政領導技巧**（再版）。台北：五原。

範例 6-8：編輯的書

1. 中文參考書目

▲黃榮護主編（1999）。**公共管理**（*Public Management*）（第二版）。台北：商鼎。
▲張慶勳主編（2006）。**學校公共關係**。台北：五南。
▲陳正昌、張慶勳主編（2007）。**量化研究與統計分析**。台北：新學林。
▲中正大學教育研究所主編（1999）。**教育學研究方法論文集**。高雄：麗文。

說明：編輯的書可由某一人或組織團體主編，內容包含論文或章節，或以叢書性質出現，並可由多人合編。

2. 英文參考書目

▲ Wertz, F. (1994). (Ed.). *The humanistic movement: Recovering the person in psychology*. London: Gardner.
▲ Denzin, N. Y., & Lincoln, Y. S. (2000). (Eds.). *Strategies of qualitative inquiry*. Thousand Odks, CA: SAGE.

說明：1.參考書目中，編輯書籍之編輯者置於作者的位置，其後附加 (Ed.).（一位編輯者時），或 (Eds.).（二位以上編輯者時）。要留意的是，在括弧後面要有一個句點。
　　　2.請參考範例 6-10「編輯書籍中的文章」編輯者姓名的寫法。

範例 6-9：叢書

中文參考書目

▲林紀東（1988）。**中華民國憲法逐條釋義(一)**（修訂四版）。台北：三
　　民。

▲周志宏（1996）。**「教育基本法」立法必要性之研究**。行政院教育改革
　　審議委員會教改叢刊，BA24。台北：行政院教育改革審議委員會。

▲八十四學年度師範學院教育學術論文發表會論文集 1——初等教育組
　　（1999，11.03）。屏東：國立屏東師範學院。

▲屏東縣立文化中心編印（2000）。**黃冬富畫選集**。屏東縣文化資產叢書
　　175。屏東：作者。

▲教育部國語推行委員會編著（1997）。**重訂標點符號手冊**【線上電子
　　書】。國語文教育叢書3。八十六年三月台灣學術網路三版。台北：
　　教育部。檢索日期：2000.11.30。取自 World Wide Web: http://www.
　　edu.tw/ mandr/clc/dict/htm/hau/main.htm

說明：叢書可由作者一人或數人獨自完成一系列之著作，亦可由某一組織團體或研討
　　　會、座談會、書畫展依發表之主題，分門別類出版論文集或報告。

範例 6-10：編輯書籍中的文章

1. 中文參考書目

▲黃純敏（1999）。教育學文化領域研究之現況與趨勢。收於中正大學教
　　育學研究所主編**教育學研究方法論文集**（頁 235-250）。高雄：
　　麗文。

▲黃宗顯（2000）。從後現代思潮中探索學校行政領導的革新作為。收於
　　中正大學教育學院主編**新世紀的教育展望**（頁 389-405）。高雄：
　　麗文。

2.英文參考書目

▲Polkinghorne, D. E. (1994). Research methodology in humanistic psychology. In F. Wertz (Ed.), *The humanistic movement: Recovering the person in psychology* (pp. 105-128). London: Gardner.

▲Altkinson, P., & Hammersley, M. (1998). Ethnography and participant observation. In N. Y. Denzin, & Y. S. Lincoln (Eds.), *Strategies of qualitative inquiry* (pp. 110-136). Thousand Odks, CA: SAGE.

說明：1. 一位編輯者，用(Ed.), 表示；二位以上的編輯者用(Eds.), 表示，請與範例 6-8 比較。

2. 編輯者姓名的寫法為：先寫名，再寫姓；所引用的參考文章，其作者姓名的寫法為：先寫姓，再寫名。

3. 在論文本文中，只寫出所引用參考文章作者的姓、出版年代及所引用文字的頁數。例如：（Polkinghorne, 1994, p. 110）。

4. 假如是編輯書籍內的一篇或一章文獻，將該篇或章節的作者姓名置於作者的位置，其後寫 In，再寫出編輯者的名字與姓氏。

5. 假如編輯者是某些委員會或大型團體組織時，可在該委員會或團體領導者的後面寫「等」（et al.）是可以被接受的。

6. 編輯書籍內某一篇章節文獻的參考書書目格式：
Author, A. A. (2008). Title of chapter. In E. E. Editor (Ed.), Title of book (pp. xx-xx). Location: Publisher.

7. 假如編輯書籍沒有編輯者姓名時，僅在書名之前寫 In 即可。

8. 所參考的是「取自線上編輯的參考工具書文章」，但沒有標示頁碼時，可以不顯示頁碼。（American Psychological Association, 2010, p. 205）（參考範例 5-6）

9. 在論文文本中引用「編輯書籍中文章」時，應寫出所引用文章的作者姓名、出版年代，及所引用文字段落的出處頁碼，不能寫編輯者的姓名，也不能同時寫所引用文章及編輯者的姓名。

10. 當引用編輯書籍中的文章僅為一頁或為二頁以上，但不是整篇文章的所有頁碼時，在參考書目中仍要寫出所引用文章在該編輯書籍中的起迄頁碼。

11. 其他例子請參考範例 6-15「檢索自編輯並經翻譯的再版書籍文章」及範例 6-16「翻譯成為英文的再刷英文書籍文章」。

範例 6-11：整本書中的文章

1. 中文參考書目

▲張慶勳（1998）。泰北清萊區中國難民華文學校教育聞見思——以滿堂村建華中學爲例。收於作者。**學校教育與行政**（頁 215-224）。高雄：復文。

2. 英文參考書目

▲Sergiovanni, T. J. (2000). School character, school effectiveness. In Author. *The lifeworld of leadership: Creating culture, community, and personal meaning in our school* (pp. 17-34). San Francisco: Jossey-Hall.

說明：作者的專著或非編輯的書籍，其書內的某一章節或文章，用此寫法。

範例 6-12：作者為團體組織的書

1. 中文參考書目

▲淡江大學教育科學研究室編印（1983）。**研究報告之寫作方法與格式**（再版）。台北：作者。

▲教育部訓育委員會編印（1998）。**訓輔法規行政函示選輯**。台北：作者。

2. 英文參考書目

▲American Psychological Association. (1994). *Publication manual of the American Psychological Association* (4th ed.). Washington, DC: Author.

範例 6-13：沒有作者的書

中文參考書目

▲**公共關係——企劃與實踐**（1990）。台北：朝陽堂。

說明：1. 沒有作者的書，以其書名視爲作者，並依書名第一個字的筆劃在參考書目中依序排列。

2. 在論文本文中引用作為參考書目時，則以書名視為作者的姓。例如：（公共關係──企劃與實踐，1990，頁××）。

3. 英文參考書目及在論文本文中引用時，亦比照上述的寫法。

4. 當英文參考書目的作者不明時，則以 Anonymous 視為作者姓名。

範例 6-14：重新影印發行的書

中文參考書目

> ▲**台灣省東港郡要覽**（昭和十三年版）（1985）。東港郡役所編／影印／發行（昭和十四年三月二十日）。台北：成文（民國74年3月台1版）。

範例 6-15：檢索自編輯並經翻譯的再版書籍文章

英文參考書目

> ▲Freud, S. (1953). The method of interpreting dreams: An analysis of a specimen dream. In J. Strachey (Ed. & Trans.), *The standard edition of the complete psychological works of Sigmund Freud* (Vol. 4, pp. 96-121). Retrieved from http://books.google.com/books (Original work published 1900)

說明：本例在文本內文中引用時，寫為：（Freud, 1900/1953）.

範例 6-16：翻譯成為英文的再刷英文書籍文章

英文參考書目

> ▲Piaget, J. (1988). Extracts from Piaget's theory (G. Gellerier & J. Langer, Trans.). In K. Richardson & S. Sheldon (Eds.), *Cognitive development to adolescence: A reader* (pp. 3-18). Hillsdale, NJ: Erlbaum. (Reprinted from *Manual of child psychology*, pp. 703-732, by P. H. Mussen, Ed., 1970, New York, NY: Wiley)

說明：1. 在本例中，翻譯成為英文的英文書籍文章篇名不必置入括弧內，但後面緊接翻譯者的姓名，並置入括弧內。

2. 在論文文本中引用時，寫為：（Piaget, 1970/1988）。（American Psychological Association, 2010, p. 204）

範例 6-17：翻譯成為英文的英文參考工具書

英文參考書目

▲Real Academia Espanola. (2001). *Diccionario de la lengua espanola* [Dictionary of the Spanish language] (22nd ed.). Madrid, Spain: Author.

說明：1. 在本例中，係引用非英文的參考工具書做為文獻，此時要將原始的語言文章列為「篇名」（title），而將翻譯成的英文文章篇名置入括弧內。（American Psychological Association, 2010, p. 205）

2. 本範例取自 American Psychological Association（2010, p. 205）。該資料出處以 (22nd ed.). 表示出版的版次。有關書籍版次的寫法請參考第七章範例 1-4 之說明。

七、定期刊物

範例 7-1：期刊文章

1. 中文參考書目

▲曾榮祥（2000a）。有效推動學校行政革新──「轉化領導」在學校行政中應用之歷程與策略。**學校行政，6**，59-70。

▲曾榮祥（2000b）。「全語言教學」內涵及其在小學國語科應用之淺析。**國教輔導，39**（3），47-50。

▲何福田、張慶勳（1998）。學生事務的經營管理。**學生輔導月刊，58**，96-105。

2. 英文參考書目

▲DiRocco, M. D. (1999). How an alternating-day schedule empowers teachers. *Education Leadership, 56*(4), 82-84.

▲Martin, L., & Kragler, S. (1999). Creating a culture for teachers' professional growth. *Journal of School Leadership, 9*(4), 311-320.

▲Reavis, C. A., Vinson, D., & Fox, R. (1999). Improving a culture of success via a strong principal. *Clearing House, 72*(4), 199-202.

說明：1. 期刊要寫出卷、期。

　　　　2. 定期刊物文章的一般格式為：

　　　　　• 中文參考書目

　　　　　作者 1、作者 2 與作者 3（出版年代）。文章篇名。**期刊名，卷**（期），起
　　　　　迄頁數。

　　　　　• 英文參考書目

　　　　　Author, A. A., Author, B. B., & Author, C. C. (year). Title of article. *Tittle of
　　　　　Periodical*, ××, pp-pp. doi:××.××××××××××

　　　　　（英文期刊若沒有數位物件識別號時則省略 doi 之後的註記）

範例 7-2：大專院校出版的學報或刊物

▲張慶勳、陳世聰（2000）。小班教學精神與統整課程的理念與融合。刊
　　載於國立高雄師範大學教育學系、教育研究學會編印。**教育研究，**
　　8，111-124。

▲張慶勳（1992）。大學校長角色的探討。**屏東師院學報，6，**53-82。

說明：原則上，屬於學術性期刊的文章不必寫出是由哪個單位編印或出版。但假如有其
　　　他同一名稱的刊物，且為區別是由哪個單位出版時，才寫出出版單位名稱。

範例 7-3：整期的期刊

1. 中文參考書目

▲財團法人促進中國現代化學術研究基金會現代化研究社（2000）。**現代**
化研究，24。（2000 年 10 月出版）

2. 英文參考書目

▲Pressley, M., Harris, K. R., & Lundeberg, M. A. (Eds.). (2000, Sep.). *Journal
　of Educational Psychology, 92*(3). by the American Psychological Asso-
　ciation.

▲*Educational Leadership, 57*(3). (1999, Nov.) Association for Supervision and
　Curriculum Development.

說明：1. 介紹整期的期刊，不必寫頁數。

　　　　2. 出版年代依期刊的出版日期，寫出年、月、日。

　　　　3. 作者欄寫出編輯者，未有編輯者時，則以期刊名代表作者名。

範例 7-4：有 DOI 的期刊文章

英文參考書目

> ▲Herbst-Damm, K. L., & Kulik, J. A. (2005). Volunteer support, marital status, and the survival times of terminally ill patients. *Health Psychology, 24*, 225-229. doi: 20.1037/0278-6133.24.2.225

說明：1. 有關 DOI（數位物件識別號）的詳細介紹，請參見第五章。
　　　2. 假如取自網路線上的文章係沒有 DOI 時，可以寫出進入該文章首頁的 URL。

範例 7-5：有 DOI 的線上出版期刊文章

英文參考書目

> ▲Chen, K. S., Shyu, C. S., & Kuo, M. T. (2009). An application of six sigma methodology to reduce shoplifting in bookstore. *Qual Quant*. Advance online publication. doi: 10.1007/s1135-009-9260-9

說明：1. 本期刊論文刊載於 Springer 出版公司所出版之 *Qual & Quant*（質與量）期刊，該期刊有紙本印刷，而本文係 2009.07.18 於線上出版。文章首頁有註記 Publishd online: 18 July 2009，以及出版公司 Springer。其他也註記期刊名、DOI、篇名、作者姓名、作者簡介、摘要等。
　　　2. 假如取自網路線上的文章沒有 DOI 時，可以寫出進入該文章首頁的 URL。
　　　3. 取自網路線上的文章可以不必寫出檢索日期。但所檢索的網址可能會移除，所以本書作者建議仍可保留檢索日期。

範例 7-6：雜誌文章

英文參考書目

> ▲Chamberlin, J., Novotney, A., Packard, E., & Price, M. (2008, May). Enhancing worker well-being: Occupational health psychologists convene to share their research on work, stress, and health. *Monitor on Psychology, 39* (5), 26-29.

說明：雜誌文章參考書目的寫法與期刊文章相同。

範例 7-7：已投稿尚不知是否獲得同意刊登的文章

英文參考書目

▲Ting, J. Y., Florsheim, P., & Huang, W. (2008). Mental health help-seeking in ethnic minority populations: A theoretical perspective. Manuscript submitted for publication.

說明：已投稿尚不知是否獲得同意刊登的文章不寫出投稿的期刊名。

範例 7-8：期刊文章——沒有作者

中文參考書目

▲召開「南師校務發展基金會」董事會（2001）。**南師簡訊，99**。檢索日期：2001.10.25。取自 http://www.ntntc.edu.tw/ ntntc/nttcnews/flow99.html

說明：本範例的格式依序為：
- 文章篇名（本範例的作者不明或沒有作者時，以文章篇名取代作者的欄位）
- 出版年代日期
- 期刊名，卷，期，文章起訖頁數（本範例未寫頁數）
- 檢索精確日期；Retrieved month day, year,
- 取自網路路徑與網址；from the Web path and Web site

範例 7-9：期刊內專列特別議題的文章

▲Reed, C. J., & Llanes, J. R. (2010). Raising standards for tomorrow's principals: Negotiating state requirements, faculty interests, district needs, and best practices. *Journal of Research on Leadership Education, 5*(12.3), 391-417.

▲Reed, C. J., & Llanes, J. R. (2010). *Raising standards for tomorrow's principals: Negotiating state requirements, faculty interests, district needs, and best practices.* Retrieved from ERIC database. (EJ913596)

說明：1. 本篇文章係 *Journal of Research on Leadership Education* 期刊第 5 卷屬於編號第 12 特別議題（Special Issue）的第 3 篇文章。該篇文章首頁有標示 ***October 2010, Volume 5, Number 12.3*** 字樣。
2. 本範例以期刊文章及取自 ERIC 資料庫的寫法並列。
3. 請讀者留意期刊特別在本範例文章首頁的標示「***Number 12.3***」字樣。而在編號第 12 特別議題的第 1 篇文章首頁則另標示有「**Special Issue Introduction**」。

八、學位論文

範例 8-1：未出版的博碩士論文紙本版

中文參考書目

▲張慶勳（1989）。**師範校院官僚、同僚與政治管理模式之研究**（未出版之碩士論文）。國立高雄師範大學教育學系，高雄。

▲張慶勳（1996）。**國小校長轉化、互易領導影響學校組織文化特性與組織效能之研究**（未出版之博士論文）。國立高雄師範大學教育學系，高雄。

說明：本範例係研究者取自圖書館或借閱的論文紙本版。

範例 8-2：從國科會微縮片取得的博碩士論文

中文參考書目

▲周新富（1999）。**國中生家庭背景、家庭文化資源、學校經驗與學習結果關係之研究**。國立高雄師範大學教育學系博士論文（國科會微縮片編號：MOE87-0014-88451004-D）。

▲何淑妃（1996）。**國小校長轉型領導行為與學校組織氣氛之調查研究**。國立新竹師範學院初等教育研究所碩士論文（國科會微縮片編號：MOE84-0122-G8320006）。

說明：目前行政院國家科學委員會已停止出版國內博碩士論文微縮片。但研究者可從圖書館「線上公用目錄」（On-line Public Access Catalogue; OPAC）檢索出國科會的微縮片編號，然後再從圖書館的微縮區中取得該微縮片後影印使用。

範例 8-3：全國博碩士論文資訊網檢索系統的博碩士論文

中文參考書目

▲趙相子（2007）。**充滿希望的客家學校：學校組織在地文化的深耕**（未出版之碩士論文）。國立屏東教育大學教育行政研究所，屏東市。2010.02.21 取自 http://etds.ncl.edu.tw/theabs/site/sh/search_result.jsp

說明：國家圖書館於「全國博碩士論文資訊網」中提供檢索國內博碩士論文系統。該系統依研究生所授權的範圍（如是否有授權電子全文供讀者參考）將論文置放於系統內供查詢。讀者可依該資訊網的查詢指示查詢所需要的目標。例如，在「簡易查詢」中依所需要的「論文名稱」、「研究生」、「指導教授」、「關鍵詞」、「摘要」等逐項或全部項目輸入文字予以查詢，或在「主題瀏覽」中予以查詢。

範例 8-4：從「國際博士論文摘要」取得的博士論文摘要

英文參考書目

▲Lafferty, B. D. (1998). Investigation of a leadership development program: An empirical investigation of a leadership development program. (Doctoral Dissertation, George Washington University, 1998), *Dissertation Abstracts International, 59* (03), 691A. (AAC 9826782 Pro-Quest Dissertation Abstract)

▲Lesney, J. J. (1997). Perceptions of transformational leadership behaviors in selected successful elementary principals. (Doctoral Dissertation, University of Pittsburgh, 1996), *Dissertation Abstracts International, 57* (07), 2773A. (AAC 9637864 Pro-Quest Dissertation Abstract)

說明：1. 在參考書目中寫出，作者姓名、出版年代、篇名、大學校名、學位名稱，在 DAI 中的卷數、頁數，及檢索的途徑。

2. 檢索 DAI 的途徑至少有三種：
   (1)紙本版──參考書目中，只寫到在 DAI 的卷數與頁數。
   (2)光碟版──參考書目中，註明（CD-ROM Dissertation Abstract）。
   (3)網路版──參考書目中，註明（AAC ××××××× Pro-Quest Dissertation Abstract)。

3. 從「國際碩士論文摘要」（Masters Abstract International; MAI）取得的資料，比照本範例的寫法。

範例 8-5：取自特定資料庫的博碩士論文

英文參考書目

▲McNiel, D. S. (2006). *Meaning through narrative: A personal narrative discussing growing up with an alcoholic mother* (Master's thesis). Available from ProQuest Dissertations and Theses database. (UMI No. 1434728)

說明：1. 本範例取自 American Psychological Association. (2010). *Publication manual of the American Psychological Association* (6th ed.). Washington, DC: Author. p. 208.

2. 有關查詢國內外碩士論文的相關網站，可以從圖書館或某一特定的網址進入，連結相關國內外碩博士論文網站或資料庫。例如，作者於 2010.03.26 從屏東教育大學博碩士論文資料庫（http://library.npue.edu.tw/dissertation.html）進去，就可以連結相關國內外碩博士論文網站或資料庫。該網站可見到國內外博

碩士論文相關資料庫網站。例如，全國性博碩士論文資料庫、聯盟博碩士論文資料庫，以及國內大專校院博士論文網站。（由於有些網址及其內容可能會移除或重新整理，所以建議將檢索日期寫出）

3. 其他博碩士論文參考書目的寫法請參閱 American Psychological Association. (2010). *Publication manual of the American Psychological Association* (6th ed.). Washington, DC: Author. pp. 207-208.

九、ERIC 教育資源網

範例 9-1：國際教育資料庫的資料──ED

英文參考書目

▲Leithwood, K., & Jantzi, D. (1999). *The effects of transformational leadership on organizational conditions and student engagement with school.* Retrieved from ERIC database. (ED 432035)

▲Liontos, L. B. (1992). *Transformational leadership.* Retrieved from ERIC database. (ED 347636)

範例 9-2：國際教育資料庫的資料──EJ

英文參考書目

▲Leonard, P. (1999). Understanding the dimensions of school culture: Value orientations and value conflicts. *Journal of Educational Administration and Foundations, 13* (2), 27-53. Retrieved from ERIC database. (EJ 583624)

說明：1. 國際教育資料庫（Education Resources Informational Center; ERIC）的資料來源，主要分成二部分。
　　　(1) ED──發表於學術研討會的報告或專書。
　　　(2) EJ──發表於期刊雜誌的文章。
　　　2. 研究者可從 ED 及 EJ 的編號，在圖書館中檢索微縮片，並予以影印。假如無法取得資料時，則可經由館際合作或國際網路予以檢索。
　　　3. 請參見第五章有關 ERIC 檢索方法與步驟之介紹。

十、研討會報告

範例 10-1：發表於研討會且尚未正式出版的論文

中文參考書目

> ▲張慶勳（2010，10 月）。**兩岸高等教育交流合作模式：以文化學習為切入點**。發表於政治大學教育學院主辦「第七屆兩岸高等教育學術研討會：高等教育與未來社會」。埔里。

說明：1. 引用發表於研討會且尚未正式出版的論文或海報發表的論文，在參考書目中列出研討會所辦理的年代和月份。

2. 本範例的格式如下

未出版 Symposium 的論文集：

Contributor, A. A., Contributor, B. B., Contributor, C. C., & Contributor, D. D. (Year) Title of contribution. In E. E. Chairperson (Chair), *Title of symposium.* Symposium conducted at the meeting of Organization Name, Location.

發表者 A，發表者 B，與發表者 C（年代）。論文題目。主辦單位（主持人），研討會全銜。辦理研討會的組織單位名稱，地點。

未出版的報告或海報發表文章：

Presenter, A. A. (Year, Month). *Title of paper or poster.* Paper of poster session presented at the meeting of Organization Name, Location.

發表者（年代，月份）。論文或是海報發表的題目。發表於某一組織單位所辦理的研討會名稱，地點。

3. 請參閱 American Psychological Association.(2010). *Publication manual of the American Psychological Association* (6th ed.). Washington, DC: Author. pp. 206-207.

範例 10-2：發表於會議和研討會且已正式出版的論文集文章

1. 中文參考書目

> ▲張慶勳（1992，03 月）。美國學校行政互易領導與轉化領導理念之探討及其對我國的啟示。發表於中央研究院歐美研究所主辦「美國教育現狀及趨勢學術研討會」。收於郭實渝主編（1993），**中西教育專題研究**（頁 197-229）。台北。

說明：1. 大多數學術研討會將所發表的報告輯錄成論文集。有的論文集係將所發表的報告，再次請學者專家審查通過後始輯印成冊（如本範例）；有的則直接將所發表的報告輯錄成冊。
　　　2. ERIC 的 ED 部分，有收錄發表於學術研討會的報告及專書。

2. 英文參考書目

▲Katz, I., Gabayan, K., & Aghajan, H. (2007). A multi-touch surface using multiple camereas. In J. Blanc-Talon, W. Philips, D. Popescu, & P. Scheunders (Eds.), *Lecture Notes in Computer Science: 4678. Advanced Concepts for Intelligent Vision Systems* (pp. 97-108). Berlin, Germany: Springer-Verlag. doi: 10.1007/978-3-540-74607-2_9

▲Herculano-Houzel, S., Collins, C. E., Wong, P., Kaas, J. H., & Lent, R. (2008). The basic nonuniformity of the cerebral cortex. *Proceedings of the National Academy of Sciences, USA. 105*(34), 12593-1259598. doi: 10. 1073/pnas.0805417105

說明：1. 會議和研討會論文集的會議紀錄可以用書本或是期刊形式公開出版。引用已公開書本形式的會議紀錄，與引用整本書或是書籍部分章節文章的格式相同（見本範例 1）。若引用的會議紀錄是刊載於定期出版的刊物時，則與引用定期出版期刊的格式相同（見本範例 2）。
　　　2. 請參閱 American Psychological Association.(2010). *Publication manual of the American Psychological Association* (6th ed.). Washington, DC: Author. pp. 206-207.

十一、專案研究與計畫

範例 11-1：國科會專案研究

中文參考書目

▲張慶勳（2009）。**校本文化深耕的策略領導與規劃：學校發展的思維與行動**。申請行政院國家科學委員會專題研究計畫審查中。（條碼編號：98WFA0G00051）

▲張慶勳（2011）。**校本文化深耕的策略領導與規劃：學校發展的思維與行動**。執行中之行政院國家科學委員會專題研究計畫。（計畫編號：NSC 99-2410-H-153-005-MY2）。

▲張慶勳（2009）。**校長領導的反思學習與評鑑**。行政院國家科學委員會專題研究計畫。（計畫編號：NSC97-2410-H-153-004-MY2）。

說明：1.有的研究者將作者所屬學校系所列出。
　　　2.本範例包含申請國科會審查中之專題研究計畫、執行中之研究計畫，以及已完成之成果報告。
　　　3.申請行政院國家科學委員會專題研究計畫審查中的專題研究計畫，國科會會通知申請人確認計畫名稱，並給予「條碼編號」。 如該研究獲核定確立後，該「條碼編號」會改為該研究的「計畫編號」。

範例 11-2：組織團體委託的專案研究

中文參考書目

> ▲林寶貴、黃玉枝、黃桂君、宣崇慧（2009）。**學齡兒童語言障礙評量表指導手冊**。教育部特殊教育工作小組委託研究。
> ▲黃玉枝、林寶貴、李如鵬（2008）。**修訂聽障學生國語文及數學能力測驗第二階段成果報告**。教育部特殊工作小組委託研究。

說明：有些委託的專案研究報告有編號，有的專案研究報告則未編號。

十二、電子媒體

範例 12-1：有標示頁數的網路文獻資料

中文參考書目

> ▲吳耀明（2000）。國小教師班級經營與兒童生活適應關係之研究。**教育研究資訊**，**8**(3)。114-144。23 頁。檢索日期：2001.02.03。取自 World Wide Web: http://websrv.nioerar.edu.tw:8080/89edu/as-bookall.htm, also and http://192.192.169.230/edu_paper/e_doc/g0000213/research8-3-07.doc

說明：雖然本文已在期刊中有刊載，但是本範例係透過網際網路所檢索的資料，其頁數係以電子媒體所呈現的畫面及其頁數為準。要提醒或注意的相關訊息是，本文的電腦畫面僅標示文章篇名、作者名字，而出版期刊的卷期、出版年代則標示在檢索過程的資訊中。為讀者容易查詢及表示論文寫作的嚴謹性，本範例參考書目的寫法依序為：
・作者
・出版年代
・文章篇名

・期刊名，卷，期，文章起訖頁數
・電子媒體中的文章長度（有些電子媒體未列出時，可不寫）
・檢索精確日期；Retrieved month day, year,
・取自網路路徑與網址；from the Web path and Web site

範例 12-2：無標示頁數的網路文獻資料

▲王千倖（1999）。「合作學習」和「問題導向學習」——培養教師及學生的科學創造力。檢索日期：2001.02.07。取自 World Wide Web: http://www.nioerar.edu.tw/basis3/28/gc8.htm

▲Wells, Amy Stuart (1990). *Public School Choice: Issues and Concerns for Urban Educators*. Retrieved February 7, 2001, from the World Wide Web: http://www.ed.gov/databases/ERIC_Digests/ed322275.html

說明：本範例的格式依序為：
　　　・作者
　　　・出版年代
　　　・文章篇名
　　　・檢索精確日期；Retrieved month day, year,
　　　・取自網路路徑與網址；from the Web path and Web site

範例 12-3：取自部落格的郵件

英文參考書目

▲PZ MyersMiddleKid. (2007, January 22). The unfortunate prerequisites and conse-quences of partitioning your mind [Web log post]. Retrieved from http://scienceblogs.com/pharyngula/2007/01/the_unfortunate_prerequisites.php

說明：1. 本範例取自 American Psychological Association. (2010). *Publication manual of the American Psychological Association* (6ᵗʰ ed.). Washington, DC: Author. p. 215. 該範例標題為：Blog post。
　　　2. 本範例的作者係匿名（有些作者係以匿名或綽號為姓名）。
　　　3. 此一範例的格式為：
　　　　　Author. (date). Title. [Web log message]. Retrieved from web site
　　　4. 其他諸如取自線上論壇的評論、電子郵件或影像部落格等的寫法與此一範例相同。僅將[Web log message]. 更改為[Online forum comment]. 或 [Electronic mailing list message]. 或 [Video file]. 即可。

範例 12-4：公告事項

中文參考書目

> ▲屏東縣政府教育處（2010.03.05）。**99 年屏東縣縣長盃樂樂棒球錦標賽競賽規程**。檢索日期：2010.03.07。取自 http://www.ptc.edu.tw/index.php/

說明：本範例的格式依序為：
- ·作者即是公告主體
- ·公告日期
- ·公告主題
- ·檢索精確日期；Retrieved month day, year,
- ·取自網路路徑與網址；from the Web path and Web site（若有網路路徑則寫出該路徑，如無該路徑則不必寫出）

範例 12-5：期刊文章──有作者

中文參考書目

> ▲張慶勳（2005）。教育研究方法：理論、研究與實際的融合。**屏東教育大學學報，23**，1-29。2010.03.13。取自 http://www.npue.edu.tw/adm/research/default.htm

說明：本範例的格式依序為：
- ·作者
- ·出版年代
- ·文章篇名
- ·〔電子型式〕。（〔Electronic version〕.）（APA 第五版所列出者，研究者可參考使用）
- ·期刊名，卷，期，文章起訖頁數
- ·檢索精確日期；Retrieved month day, year,
- ·取自網路路徑與網址；from the Web path and Web site（若有網路路徑則寫出該路徑，如無該路徑則不必寫出）

範例 12-6：獨立性的資料（作者不明）

英文參考書目

▲*Electronic reference formats recommended by the American Psychological Association.* (rev. ed.). (2001, January 10). Washington, DC: American Psychological Association. Retrieved January 30, 2001, from the World Wide Web: http://www.apa.org/journals/webref.html

說明：1. 本範例雖然係由美國心理協會所出版，並由該協會所建議與提供資訊，但是在網址上所呈現的資料並未標示作者，因此該協會視為引用電子媒體中，作者不明或沒有作者的的獨立性資料。

　　　2. 本範例的格式依序為：
　　　　‧作者（本範例沒有明示作者，故以文章篇名取代作者欄位）
　　　　‧出版日期
　　　　‧出版地：出版者
　　　　‧檢索精確日期；Retrieved month day, year,
　　　　‧取自網路路徑與網址；from the Web path and Web site（若有網路路徑則寫出該路徑，如無該路徑則不必寫出）

範例 12-7：期刊文章光碟版

中文參考書目

▲張慶勳（2001）。學習型學校組織文化與領導。**學校行政，14**，29-41（中華民國學校行政研究學會發行。CD-ROM, IFPILE93, D004320）。

說明：1. 有些期刊以光碟版發行，而非用紙本版。
　　　2. 本範例之期刊自第 14 期起改以光碟版發行。
　　　3. 本範例之格式第一部分與紙本版期刊文章的寫法相同。圓括號內註明發行單位及編號。

範例 12-8：線上電子書

中文參考書目

▲教育部國語推行委員會編著（1997）。**重訂標點符號手冊**〔線上電子書〕。國語文教育叢書 3。1997 年 3 月台灣學術網路三版。台北：教育部。檢索日期：2000.11.30。取自 World Wide Web: http://www.edu.tw/mandr/clc/dict/htm/hau/main.htm

▲朱仕玠（年代不詳）。**小琉球漫誌**〔線上電子書〕。台灣文獻叢刊 3。2010.03.06。取自 http://library.npue.edu.tw/

說明：1. 線上電子書的格式依序如下：
- 作者（出版年代）（若無法查出版年代，則寫「年代不詳」）
- 著作名稱〔線上電子書〕〔on-line book〕
- 叢書的性質（若有標示時寫出，若未標示時可省略）
- 註明學術網路版次（未標示時可省略）
- 出版地：出版者（有些資料在網路上有標示製作者或版權所有者）
- 檢索精確日期；Retrieved month day, year,
- 取自網路路徑與網址；from the Web path and Web site

2. 本範例文獻依所進入的特定單位或網站選擇所需要的電子書。例如第二本文獻係由特定的網站進入，該文獻從屏東教育大學圖書館（http://library.npue.edu.tw/）進入，依序為點選電子資源——電子書——電子資料庫——台灣文獻叢刊——「台灣文獻叢刊」簡介（列有各種「台灣文獻」相關書籍）——選取「會員登入」——顯示各種「台灣文獻」相關書籍——點選所需要的電子書（例如，選取朱仕玠著《小琉球漫誌》）。該電子書為記載出版年代。

範例 12-9：線上電子報

中文參考書目

▲灑下閱讀的種子（2010.03.05）。國立屏東教育大學圖書館電子報。2010.03.22。取自 http://blog.npue.edu.tw/newsletters/index.php? volume=6

說明：本範例沒有作者也沒有頁碼，故以篇名「灑下閱讀的種子」寫在作者欄位。另作者欄位之後為出版年月日。最後寫出取自的網址。

範例 12-10：電腦程式、軟體或程式語言

中文參考書目

▲陳會安（2000）。**ASP 網頁製作徹底研究**〔軟體手冊〕。台北：旗標。

▲李勁、謝兆陽（2000）。**資料庫設計與系統管理**〔SQL SEVER 7.0〕。
　　台北：文魁。

▲楊文誌（國立屏東師範學院圖書館，索書號 312.93　1722v-4）。**深入**
　　LINUX 建構與管理〔軟體手冊〕。台北：旗標。

說明：1. 本範例的格式依序為：
　　　　・作者（若無作者或版權所有者，以電腦程式、軟體或程式語言的名稱為作
　　　　　者）
　　　　・出版年代
　　　　・電腦程式、軟體或程式語言的名稱（若從網路中取得者，不必劃底線）
　　　　・資料來源用〔電腦程式〕、〔電腦軟體〕、〔軟體手冊〕等表示之
　　　　・出版地：出版者（或製作該作品的機構全銜與地點）
　　　　・附帶的檢索資訊：如（版本編號）
　　　2. 本範例請參閱：American Psychological Association. (2010). *Publication manual*
　　　　of the American Psychological Association (6th ed.). Washington, DC: Author. pp.
　　　　210-211.

十三、視聽媒體

範例 13-1：教學錄影帶

中文參考書目

▲**程式語言**〔教學錄影帶〕（？）。出版者不詳：出版地不詳。國語發
　　音，無字幕，與輸出入技巧；檔案結構；作業系統合錄。國立屏東
　　師範學院圖書館，索書號 312.93 1722 v-4。

▲**韻律健美操教學**〔教學錄影帶〕。（？）。上易有限公司〔錄製〕。台
　　北：上易。（日語發音，無字幕。國立屏東師範學院圖書館，索書
　　號 976.56 2160-1 v.2）。

▲福井烈（？）。**網球訓練**〔教學錄影帶〕。台北：上易。國語發音，無字
　　幕。國立屏東師範學院圖書館，索書號 528.952 2160-1 v.1。

▲**小小科學家——自然科之旅**〔台視節目卡式錄影帶〕（？）。成長與學
　　習教學錄影帶第 7 輯。台灣省政府教育廳監製，台視文化公司製作
　　發行。（國立屏東師範學院圖書館，索書號 AV/VT 521.4 4302-1 v.7）。

▲國民學校教師研習會（2001）。**國民小學運動教育教學錄影帶**〔錄影資
　　料〕。李鴻亮製作。吳清基發行。台北縣：作者。

說明：1.本範例的格式依序為：
- 作者——作者不詳或沒有作者時，以錄影帶名稱列為作者
- 出版年代——若出版年代不詳時，以所蒐集到的資料之註記為準。例如：本範例從圖書館所查到的資料，於出版年代中記載為：「？」
- 錄影帶內容的名稱——類似文章篇名
  錄影帶種類，例如：〔教學錄影帶〕或〔卡式錄影帶〕
- 錄製／製作相關單位／人員
- 出版地：出版者
- 附加資訊——為便於查詢，可附加圖書館查詢相關資訊或其他訊息，並用圓括號圍住，此項亦可省略
2.有些圖書館館藏目錄中會說明錄影帶是否能外借或僅在該館內或視聽教室內觀看。

範例 13-2：投影片／幻燈片

中文參考書目

> ▲**嬰幼兒與學齡兒童的發展與輔導**〔投影片〕。台灣省政府教育廳監製。（1989）。省立台南師範學院設計製作，省立新竹師範學院審查複製。（國立屏東師範學院圖書館，索書號 523.1 0022）。
>
> ▲張慶勳（2000）。**小班教學精神之理念與實務**〔投影片〕。屏東縣國民中小學八十九學年度推行小班教學精神計畫研習會演講資料。

說明：本範例的格式依序為：
- 作者——作者不詳或沒有作者時，以投影片／幻燈片名稱列為作者
- 出版年代
- 投影片或幻燈片內容的名稱——類似文章篇名
  〔投影片或幻燈片〕
- 錄製／製作相關單位／人員——若無此項時可省略
- 出版地：出版者——若無此項時可省略
- 附加資訊——為便於查詢，可附加圖書館查詢相關資訊或其他訊息，並用圓括號圍住，此項亦可省略

範例 13-3：微軟視窗簡報軟體

中文參考書目

> ▲張慶勳（2001）。**九年一貫・數字迷思**〔微軟視窗簡報軟體〕。屏東縣國民中小學八十九學年度推行小班教學精神計畫研習會演講資料。

說明：本範例的格式依序為：
- 作者——作者不詳或沒有作者時，以簡報名稱列為作者
- 出版年代——若出版年代不詳時，以所蒐集到的資料之註記為準
- 微軟視窗簡報內容的名稱——類似文章篇名
  〔微軟視窗簡報軟體〕——即是 Microsoft Power Point
  錄製／製作相關單位／人員——若無此項時可省略
- 出版地：出版者——若無此項時可省略
- 附加資訊——為便於查詢，可附加圖書館查詢相關資訊或其他訊息，並用圓括號圍住，此項亦可省略

範例 13-4：專題演講錄影帶

▲Broderius, B. W.（講述者）（？）。**美國義務教育的過去、現在、未來**〔學術演講錄影帶〕。國立教育資料館錄製／發行。（國立屏東師範學院圖書館，索書號 AV/VT 526.8952 4062）。

說明：本範例的格式依序為：
- 主講者／講述者姓名（主講者／講述者；Speaker）
- 出版年代——若出版年代不詳時，以所蒐集到的資料之註記為準
- 演講題目——類似文章篇名
  〔錄影帶種類的名稱〕
- 錄製／製作相關單位／人員——若無此項可省略
- 出版地：出版者——若無此項可省略
- 附加資訊——為便於查詢，可附加圖書館查詢相關資訊或其他訊息，並用圓括號圍住，若不需要此項亦可省略

範例 13-5：專題演講錄音帶

英文參考書目

▲Costa, P. T. Jr. (Speaker). (1988). *Personality, continuity, and changes of adult life* (Cassette Recording No. 207-433-88A-B). Washington, DC: American Psychological Association.

說明：本範例的格式依序為：
- 主講者／講述者姓名（主講者／講述者；Speaker）
- 出版年代——若出版年代不詳時，以所蒐集到的資料之註記為準
- 演講題目——類似文章篇名
  （錄音帶種類的名稱）——例如：（Cassette Recording）。若為便於查詢，須

寫出錄音帶的編號時，其寫法用圓括號圍住，例如本範例中的（Cassette Re-
cording No. 207-433-88A-B）即是錄製／製作相關單位／人員——若無此項
可省略

* 出版地：出版者——若無此項可省略
* 經銷商的名稱與地點——若無此項可省略
* 附加資訊——為便於查詢，可附加圖書館查詢相關資訊或其他訊息，並用圓括
號圍住，若不需要此項亦可省略

範例 13-6：影像碟片

▲新視紀整合行銷傳播股份有限公司（製作）（2009.06.30）。**中小學辦**
理教師專業發展評鑑參考流程與實例〔中小學辦理教師專業發展評
鑑宣導片；DVD〕。台北：教育部。

▲American Psychological Association. (Producer). (2000). *Responding thera-*
peutically to patient expressions of sexual attraction [DVD]. Available
from http://www.apa.org/videos/

說明：1. 本範例的第一筆參考書目之格式依序為：
* 製作單位／人——製作單位／人不詳或沒有製作單位／人時，以專題／名稱
列為製作單位／人
* 出版年代——若出版年代不詳時，以所蒐集到的資料之註記為準
* 片名：此一片名記載於影像碟片的封面簡介中
* 主題：此一主題記載於影像碟片的封面簡介中
* DVD
* 出版地：出版者——若無此項時可省略

2. 本範例的第二筆參考書目之格式依序為：
* 製作單位／人——製作單位／人不詳或沒有製作單位／人時，以專題／名稱
列為製作單位／人
* 出版年代——若出版年代不詳時，以所蒐集到的資料之註記為準
* 片名或主題
* DVD
* 取自視聽媒體網址〔本範例請參閱：American Psychological Association.
(2010). *Publication manual of the American Psychological Association* (6th ed.).
Washington, DC: Author. p. 209. 〕

3. 其他取自諸如部落格影音、音樂CD、電視影集中的某一集，或是線上資料等
視聽媒體之寫法，請參見 American Psychological Association. (2010). *Publica-*
tion manual of the American Psychological Association (6th ed.). Washington, DC:
Author. pp. 209-210.

十四、評論

範例 14-1：書評

▲Baumeister, R. F. (1993). Exposing the self-knowledge myth〔Review of the book *The self-knower: A hero under control*〕. *Contempary Psychology, 38*, 466-467.

▲歐宗智（2000）。靈魂在傑作中尋幽訪勝——評介沈謙《林語堂與蕭伯納》〔書評：**林語堂與蕭柏納**〕。**書評，44**。檢索日期：2001.02.08。取自 World Wide Web：

http://public1.ptl.edu.tw/publish/bookevlu/49/content.html

▲詹悟（2000）。心靈的行跡〔書評：**絲路上的梵歌**〕。**書評，48**，19-23。

▲洪如玉（2000）。探索生命之奧妙——《大腦小宇宙》評介〔書評：**大腦小宇宙**〕。**書評，49**。檢索日期：2001.02.08。取自 World Wide Web：http://public1.ptl.edu.tw/publish/bookevlu/49/content.html

說明：1. 本範例的格式依序為
　　　　・作者
　　　　・出版年代
　　　　・評論名稱（title of the review）——若評論尚未有名稱，則以被評論的書名代替評論名稱，並保留〔Review of the book〕或〔書評〕
　　　　・〔Review of the book title of the book〕或〔書評：被評論的書名〕
　　　　・書評的出處
　　　2. 本範例第二筆參考書目係檢索自網路的資料，因未標示頁數，故未寫出頁數。若是取自紙本版時，則要寫出頁數（如第三筆範例）
　　　3. 其他諸如影像以及在文章中的同儕評論之寫法，請參見：
　　　American Psychological Association. (2010). *Publication manual of the American Psychological Association* (6th ed.). Washington, DC: Author. p. 209.

十五、其他

範例 15-1：報紙文章

1. 中文參考書目

▲落實教育基本法：期望教改工作無負後代子孫（2000.06.02）。**聯合報**
（社論）。第 2 版。

▲田長霖（1997.12.08）。大學自由化民主化。**聯合報**（「世紀訪談」系
列紀錄）。第 3 版。

▲吳英明（2000.01.04）。營造一個富動感力的時代。**中國時報**。第 18
版。

說明：1. 報紙文章沒有作者時（如社論），以文章篇名視為作者。

2. 有投稿者或記者撰寫的報紙文章，以投稿者或記者為作者。

3. 刊載於報紙之紙本版的文章，寫出其刊載的版面，例如，第 3 版。若是不同版
面時，則寫：第 3-4 版（連續性版面者），第 3、5、6 版（非連續性版面
者）。

2. 英文參考書目

▲Preschools may be OK'd to hire foreign teacher (2000.12.12). *China Post*. p. 19.

▲Philip Yang (2000.12.16). Consciously revising our cross-strait policies. *Taipei Times*. p. 8.

▲Yen Chen-Shen (2000.11.29). Combating sexual predators on campus. *Taipei Times*. [Online]. Available: http://www.taipeitimes.com/news/2000/11/29/dept/edit/（2000.11.29）

▲New high school entrance system replaces exams. *Taipei Times*. [Online]. Available: http://www.taipeitimes.com/news/2000/11/01/story/0000059477/（2000.11.01）

說明：1. 英文報紙的版次以 p.（單一版面）及 pp.（二個版面以上）表示。

2. 二個版面以上，且是連續性的版面時，寫法是：pp. 1-2, 4-5；若是非連續性的
版面時，寫法是：pp. 3, 5, 7-8。

3. 頁數（即是版面）之間用 "，" 隔開。

範例 15-2：學校簡介／簡報

中文參考書目

▲ 高雄縣永芳國民小學（2000.05.23）。**永芳國民小學校務概況簡報**。高雄縣八十八學年度國民中小學校務評鑑。
▲ 國立屏東師範學院初等教育學系編印（1999）。**國立屏東師範學院初等教育學系概況**。

範例 15-3：教師上課講義

中文參考書目

▲ 張慶勳彙編（2000）。**教育基本法研討主題**。國立屏東師範學院八十九學年度第一學期。國民教育研究所教育學碩士班。「教育法規研究」教學講義。

範例 15-4：學生學期報告

中文參考書目

▲ 蔡文正（2000）。**論學校公共關係**。國立屏東師範學院八十九學年度第一學期。國民教育研究所學校／教育行政碩士班。「學校公共關係」學期報告。

範例 15-5：百科辭典

中文參考書目

▲ 教育百科辭典編審委員會主編（1994）。**教育百科辭典**。台北：五南。

範例 15-6：簡訊／通訊

中文參考書目

> ▲鄔宏潘主編（2000.06.20）。**生命科學簡訊**。第 14 卷，第 6 期。行政院
> 國家科學委員會生物科學發展處。
> ▲臺灣大學政治學系（2000）。**中國大陸研究教學通訊**。第 40 期。（2000
> 年 9 月）

範例 15-7：政府公報

中文參考書目

> ▲**行政院公報**（2000.11.08）。第 6 卷，第 45 期。
> ▲**教育部公報**（2000.09.30）。第 310 期。

範例 15-8：會議紀錄

中文參考書目

> ▲國立屏東師範學院（2000.11.04）。**國立屏東師範學院八十九學年度第
> 一學期第一次校務會議紀錄**。

範例 15-9：統計報告

中文參考書目

> ▲教育部統計處（1999）。**部長與全國教師代表「跨世紀教育對談」調查
> 問卷統計結果摘要**。台北：作者。

範例 15-10：計畫書-1

中文參考書目

> ▲國立屏東師範學院編印（2000.03.31）。**國立屏東師範學院八十九學年**
> **度申請改名國立屏東教育大學或國立屏東大學計畫書**。屏東：作
> 者。
> ▲教育部（1999）。**教育部八十九年度推動教育優先區計畫**。台北：作
> 者。

範例 15-11：計畫書-2

中文參考書目

> ▲黃冬富主持（2009）。**98 學年度教育部卓越師資培育獎學金試辦計畫**
> **（計畫申請書）**。國立屏東教育大學。
> ▲劉慶中主持（2010）。**教育部辦理補助培育教師海洋知能及教材發展計**
> **畫（B 類計畫申請書）**。國立屏東教育大學。

說明：本範例所列作者姓名為「計畫主持人」。第二例中含「共同主持人」與「偕同主
持人」，但在作者欄中僅寫出「計畫主持人」即可。

範例 15-12：研習會手冊

中文參考書目

> ▲屏東縣政府主辦（1999.11.10）。**屏東縣八十八學年度發展小班教學精**
> **神計畫教師研習會手冊**。

範例 15-13：專題演講

> ▲王如哲（2001.11.05）。**學校行政與管理的新途徑**。國立屏東師範學院
> 國民教育研究所。教育議題研究專題演講。

▲黃駿（2000.12.20）。**文化研究與本文分析**。國立屏東師範學院國民教育研究所「教育社會學研究課程」專題演講。

▲張慶勳（2010.03.02）。**校務發展策略與評鑑**。「99 年高雄縣國中小校長儲訓班」專題演講。高雄：青年國中。

▲Mclaren, P. (2000, November 29)。*Teaching against globalization and the new imperialism towards a revolutionary pedggogy*。國立屏東師範學院演講稿。

說明：1. 專題演講參考書目的要素宜包括：

　　(1)演講者姓名

　　(2)確實時間（含年月日）──在本國時，用（2000.11.29）；國外演講者不論在我國或在國外演講時，用（2000, November 29）

　　(3)演講題目──用劃底線表示；若無用劃底線時，可用斜體字或粗黑體字呈現。

　　(4)演講的場合──如各種研討會、講座；教師上課受邀請的專題演講；針對某一主題的系列演講……等。

　　(5)演講地點

　　2. 研究者可從演講者的演講稿、口頭報告、各種輔助教材（如統計表、投影片、影像碟片、簡報檔案等）所呈現的參考資料，作為參考之依據。

參考書目

中文部分

王文科（2001）。**教育研究法**（六版一刷）。台北：五南。

王明傑、陳玉玲編譯（1999）。American Psychological Association 出版。**美國心理協會出版手冊**（中譯二版）（*Publication Manual of the American Psychological Association*, 4ᵗʰ ed.）。台北：雙葉。

王明傑、陳玉玲編譯（2004）。American Psychological Association 出版。**美國心理協會出版手冊：論文寫作格式**（五版）（*Publication manual of the American Psychological Association*, 5ᵗʰ ed.）。台北：雙葉。

伍麗華（1998）。**說媽媽的故事**。屏東：財團法人國立屏東師範學院教育基金會。

朱浤源主編（1999）。**撰寫博碩士論文實戰手冊**。台北：正中。

吳和堂（2009）。**教育論文寫作與實用技巧**（第二版）。台北：高等教育。

吳明清（2000）。**教育研究──基本觀念與方法分析**（初版十四刷）。台北：五南。

吳明隆（2000）。**SPSS 統計應用實務**（初版二刷）。台北：松崗。

吳政達（1996）。APA 第四版出版格式──本文中參考書目之引用。**研習資訊，13**（5），63-67。

吳政達（1999）。網路資料的引用：APA 第四版格式的延伸。**研習資訊，16**（6），76-79。

吳美美、楊曉雯（1999）。**圖書館的利用──高中高職篇**。台北：國家圖書館。

宋楚瑜（1980）。**學術論文規範**（增訂一版）。台北：正中。

李金泉（1995）。**SPSS/PC⁺ 實務與應用統計分析**（初版六刷）。台北：松崗。

林天祐（1996）。認識 APA 格式。**教育資料與研究，11**，53-61。

林天祐（2001）。APA 格式增訂事項——網路等電子化資料引用及參考文獻的寫法。**教育資料與研究，39**，44-48。

林清山（1999）。**心理與教育統計學**（初版九刷）。台北：東華。

屏東縣立文化中心編印（2000）。**黃冬富畫選集**。屏東縣文化資產叢書175。屏東：作者。

國立屏東師範學院（1995）。**論文寫作手冊**。屏東：作者。

張芳全（2010）。**論文就是要這樣寫**（第二版）。台北：心理。

張春興（1989）。**現代心理學**。台北：東華。

張春興（1998）。**張氏心理學辭典**（二版四刷）。台北：東華。

張慶勳（1989）。**師範校院官僚、同僚與政治管理模式之研究**。國立高雄師範大學教育研究所碩士論文（未出版）。

張慶勳（1996）。**國小校長轉化、互易領導影響學校組織文化特性與組織效能之研究**。國立高雄師範大學教育研究所博士論文（未出版）。

張慶勳（2001）。**國小校長轉化互易領導影響學校組織文化特性與組織效能之研究**。高雄：復文。

淡江大學教育科學研究室編印（1983）。**研究報告之寫作方法與格式**（再版）。淡水：作者。

淡江大學覺生紀念圖書館編印（2000）。**蒐集資料的方法**（第四版）。淡水：作者。

畢恆達（2005）。**教授為什麼沒告訴我**。台北：學富。

莊勝義（1989）。**台灣地區高級中等教育機會均等問題之研究**。國立高雄師範學院教育研究所碩士論文（未出版）。

郭生玉（1998）。**心理與教育研究法**（第八版）。台北：精華。

郭崑謨、林泉源（2000）。**論文及報告寫作概要**。台北：五南。

陳世聰（2001）。**屏東縣國小校長轉化、互易領導與學校效能之研究—**

　　—以發揮小班教學精神為指標。國立屏東師範學院國民教育研究所碩士論文（未出版）。

陳正昌（2000）。**行為及社會科學統計學**。台北：巨流。

陳枝烈（1997）。從多元文化教育觀點發展小學社會科原住民鄉土教材——以排灣族為例。載於陳枝烈著。**台灣原住民教育**（頁87-150）。台北：師大書苑。

陳枝烈（1999）。**多元文化與教育**。高雄：復文。

陳嘉惠（2001）。**國小教師轉化、互易領導與學生文化關係之研究**。國立屏東師範學院國民教育研究所碩士論文（未出版）。

葉至誠、葉立誠（2000）。**研究方法與論文寫作**。台北：商鼎。

廖慶榮（2001）。**研究報告格式手冊**（三版五刷）。台北：五南。

歐滄和、李茂能編著（1985）。**社會科學研究法辭典**。高雄：復文。

潘聖明（2001）。**國小學生家長與教師對家長教育選擇權認知之研究**。國立屏東師範學院國民教育研究所碩士論文（未出版）。

潘慧玲編著（2004）。**教育論文格式**。台北：雙葉。

蔡今中（2009）。**如何撰寫與發表社會科學論文：國際刊物指南**。北京：北京大學。

蔡今中（2010）。**社會科學研究與論文寫作：成功發表秘笈**（第三版）。台北：高等教育。

蔡如清（2001）。**地方教育審議委員會功能與運作之研究**。國立屏東師範學院國民教育研究所碩士論文（未出版）。

蔡清田（2010）。**論文寫作的通關密碼：想畢業？讀這本**。台北：高等教育。

盧建旭（2000）。文獻評論。載於朱浤源主編。中華科際整合研究會合編。**撰寫博碩士論文實戰手冊**（初版二刷）（頁93-120）。台北：正中。

賴伯勇（1998）。網路文獻的引用初探。**教育資料與研究，23**，41-50。檢索日期：2000.11.20。取自 World Wide Web：http://www.nmh.gov.tw/

edu/basis3/23/gx8.htm

顏火龍（2000）。APA格式在我國學術研究的應用。國立台南師範學院。
初等教育學報，13，1-62。

英文部分

American Psychological Association. (1994). *Publication manual of the American Psychological Association* (4ᵗʰ ed.). Washington, DC: Author.

American Psychological Association. (2001a). *Publication manual of the American Psychological Association* (5ᵗʰ ed.). Washington, DC: Author.

American Psychological Association. (2001b). *APA Style.* Retrieved November 25, 2001. from http://www.apastyle.org/

American Psychological Association. (2010). *Publication manual of the American Psychological Association* (6ᵗʰ ed.). Washington, DC: Author.

Best, J. W., & Kahn, J. V. (1986). *Research in education* (5ᵗʰ ed.). New York: Prentice-Hall.

Electronic reference formats recommended by the American Psychological Association. (rev. ed.). (2000, September 5). Washington, DC: American Psychological Association. Retrieved December 16, 2000, from the World Wide Web: http://www.apa.org/journals/ webref.html

Electronic reference formats recommended by the American Psychological Association. (rev. ed.). (2001, January 10). Washington, DC: American Psychological Association. Retrieved January 30, 2001, from the World Wide Web: http://www.apa.org/journals/webref.html

Gall, M. D., Borg, W. R., & Gall, J. P. (1996). *Educational research: An introduction* (6ᵗʰ ed.). New York: Longman.

Gay, L. R. (1996). *Educational research: Competencies for analysis and application* (5ᵗʰ ed.). Columbus, Ohio: Prentice Hall.

McMillan, J. H., & Schumacher, S. (1989). *Research in education: A conceptual introduction* (2nd ed.). Glenview: Scott, Foreman and Company.

Vockell, E. L., & Asher, J. W. (1995). *Educational research* (2nd ed.). New Jersey: Englewood Cliffs.

Wiersma, W. (1991). *Research methods in education* (5th ed.). Boston: Allyn & Bacon.

附　錄

APA 格式簡介

壹、APA 格式的內涵

一、APA 格式是什麼

APA 格式是指美國心理協會（American Psychological Association; APA）所出版的出版手冊（Publication Manual）中，有關投稿該協會所屬期刊所必須遵守的規定而言。由於該手冊詳細規定文稿的架構、文字、圖表、參考書目、數字、符號、打字排版……等的格式，國內學術界通稱為「APA 格式」，若強調版次時，則稱為「APA（格式）第六版」。

二、美國心理協會出版手冊──版次年代

第一版──1944 年　　　第二版──1974 年
第三版──1983 年　　　第四版──1994 年
第五版──2001 年　　　第六版──2010 年

貳、APA 格式的適用對象

APA 格式主要係為投稿 APA「期刊」（journal）或與 APA 有關的定期刊物（periodical）而使用的「原稿」手稿（"copy" manuscript），而不是碩、博士論文及學生報告的「最後或期末」定稿（"final" manuscript）。一般而言，碩博士論文的格式，因各系、所或學校而有各自的要求，APA 期刊並不接受碩、博士論文的格式。

通常使用 APA 格式者，包括下列學科領域或研究者：

・心理學　・社會學　・經濟學　・刑事學　・教育研究者
・醫護界　・商業界　・社會工作者

參、APA 第六版的主要內容架構

APA 第六版的主要內容架構，依章名序列如下表：

表 1　APA 第六版的主要內容架構表

List of Tables and Figures

Foreword

Preface

Editorial Staff

Introduction

Organization of the Sixth Edition

Specific Changes in the Sixth Edition

How to Use the *Publication Manual*

Chap1 Writing for Behavioral and Social Science

Chap2 Manuscript Structure and Content

Chap3 Writing Clearly and Concisely

Chap4 The Mechanics of Style

Chap5 Displaying Results

Chap6 Crediting Sources

Chap7 Reference Examples

Chap8 The Publication Process

Appendix: Journal Article Reporting Standards (JARS),
　　　　　Meta-Analysis Reporting Standards (MARS), and
　　　　　Flow of Participants Through Each Stage of an
　　　　　Experiment or Quasi-Experiment

References

Index

APA 第六版新增內容與重點簡介

第一章

由於倫理議題的重要性影響科學研究的結果，因此在本手冊的一開始就討論研究倫理的議題與幾個相關的重要主題。例如，在文本中如何引用他人的文獻，以及著作權的保護、是否造成抄襲剽竊別人著作行為、確保他人研究的效度等相關議題，在第一章中予以討論。

第二章

為協助讀者在研究實務上有更精準、更正確的作法，在第二章中，本手冊提供構成一篇完整的期刊論文應具有的基本架構與要素，以及每一單元的核心要素和如何呈現的方式與重點。例如，本章提出完整的期刊論文包含作者的姓名與註解、摘要、導論、研究方法、研究結果、討論（可包含結論）、參考書目、附註等。同時在章節末尾則新增了 APA 格式的範例供讀者參考。

第三章

第三章有兩個明顯改變的領域，首先是將 APA 格式的標題寫法予以簡化，以利於與電子出版資料相互連結；第二是為了能減少語言上的誤差，以及反映目前的慣例和偏好，本手冊提供一些更新後的示例。新增章節包括將過去不太恰當的字詞，依照現在的標準都已給予改正，且增加提供恰當和不恰當的語言選擇範例，同時也上傳至網路，方便大家取得，這樣比較容易做線上更新。

第四章

第四章主要包含諸如標點符號、拼字、大小寫、縮寫、公制單位、

統計與評量表格、數學方程式等。新增加內容包括紀錄推論統計數據的指引，和改編後的統計摘要表。如何運用輔助檔案處理冗長的數據和其他媒介等內容也包括在裡面。

第五章

第五章主要是在呈現圖表的形式，並增加取自影像、生理學和其他生物學相關電子資料範例。

第六章

第六章強調如何引用他人的文獻，包含內文引用字數多寡的寫法、是否將研究結果再轉化為引用者的段落文字（citation），或將原作者的文字一字不漏的引用，並給予格式化（如用引號作為區別）（quotation），以及在文章最後列出參考書目（reference）〔（而不用「參考文獻」（bibliography）〕的排列方法等。同時也明顯增列取自諸如「數位物件識別碼」（digital object identifier）電子資訊來源的討論與方法。

第七章

為強調讓讀者適應第六章所提及的電子資料所帶來的改變，第七章增加一些新的引用文獻範例。新的範例新增許多線上資訊，例如，從資料設定、測量工具到軟體，以及線上論壇所引用的文獻寫法都包含在內。

第八章

第八章將過去的版本予以修訂，而更聚焦在出版過程，以及減少著重在 APA 的政策和程序說明。例如，包括同儕評論（peer review）的功能和過程，對於出版倫理、合法性和政策的必備條件等的討論，以及當文章發表於媒體時，如何與出版商協調的指引，都是討論的重點。

肆、APA 所屬相關期刊

　　APA 主要有下面 26 種期刊及 6 種有關的定期刊物，且每種期刊或刊物都有其特定的編輯政策方針及說明。因此投稿者須符應各種期刊或刊物之規定。

一、APA 期刊

(一)《美國心理學家》（American Psycholopist）

(二)《行為的神經科學》（Behavioral Neuroscience）

(三)《當代心理學》（Contemporary Psychology）

(四)《發展心理學》（Developmental Psychology）

(五)《實驗和臨床心理藥物學》（Experimental and Clinical Psychopharmacology）

(六)《健康心理學》（Health Psychology）

(七)《變態心理學期刊》（Journal of Abnormal Psychology）

(八)《應用心理學期刊》（The Journal of Applied Psychology）

(九)《比較心理學期刊》（Journal of Comparative Psychology）

(十)《診斷和臨床心理學期刊》（Journal of Consulting and Clinical Psychology）

(十一)《諮商心理學期刊》（Journal of Consulting Psychology）

(十二)《教育心理學期刊》（Journal of Educational Psychology）

(十三)《實驗心理學期刊：一般》（Journal of Experimental Psychology : General）

(十四)《實驗心理學期刊：動物行為過程》（Journal of Experimental Psychology: Animal Behavior Process）

(十五)《實驗心理學期刊：應用》（Journal of Experimental Psychology: Applied）

(十六)《實驗心理學期刊：人類知覺和行為表現》（Journal of Experimental Psychology: Human Perception and Performance）

(十七)《實驗心理學期刊：學習、記憶和認知》（Journal of Experimental Psychology: Learning, Memory, and Cognition）

(十八)《家庭心理學期刊》（Journal of Family Psychology）

(十九)《人格和社會心理學期刊》（Journal of Personality and Social Psychology）

(二十)《神經心理學》（Neuropsychology）

(二一)《專業心理學：研究和實際》（Professional Psychology: Research and Practice）

(二二)《心理評量》（Psychological Assessment）

(二三)《心理學報導》（Psychological Bulletin）

(二四)《心理學評論》（Psychological Review）

(二五)《心理學和老化》（Psychology and Aging）

(二六)《心理學、公共政策和法律》（Psychology, Public Policy, and Law）

二、與 APA 期刊有關的定期刊物

(一)《臨床醫生研究文摘》（Clinicians Research Digest）

(二)《心理學摘要資訊服務》（Psychology Abstracts Information Services, PsycINFO）

(三) PsycLIT 和 ClinPSYC（PsycINFO 資料庫的二個子集）

(四) PsycINFO 資料庫中摘錄的印刷出版物

(五) 其他 PsycINFO 的印刷出版物

(六)《APA 追蹤》（APA Monitor）

伍、APA 格式所規定期刊的文章結構

文章的結構依序主要包括封面（名稱頁）、摘要、本文、參考書目（或文獻）、附錄以及作者註記等部分。

一、封面（名稱頁）

封面部分依次包括題目、作者姓名及單位三部分。

(一) 題目：題目要能確切反映研究的變項或主要問題，避免不必要的贅詞。

(二) 作者的姓名：在作者姓名之後不加任何名銜（如教授）及學位名稱（如博士）。

(三) 作者的服務單位。

二、摘要

摘要依文章性質，分別規定不同的摘要內容。

(一)實徵性文章摘要

1. 研究問題──盡可能以一個句子說明。
2. 研究對象──敘述受試者有關的屬性或特徵，如人數、類型、年齡、性別等。
3. 研究方法──說明蒐集資料的程序、測驗、統計及所使用的研究方法之名稱。
4. 研究發現──含統計的顯著性水準。
5. 結論與建議──含應用。

▲字數：以 100 至 120 字為限

(二)評論性文章或理論性文章摘要

1. 分析的主題——盡可能以一個句子說明。

2. 目的或架構——含所有的範圍或有選擇性的範圍。

3. 資料的來源——含所蒐集文獻的類型、方法或觀察所得。

4. 結論。

　　▲字數：以 75 至 100 字為限

(三)撰寫原則

1. 均不分段，且一律為二倍行距。

2. 以敘述而非條列式撰寫。

3. 力求忠實正確地反映本文內容和目的。

4. 用詞精簡明確，並能縮減文詞或相關術語的表達方式。

三、本文

本文依序包括緒論（導論）、研究方法、研究結果、討論。

(一)緒論（導論）

緒論（導論）主要包括研究問題、研究背景、研究變項、研究目的與研究假設。

1. 研究問題

撰寫時須以簡要的方式呈現出研究的特定問題及研究策略，並回答下列相關問題：

(1)研究的要點是什麼？

(2)研究假設與研究設計（如實驗設計）的關聯性。

(3)研究的理論涵義及與先前類似研究的關聯性。

(4)理論命題的內容及如何獲得考驗？

2. 研究背景

以文獻探討的方法對與本研究有關的先前作品或文獻，做摘要或組織式的陳述。這些陳述性的內容一般可包括研究主題、研究對象、研究方法論、研究發現及結論等相關的問題。

撰寫時避免不必要的歷史評論，對於爭論性的議題，可用已有的支持性與非支持性文獻的方式加以說明，而不要加入自己主觀的價值批判或攻擊性論點，也不必引用與研究本身無關的文獻來支持或辯論研究者個人的論點。

3. 研究變項

緒論中要明確地解釋研究變相的定義。（註：在國內碩、博士論文中，常有「名詞解釋」的章節，並以「概念性」及「操作性」的敘述方式，將所操弄的主要研究變相加以明確的解釋）

4. 研究目的

研究目的主要在陳述研究所要期待的結果是什麼，及為什麼要有如此的期待。

5. 研究假設

研究假設係根據文獻的理論基礎及研究目的予以陳述。

(二)研究方法

研究方法包括研究樣本、研究工具、實施程序，並強調「如何做」及「做什麼」的層面。

1. 研究樣本（研究對象、參與者、受試者）

(1)明確描述研究樣本的性質

　　　　・為什麼要選擇此研究樣本

　　　　・取樣的方法

　　　　・樣本的代表性

　　　　・樣本的特性（或屬性、特徵、數目……）

　　(2)研究樣本陳述得體時，可作為下列研究的重要參考依據或具有
　　　　的貢獻：

　　　　・研究發現的推論普遍性問題

　　　　・複製研究之間的比較

　　　　・文獻探討的參考依據

　　　　・可當作第二手資料（文獻）的分析

2. 研究工具

　　(1)明確說明所使用研究工具（如問卷或儀器設備）的來源、名稱。

　　(2)說明研究工具的代表性──信度、效度。

　　(3)儀器設備太複雜時，可用明細表或附錄方式呈現出來。

3. 實施程序

實施程序主要係簡要地描述執行研究的每一個步驟。

(三)研究結果

1. 將所蒐集的資料及統計整理簡要式的陳述，並做「結論」的依據。

2. 凡支持及違背研究假設的結果均予以呈現。

3. 表與圖

　　(1)表與圖旨在讓讀者更容易了解研究結果。

　　(2)表、圖所呈現的資料宜避免累贅。

　　(3)表所呈現的資料──如統計上的「交互作用」、「顯著性水準
　　　　或差異」，及「一般性的比較」等。

　　(4)圖所呈現的資料──如圖案、照片、繪圖等。

4. 統計的陳述

(1)基本上假定讀者已有統計學的專業知識，因此不必再敘述諸如「拒絕虛無假設」的句子。

(2)假如所使用的研究工具（如測驗）的適當性有問題時，則要提出使用該工具的理由。

(3)依描述統計及推論統計之不同而呈現不同的統計表圖。

(4)說明所使用的研究設計與統計方法。

(5)對於假設考驗可藉由 α 水準、效果的大小及樣本的大小，而採取較嚴格的「統計力」，以考驗研究假設（拒絕或接受研究假設）。

(6)宜說明統計的顯著性水準，以及是否有顯著性差異的結果。

(四)討論

1. 有些作者將「討論」與「研究結果」合併為「結果與結論」或「結果與討論」。

2. 若是整合數個實驗（如多重實驗）時，可分別說明各個實驗的「結果」與「討論」。

3. 「討論」係在敘述「研究結果」對理論的影響，及對「結論」的效度（或推論）。

4. 撰寫原則

(1)一開始便明白地陳述是否支持研究假設。

(2)說明研究本身與其他研究之異同點。

(3)可說明或接受研究的缺點，但不必以太冗長或不當的方式予以辯解。

(4)避免爭論的、瑣碎的、薄弱的理論之比較。

5. 在下列的情況下，推論才較為適當

(1)就事物本身而論是一致的。

(2)與實徵性資料或理論有密切關聯性，並具有邏輯推理的關係。

(3)能將討論內容精確地表達清楚。

四、參考書目

(一) 參考書目旨在陳述論文中所引證（用）的文獻資料。

(二) 所有在論文中引用過的文獻，在參考書目中必須呈現出來；反之亦然。

(三) 若廣泛參考相關文獻而未於本文中引用，但又想列入參考文獻時，則將「參考書目」（Reference）改稱「文獻目錄」（Bibliography）。

(四) 參考書目的陳述必須簡明、真實。當引用某篇文獻的「摘要」而非全篇論文時，就須在參考書目中註明「摘要」。

(五) 期刊與出版的專書或博、碩士論文之參考書目有不同規定的格式（可參閱 APA 格式的相關規定）。

五、作者註記

作者註記的主要內容包括：

(一) 作者的部門或系別的所屬機構。

(二) 經費支持的來源。

(三) 研究者公開地感謝對此研究有專業貢獻的同僚及提供研究者的協助者。

(四) 告訴有興趣的讀者，對此篇文章可做進一步接觸的訊息。

六、附錄

一般而言，適合做為附錄的例子為：

(一) 研究所特別設計的新電腦程式。

(二) 尚未出版的測驗及其效度。

(三) 複雜的數學證明。

(四) 研究者所歸納設計的資料一覽表或特定領域的資料（例如，在心理語言學的研究所用的「刺激」）。

(五) 對複雜設備（研究工具或儀器）的詳細描述。

　　茲將 APA 格式之期刊文章結構簡表列如表 2 所示。

表 2　APA 格式之期刊文章結構簡表

```
封面（名稱頁）
  題目
  作者姓名
  作者服務單位
摘要
緒論（導論）
  研究問題
  研究背景
  研究變項
  研究目的
  研究假設
研究方法
  研究樣本
  研究工具
  實施程序
研究結果
討論（結果與討論、結果與結論）
參考書目
作者註記
附錄與其他補充資料
```

註記：請參閱 American Psychological Association. (2010). *Publication manual of the American Psychological Association* (6th ed.). Washington, DC: Author. pp.21-59.

參考書目

American Psychological Association. (1994). *Publication manual of the American Psychological Association* (4ᵗʰ ed.). Washington, DC: Author.

American Psychological Association. (2001a). *Publication manual of the American Psychological Association* (5ᵗʰ ed.). Washington, DC: Author.

American Psychological Association. (2001b). *APA Style*. Retrieved http://www.apastyle.org/.

American Psychological Association. (2010). *Publication manual of the American Psychological Association* (6ᵗʰ ed.). Washington, DC: Author.

筆記欄

筆記欄

國家圖書館出版品預行編目（CIP）資料

論文寫作手冊/張慶勳著.--四版.--臺北市：心理,2010.09
　　面；　公分.--（社會科學研究系列；81215）
參考書目：面

ISBN 978-986-191-386-5（平裝）

1. 論文寫作法

811.4　　　　　　　　　　　　　　　　　99016485

社會科學研究系列 81215

論文寫作手冊【增訂四版】

作　　　者：張慶勳
執行編輯：陳文玲
總　編　輯：林敬堯
發　行　人：洪有義
出　版　者：心理出版社股份有限公司
地　　　址：台北市大安區和平東路一段 180 號 7 樓
電　　　話：(02) 23671490
傳　　　真：(02) 23671457
郵撥帳號：19293172　心理出版社股份有限公司
網　　　址：http://www.psy.com.tw
電子信箱：psychoco@ms15.hinet.net
駐美代表：Lisa Wu（Tel：973 546-5845）
排　版　者：臻圓打字印刷有限公司
印　刷　者：正恒實業有限公司
初版一刷：2002 年 4 月
二版一刷：2004 年 9 月
三版一刷：2005 年 9 月
四版一刷：2010 年 9 月
四版三刷：2013 年 8 月
Ｉ Ｓ Ｂ Ｎ：978-986-191-386-5
定　　　價：新台幣 400 元